Владарг Дельсат

ПРИТЯЖЕНИЕ

критерий разумности — 11

2025

Copyright © 2025 by **Vladarg Delsat**

All rights reserved.

No part of this publication may be reproduced, distributed, or transmitted in any form or by any means, including photocopying, recording, or other electronic or mechanical methods, without the prior written permission of the publisher, except as permitted by copyright law.

The story, all names, characters, and incidents portrayed in this production are fictitious. No identification with actual persons (living or deceased), places, buildings, and products is intended or should be inferred.

Book Cover by **StudioGradient**

Edited by **Elya Trofimova & Ir Rinen**

Copyright © 2025 by **Владарг Дельсат (Vladarg Delsat)**

Все права защищены.

Никакая часть этой публикации не может быть воспроизведена, распространена или передана в любой форме и любыми средствами, включая фотокопирование, запись или другие электронные или механические методы, без предварительного письменного разрешения издателя, за исключением случаев, предусмотренных законом об авторском праве.

Сюжет, все имена, персонажи и происшествия, изображенные в этой постановке, являются вымышленными. Идентификация с реальными людьми (живыми или умершими), местами, зданиями и продуктами не подразумевается и не должна подразумеваться.

Художник **StudioGradient**

Редакторы **Эля Трофимова & Ир Ринен**

Первое р'ксаташка. Хстура

Вечно скрываться нельзя. Просто невозможно, и все это уже понимают. Кхраагов осталось очень мало — и самцов, и самок. Можно было предположить подобное, ведь самоуверенность до добра не доводит, но кто бы послушал глупое яйцо?

Мы самки, это наше предназначение. Самцы выселили нас на отдельную планету еще в незапамятные времена, и с тех пор, когда кому-то из них приходит срок размножаться, кто-то из нас исчезает. По какому принципу выбирают тех, с кем... как именно это происходит — никому не ведомо до самого последнего мгновения. Затем проходит срок, и возвращенная самка откладывает два яйца — из одного вылупляется самец, которого тут же забирают, а из другого самка, остающаяся с мамой. Поэтому я знаю, что такое «мама».

Тот факт, что нас не спрашивают, никого не беспокоит. У нас есть свои звездолеты, охранные части и жестокая королева. По ее слову могут убить и замучить любого на планете. Точнее, могли. Два года назад все изменилось, да не постепенно, а как-то мгновенно, хоть и нельзя сказать, что изменения произошли именно в один день. Началось все в месяце шр'втаксе, насколько я помню. Хотя нет, стоит начать с начала.

Меня зовут Хстура, мне одиннадцать лет, то есть я бесправная, потому что дитя. Но это не так важно, ведь имя мое означает «пришедшая из тьмы», то есть говоря простым языком — подкидыш. Меня мама не откладывала, и, хотя генетическая структура моя похожа на ее, как дочь на мать, факт остается фактом — мое яйцо появилось на свет без оплодотворения и неведомо откуда, поэтому вопрос, был ли у меня брат, остается открытым.

Я считаюсь глупой. Не до забраковки, ведь бесполезных членов общества уничтожают, но ниже по интеллекту всех остальных. И я старательно поддерживаю это мнение, ведь именно так я борюсь против оплодотворения. Ни один кхрааг не захочет сына от не очень умной матери, поэтому у меня есть шанс не испытать на себе насильственного оплодотворения, когда подрасту.

Итак, был месяц шр'втакс, я ходила в школу — так называется место общего обучения. У нас все не так, как у самцов, но мы их интересуем только для одного. А наша королева повелела всех обучать одинаково. Быть тупой, конечно, больно, иногда очень, но зато со мной не сотворят ничего страшного. Впрочем, учителя уже привыкли, что со мной ничего не сделаешь, поэтому уже не пытаются вбить знания, зато мама...

Опять я отвлекаюсь... В том самом месяце начались активные шевеления. Я многого не видела, но откуда-то взялись новые звездолеты, часто садившиеся прямо на планету. Затем... учителя просто озверели, поэтому первую неделю я плохо помню — чуть не сорвалась. Такого ужаса я не испытывала никогда. Даже когда нас начали спешно грузить на корабли и я питомца нашла, так страшно не было.

По слухам, тогда наши что-то сделали с кхраагами, отчего три планеты превратились просто в пыль, а с ними половина флота и все главы кланов. По тем же слухам, хотели принести в жертву богам кхраага, причем судя по имени, маленького еще. Д'Бол — это детское имя, и вот боги жестоко наказали нечестивцев, а затем на нас напали химан. Закипели битвы, но к химан присоединились и аилин, и даже иллиан, которые раньше воевать не умели.

Каждый день приносил неутешительные новости, которые от нас пытались скрывать, но не выходило. А затем павший с неба корабль аилин убил королеву, и воцарилась паника. Я помню этот день — все орали, бегали по улицам и было страшно. Не как в первую неделю, но тоже ничего хорошего.

Вот тогда нас принялись сажать в корабли. Я попала на какой-то странный, полный решеток и вообще, кажется, тюремный. Я бы, наверное, испугалась, но после всего произошедшего просто устала. Еще и мама накричала, рыкнув, что надо было разбить мое яйцо, когда была возможность. Поэтому мне уже было почти все равно, только есть очень хотелось, потому что мама... Непростой день был. Если закрыть глаза...

Оказывается, тот день я помню очень даже хорошо. Серые стены, решетки везде, испуганные дети нижней ступени развития, то есть те, кого не очень жалко, если что. Нас распихивают по клеткам, а мне уже без разницы — убьют так убьют, устала просто бояться.

И вот в самом углу клетки я вижу его. Маленький химан, прикрытый какой-то тряпкой, весь в крови. Он лежит и дрожит. Я языка химан не знаю, но стараюсь шипеть успокаивающе, чтобы не пугать еще больше. А он поднимает голову, и, хотя я понимаю: раз химан напали, то он уже относится к категории «мясо», я просто не могу его убить и съесть. Несмотря на то, что с утра ничего во рту не было и голод очень сильный, я не буду его есть.

Именно поэтому я осторожно осматриваю химана, но вижу, что его уже кто-то ел — ноги отсутствуют. Их огнем, кажется, прижгли, выглядит именно так, ну и характерные следы челюстей... Как он только выжил? Ведь от боли должен был умереть! Или его усыпили, чтобы не мешал трапезе своими криками? Тогда это точно наши — ну, самки, потому что самцам нравится визг жертвы.

Он поднимает взгляд на меня, и столько в его глазах... Ненависти я не вижу, скорее просто покорность. Он смотрит, как будто ждет, что я его прямо сейчас есть начну. Но я его заворачиваю в вытянутую из сумки, которую я каким-то чудом успела схватить, запасную накидку. Он, конечно, меньше нас, но в сумку не поместится, поэтому надо его в руках нести, но осторожно, нельзя, чтобы кто-то заметил. И я обустраиваюсь в углу так, чтобы никто не мог подкрасться и напасть.

На самом деле, мое поведение очень даже хорошо объяснимо. Я же никому не нужна, а так у меня близкий появится, ну... возможно. Не знаю, как он здесь оказался и что с ним случилось, но мне так хочется, чтобы рядом был хоть кто-нибудь... Химан, я думаю, что-то начинает осмысливать, потому что он, кажется, разговаривать пытается, только я вот не понимаю ничего, но мы постараемся понять друг друга, обязательно.

Затем приносят миску с похлебкой. Она жидкая очень, а еще дают кусок лепешки. Самки, раздающие еду, смотрят на меня с брезгливостью, а почему — я не знаю. Хотя, возможно, это потому, что я теперь ничейная. Мне еще предстоит узнать, что мама от меня отказалась и теперь мне предстоит жить в общей казарме, где у каждого потерявшего родителя есть только маленькая комнатушка.

Но в тот момент я всего этого не знаю, и занимаюсь тем, что пытаюсь накормить своего питомца... или друга? Наверное, у такой, как я, может быть только такой друг — безногий, полудохлый химан.

По-моему, у него уши острые, для аилин характерные, но он такой тощий, что и не определить. Да и не разбираюсь я настолько хорошо в расах. Впрочем, сейчас проблемы у нас совсем другие — разделить еду, которой почему-то очень мало, на двоих, забиться в самый уголок, чтобы хоть немного поспать, а утром нужно идти в школу, потому что закон никто не отменял.

Мы теперь с год уже, наверное, живем на планете без названия. Здесь очень холодно, что для нас тяжело, конечно. Теплых вещей почти нет, а так как мы остались без родителей, то нам просто раздали шкуры, и все. Здесь, разумеется, только девочки, потому что мальчиков сразу забирают самцы. А мы в отсутствие матерей получаемся никому не нужными. Правда, я одна такая, от которой отказались.

Из-за этого поначалу приходилось драться, но потом девочки, особенно младшие, поняли, что мы здесь в одних и тех же условиях. Мы никому не нужны, а наш жилой барак, носящий гордое название «дом», находится на самом краю поселения. Продукты нам сгружают на неделю, и приходится выкручиваться. Методом проб и ошибок мы учимся делать еду своими руками, медленно организовываясь.

— Эй, дежурная! — слышу я выкрик с нотками брезгливости.

Погладив уснувшего химана и убедившись, что его случайно не найдут, я тороплюсь на выход. Сегодня я дежурная, потому что одна из старших.

Совсем младших на дежурство не поставишь, они ничего пока не умеют, да и многие искренне не понимают, куда делась мама и почему они ненужные. С этими мыслями я выбегаю из барака. Теперь положено встать на колени, изобразив покорность, хотя хочется вцепиться в горло сытой самке. Но если я это сделаю, меня просто убьют, и все. Они не кхрааги, а просто звери. Жаль, что раньше я не понимала, насколько дика наша раса.

— На тебе новеньких! — в меня летит сверток. — Вчера вылупились. Можешь сожрать, пока шкура тонкая, — сытая, лоснящаяся самка хохочет.

В свертке двое малышей с нежной еще шкуркой, она затвердевает на седьмой день, а пока они мягкие, как химан, поэтому с ними надо обращаться бережно. Тихо попискивающие мальчик и девочка, с закрытыми глазами. Значит, действительно недавно вылупились, глаза на третий день, кажется, открываются. И у них уже совсем никого нет.

Едва слышно всхлипнув, я наклоняюсь к обоим, делая то, что запрещено по отношению к чужим детям. Мягко, как умею ласково, я прохожусь языком по их серым спинкам, закрепляя свое право. Теперь они запомнят первую ласку и мой запах. Очень плохо, когда совсем никого нет, поэтому я буду у них. И они у меня... А химан привыкнет, потому что малыши точно не нападут. Им бы выжить для начала, очень уж они хрупкие в этом возрасте.

— Вот как... — самка смотрит на меня совсем иначе, а затем залезает в свою поясную сумку, доставая оттуда немыслимое богатство — два брикета детского питания. — От школы ты освобождена на месяц!

Странная самка... Обычно им совершенно наплевать, живы ли мы, да и кто из нас откроет глаза завтра. Даже умерших мы хороним сами, а умершие есть — малыши разлуку с мамой очень плохо переносят, но кого это волнует. Такое ощущение, что от атмосферы общей паники что-то испортилось в нашем обществе. Ну или такими самки были всегда, я просто не знала.

Отнеся малышей в свою «нору», укладываю их рядом с химаном, от этого проснувшимся, и достаю спрятанный в карман брикет. Один из двух всего, но даже он уже дает шанс выжить всем троим. Ну вот я и стала мамой, хотя бежала от этого как могла. Когтем осторожно отрезаю три кусочка, маленьких, но им хватит пока, потом достаю плошку с водой и бросаю туда. Теперь надо ждать, пока набухнут, и не думать о том, что у меня в кармане еда, которой можно насытиться. Есть-то хочется постоянно...

— Эй, Хстура, — зовет меня соседка, совсем юная еще Ркаша, она года на три меня младше. — Чего самка хотела?

— Малышей мне отдала, — негромко, чтобы не разбудить, отвечаю я. — Только-только вылупились.

— И ты их... — она боится произнести страшное слово, я ее понимаю: ведь именно это приходит в голову вечно голодным нам, но она не хочет спрашивать, потому что не настолько мы озверели еще.

— Хоть у кого-нибудь среди нас будет мама, — смягчив интонации, отвечаю ей.

Отвисшая челюсть служит мне хорошим отображением мыслей подруги. Такого она действительно не ожидала, одно дело — положить их к остальным, а совсем другое — принять своими, что я и сделала, показывая тем самым, что и так тоже было возможно. На самом деле, мой поступок необычен для кхраагов, но мне уже все равно. Достаточно почувствовать себя на месте этих двоих малышей. Во-первых, без мамы они недели не проживут — опыт у нас уже есть, а во-вторых, не хочу чувствовать себя зверем.

Интересно, почему от школы освободили аж на месяц? Это я не очень хорошо понимаю, но набухшая еда заставляет отвлечься от всех мыслей, чтобы осторожно накормить и малышей, и моего химана. Он-то, конечно, не кхрааг, но эта еда нему подходит.

— Ешь, тебе нужно, — говорю я на всеобщем языке. Несколько слов выучила за прошедшее время, потому что химан по-нашему вряд ли сможет.

— Невкусно, — жалуется он, но ест. Знает, что у нас еды совсем немного, даже поделиться пытается...

— Тебе очень нужно, — повторяю я, шипя между звуками. Есть хочется очень сильно, но нельзя, просто нельзя, и все.

— Спасибо, — отвечает мне то ли химан, то ли аилин. Неважно мне, к какой расе он относится, на самом деле.

Этого химана зовут Брим, но вот что с ним случилось, я не понимаю. Он-то, конечно, рассказывает, но слов недостаточно, поэтому мы говорим простыми словами. Очень простыми, стараясь не запутаться, но потихоньку добавляются и другие, позволяя мне узнавать больше. А когда я учусь, мне хотя бы не так страшно делается.

Малыши едят хорошо, значит, замерзнуть не успели. Так, они сейчас будут спать, а я обойду барак, посмотрю, все ли в порядке, заодно и еды сделаю, а то уже голова кружится, и, думаю, не только у меня. Глажу детей, понимая, что никому их не отдам, а химан тоже на ласку реагирует, хотя мы с ним, по-моему, в одном возрасте. Наверное, это потому, что он потерял всех, еще и мучили его, ноги сожрали... Вот и считает меня старшей.

Все же непонятно мне, почему ноги, а не руки, например? Ну, хотели оставить на подольше живым — это можно понять, так у мяса вкус лучше, но отчего именно ноги... Самок понять невозможно, а в том, что это самки с ним такое сделали, я совершенно уверена.

Шестьдесят девятое
космона. Лана

Каникулы пролетают — будто и не было их. Очень многое нужно подготовить, к тому же нас возят по всей планете и на планету-курорт еще, конечно, где я впервые в жизни вижу огромную гладь воды с горьковатым запахом — это море, так оно называется. В нем купаются, но в специальной одежде. И вот тут выясняется, что химан от воды в принципе держатся подальше. Посидеть у озера — да, а вот внутрь лезть... Для людей же это оказывается обычным делом.

Я многому учусь за это время. Оказывается, кроме школы и экрана, существует множество занятий. Сашка не может понять поначалу, почему школа не длится с утра до вечера, но затем находит себя в спортивных занятиях. И вот тут ему открывается совершенно невероятное — боевые искусства Человечества. Да и учиться водить электролет ему никто не запрещает, а для звездолетов уже нужна Академия, но он не расстраивается.

Послезавтра нам уже в школу, но я не боюсь ее совершенно. Виили разрешила ее имя сократить до Ви, а мое совсем не сокращается, но оно легкое, так подруга говорит. Так вот, в школу мы с Ви пойдем, а Сашка говорит, что бояться там некого, а если попробуют обидеть, то очень сильно пожалеют. И я ему верю, потому что иногда страх повторения старого все-таки появляется.

— Лана, пойдем на травку? — спрашивает у меня Светозара. Она мне сестра, но при этом для Сашки, брата моего, нет никого ближе ее.

— Пойдем, — соглашаюсь я, прихватив со стола наладонник.

Это папа нам на день рождения подарил, у нас этот день один на всех троих, а у младших другой. Они сегодня опять в детском саду, потому что им там интереснее, чем дома. Мама говорит, это нормально, а я соглашаюсь, ведь она лучше знает. При этом, что интересно, она не старается надавить авторитетом, а наоборот — объясняет, позволяя принять самостоятельное решение. Это для меня просто бесценно, на самом деле.

Мы вернулись домой сегодня утром. Сашка и Светозара отдыхают, я же лежу на траве и копаюсь в наладоннике, выстраивая в единую систему то, что увидела во сне. Сны не прекращаются, позволяя мне добавлять по чуть-чуть информации в копилку. Я листаю страницы, отмечая свои пометки и копируя их на общий лист, чтобы увидеть, как меняется информация, что нам выдается.

Мне кажется, нам дают возможность увидеть, что случилось за два-три года. Сашка не может ошибаться, и если он говорит, что корабли, которые мы на орбите видели, и десяти лет не продержатся, значит, так оно и есть. При этом нам показывают не только жизнь кхраагов, но и поведение химан, аилин, иллиан... Те самые иллиан, которые не трогали оружие, даже когда их детей разводили на мясо, вдруг будто сошли с ума — попасться им в щупальца для кхраага очень страшно. Посмотреть, что они делают со своими врагами, нам не дали. И мне, и даже Сашке со Светозарой просто закрыли глаза. А вот химан...

Они уничтожают любой встреченный корабль, а две оставшиеся планеты уничтожили, залив их каким-то веществом, от которого кхрааги просто умерли. Я подозреваю, они сильно мучились, но... Получается, и химан, и аилин, и иллиан простонапросто уподобились кхраагам, желая уничтожить их до последней особи?

Вот только что будет, когда они уничтожат последних кхраагов? Смогут ли они остановиться? Мне почему-то кажется, что нет. И наставница с этим моим мнением согласна. Так что рано или поздно из этих рас останется только лишь одна. Одинокая раса в пустой Галактике проживет некоторое время, а потом просто самоуничтожится.

— Получается, они впали в безумие, — под нос себе проговариваю я. — И стали просто животными?

— Еще нет, сестренка, — тяжело вздыхает услышавшая меня Светозара. — Животными они станут, когда вцепятся друг в друга. Или...

— Что? — с тревогой спрашиваю я ее, ведь она лучше знает свой народ.

— Понимаешь, до сих пор они убивали, и достаточно быстро, — неспешно говорит она, а у меня сейчас от ее интонаций волосы дыбом встанут. — Вот когда они начнут это делать медленно, когда будут мучить детей, только тогда они станут животными хуже кхраагов.

— Значит, надо найти того, кто меня зовет, до этого, — догадываюсь я. — Надо Крахе сказать!

— Скажем, — соглашается со мной сестренка. — Знаешь, я понимаю, месть за все, но для иллиан никогда жестокость характерной не была. Что же случилось?

Я знаю, о чем она думает: их могли как-то подчинить, что не удалось кхраагам, или опоить, или еще что-то сделать... При этом Светозаре совсем не нравится, как себя ведут аилин, поэтому я начинаю ее активнее расспрашивать. Сестренка вздыхает, поднимая на меня грустные глаза, но ее обнимает Сашка, заставляя улыбаться.

— Они все пьют сок растения кирэан, — непонятно говорит она, потому что я такого растения не знаю. Видимо, поняв это, сестренка объясняет мне: — От него глаза становятся полностью зелеными, а все принципы исчезают. Так вот, те аилин, которых мы видели, просто выполняют приказы, при этом совсем не думая. Но нам же сказали, что их готовятся предать...

— Ой... — отвечаю ей. — Тогда получается, у них выхода нет, да?

— Кирэан — это растение иллиан, — негромко произносит она. — Если иллиан сошли с ума и просто используют аилин, да и химан, тогда понятно, почему те захотят всех убить. Я бы захотела.

Я понимаю: нужно говорить об этом с наставницей. И себя я еще ругаю, потому что если бы не настаивала на том, что нужно искать, то моим родным не пришлось бы вспоминать не самое радужное прошлое, которого я почти и не помню. Мне даже хочется расплакаться — получается, это я плохая, и я зажмуриваюсь, но почти сразу же чувствую теплые руки брата и его Светозары, обнявшие меня.

— Не думай о плохом, — ласково произносит он. — Ты не виновата, а мы со всем справимся.

— Честно? — совсем по-детски спрашиваю я, не желая открывать глаза.

— Честно, — меня гладят по голове, отчего я расслабляюсь.

Такое счастье, что они есть. И что у нас самые понимающие родители, а еще — очень игривые и умные Вася, Лада, Отрада, Олеся и Озара. Пятеро иллиан, но совсем не похожих на тех, что мы видим во снах, ведь они наши брат и сестры. Мы уже не иллиан, химан и аилин, мы все — Человечество. Потому что мы разумные и у нас мама с папой есть. Такое счастье осознавать себя частью Разумных...

— Дети! — слышу я мамин голос. — Через полчаса обед!

Это значит — минут через десять мы поднимемся к Винокуровым, чтобы посидеть за столом всем вместе, поговорить на разные темы, новости узнать... Здорово же!

— Ты права, — подумав, отвечает мне Краха. — Вполне возможно именно воздействие, но внешнее в этой вселенной невозможно...

— Химан — большие специалисты во всяких веществах, — замечает мой брат, обнимающий задумчивую Светозару. — Не могли они просто использовать аилин и иллиан? Доступ на планеты у них был, а фермы иллиан, насколько я помню, находились на их материнской планете.

— Ты считаешь, что химан давно готовились... — негромко произносит сестрёнка. — Тогда все произошедшее с нами тоже деталь их плана.

— Варамли говорил... — Сашка зажмуривается — он так вспоминает. — Говорил, что химан часто действуют из соображений личной выгоды, а у кхраагов такого не бывает. А вдруг самки...

Он осекается, но продолжения не требуется. Несмотря на то, что мы дети все трое, но думать уже умеем. Если самцами на самом деле управляли самки, тогда чрезмерная жестокость объяснима — я же вижу, как они к своим детям относятся. Что, если они все там психически ненормальные? Может ли такое быть?

— Давайте посмотрим, как развивались

события дальше, — прерывает наставница наши размышления.

— Краха, как ты думаешь, а почему Страж сказал, что много времени прошло? — вдруг вспоминаю я. — Год-два же всего.

— Думаю, мы это увидим, — сделав замысловатый жест щупальцами, что аналогично пожатию плеч для человека, иллианка указывает на шар.

В прошлый раз мы видели определенно исторические картины о том, что именно произошло, когда планеты в пыль разлетелись, а сейчас нам явно демонстрируется, как объединившиеся химан, аилин и иллиан уничтожают все встреченные корабли кхраагов. При этом у меня ощущение, что те не в состоянии сопротивляться, чего быть не может. Я же знаю кхраагов!

— Стоп! — выкрикивает Сашка. — Что это?

В шаре как на экране видна самка кхраагов, я их уже умею отличать. Она что-то объясняет представителю расы аилин, при этом общаются они вполне мирно на фоне распадающихся на составные части кораблей кхраагов. Выглядит это так, как будто она именно в союзе с теми, кто уничтожает ее расу. Как это возможно?

— Мы можем их услышать? — интересуется мой брат, глядя на шар исподлобья.

— Можем, но недолго, — отвечает наша наставница. — Нам демонстрируется ускоренный темп событий.

Я осознаю, что она имеет в виду, когда слышу что-то похожее на клекот вместо нормальной речи. Не поняв ни слова, я с надеждой смотрю на сморщившегося Сашку. Он некоторое время слушает, а затем просто вздыхает. Перед нами же разворачивается очередная битва, и слова становятся не нужны — я вижу, как побеждают кхраагов. Небольшой корабль вырывается вперед, тогда как остальные изображают погоню. Его кхрааги впускают в свои порядки, а затем он атакует командный корабль. Подло, в дюзы.

— Да, самка сотрудничает с ними, — кивает мой брат. — При этом она дает сигнал бедствия, ее пропускают, увидев, что это самка, а она...

— ...бьет в спину, — шепчу я. — Но разве она не понимает, что рано или поздно наступит ее очередь?

— Скорее всего, просто не думает, — вздыхает Светозара, погладив его по плечу. — Их не учат думать. А кхрааги без командного корабля теряют важные мгновения, в результате чего их уничтожают.

— Нечестно, получается... — я задумываюсь.

С одной стороны, нечестно, а с другой — кхрааги сами виноваты. Если их оставить в живых, они рано или поздно за старое возьмутся. Значит, нельзя оставлять... Но тут, будто желая мне показать, как именно действуют «союзники», их флот натыкается на планету. На ней находятся не только самцы, но и самки, правда, насколько я вижу, детей нет.

И вот эта самая самка-предатель добровольно, без принуждения, нажимает кнопку сброса того самого устройства, которое способно детонировать ядро планеты. Причем делает это, радостно раззявив пасть, будто получает удовольствие от того, что одномоментно убивает тысячи существ. Они, может, и не слишком разумные, но совершенно точно — живые. Вот как раз этого я не понимаю.

— На сумасшествие похоже, — произносит голос тети Ирины за нашими спинами.

Она наша вторая наставница, но вместе с тем она еще и Винокурова, а тетя Маша сказала их так называть, вот я и называю. И она очень хорошо во многих вещах разбирается, поэтому начинает рассказывать мне о том, что самка выглядит не очень обычно, даже по сравнению с другими такими же. И это может быть оттого, что она с ума сошла, теперь желая отомстить всем представителям своего народа. Оказывается, в истории Человечества такие случаи были, поэтому она и знает.

Но тогда самка эта совершенно точно не пожалеет ни детей, ни таких же, как она сама. Значит, нужно найти того, кто зовет меня. Очень жалобно, если прислушаться, но и как-то устало очень. Хотя, может быть, мне просто кажется, а на самом деле все не так плохо. Тем временем мы наблюдаем за тем, как всех самок и детей загоняют в звездолеты, увозя в совсем незнакомое место.

— Последний оплот, — переводит мне Сашка название, услышанное в шаре. — Они говорят о том, что дальше бежать некуда, поэтому здесь закончится раса Кхрааг.

— Они отчаялись? — спрашиваю я, глядя на то, как часть детей загоняют в длинный серый дом и оставляют там одних. Зачем это сделано? Почему о них не заботятся? — А что это?

— Лишенные родителей, — объясняет мне он. — У самок нет кланов, поэтому взять сироту на попечение клана невозможно, и их просто...

— Выкидывают, — заканчивает за него Светозара. — Эта раса должна быть уничтожена.

Я вижу, что Сашка с этим согласен, да и я сама понимаю, что кхрааги подписали себе приговор давным-давно, но просыпаюсь сейчас в своей кровати и чувствую жалость к этим детям. Они еще ничего никому плохого сделать не успели, а их просто выкинули. Потом придут враги, и хорошо еще, если просто убьют. Химан просто уподобились кхраагам, став ровно такими же.

Наверное, все расы в той вселенной заслужили свой конец, но детей мне все равно жалко просто до слез. Неправильно, наверное, но и сделать с собой я ничего не могу. Надо маму спросить, почему так и еще — правильно ли это? Вот там у меня главным человеком в жизни был папа, а здесь — мама. Наверное, это потому, что настоящей мамы я никогда не знала. Такой, как наша здесь с очень ласковым именем Ульяна.

Пора вставать, ведь начинается последний предшкольный день. С Ви надо поболтать и собрать все что нужно для школы, ну и просто посидеть, успокоиться, потому что школу я все равно немножечко опасаюсь.

Третье р'ксаташка. Хстура

Вчерашний день пролетел совершенно незаметно в заботах о малышах. Я и химана за малыша считаю — очень уж он потерянный. Если бы со мной поступили, как с ним, я бы не выжила, наверное. Странно, что он меня не боится, хотя, может быть, надеется, что я его съем? Но я его есть не буду, он мой друг. Настоящий, который не предаст, потому что некому ему меня выдавать. С ужасом думаю о том дне, когда закончатся брикеты, но пока они есть, стараюсь растянуть на подольше. Еще своей едой делюсь с химаном, как и все это время, отчего он, кажется, уже не такой дохлый, даже окружающим миром чуть-чуть интересоваться начинает.

Девочки вчера говорили о том, что все беды начались тогда, когда самцы решили принести в жертву ребенка до первого Испытания, да еще и одновременно с химан, аилин и иллиан. Наверное, хотели зачем-то задобрить богов, а вышло наоборот — сразу же превратились в пыль три планеты, не иначе как волею богов, но этого наказания им показалось недостаточно. Другие расы они приносили в жертву регулярно, а вот кхраага впервые. Может быть, это был какой-то особенный кхрааг? Избранный богами?

Сами боги от нас отвернулись, но, может быть, Д'Бол, совершенно точно к ним присоединившийся, может услышать хотя бы таких же преданных? Надо же во что-то верить, потому что иначе хоть ложись и жди, когда выкинут в вулкан. Вот мне очень хочется верить в то, что хоть кому-то там есть до нас дело. Вряд ли Д'Болу нужны жертвы, да и как молить его правильно, я не знаю, поэтому только тихо разговариваю с ним, рассказывая о том, что происходит. И на душе становится легче. А вдруг он действительно меня слышит? Может такое быть?

Надо малышам имена дать. Только, наверное, имена надежды, а не войны. Я об этом подумаю и придумаю, пока они глаза не открыли. Проверяю, как им спится, глажу Брима на прощание и, прикрыв его тряпками, выхожу из комнаты. Сегодня дежурит С'хрша, она уже почти взрослая, но помочь ей все равно надо. Я в школу не хожу, потому что освобождена, а младшие после школы будут много плакать, если вообще смогут ходить. Почему-то самкам нравится причинять боль «ничейным» детям, а уж наших они мучают так, как будто на их месте аилин.

Проходя по нашему «дому», я смотрю в окно, не приближается ли кто-нибудь, чтобы напасть. На планете есть и самцы, а они, по слухам, настоящие звери — могут попытаться оплодотворить тех девочек, что постарше. Нас-то невозможно просто биологически — физиология не позволяет, но все равно очень страшно. Ведь необязательно же оплодотворять, мало ли что дикий зверь решит с ребенком сделать, раз уж Д'Бола не пожалели. А я точно не избранная, за меня мстить некому.

— Хстура! — зовет меня Ркаша. — Погоди, вместе сходим.

— Привет, — слабо улыбаюсь я ей. — Что у нас слышно?

— Говорят, один из кораблей из разведки не вернулся, — с готовностью делится она со мной подслушанным. — А еще — училки выгоняют всех рыть убежище, как они себе это представляют.

— То есть закопаться в землю? — удивляюсь я. Не могут же они действительно быть такими тупыми?

— Именно так, — кивает Ркаша. — А еще участились нападения, кого-то даже, кажется, убили. Больше половины школу игнорируют, и страшно как-то...

— Мы уже год так живем, а то и два, — равнодушно пожимаю я плечами. — Так что ничего нового. О нас плохого не слышно?

— Только то, что питание могут урезать, — тихо всхлипывает она. — Ну, для более важных членов общества зарезервировать.

Это как раз понятно: если начнется голод, нас съедят первыми. Нет никакой надежды на спасение, вот разве что Д'Болу помолиться... А вдруг он оттуда, где боги сидят, пошлет нам пусть не спасение, а просто отсрочку? Хоть немного пожить бы еще... Что-то я расклеилась, чуть не заплакала. А плакать бессмысленно, одно только согревает: «дом» у нас сборный, не знаю, правда, из чего, но каждая комната запирается изнутри так, что снаружи не откроешь. Как корабельная каюта, поэтому в случае чего надо запираться и молиться.

— Тогда нужно запасти по максимуму, — отвечаю я подруге. — Давай у всех соберем все ценные вещи, чтобы обменять на еду, лучше всего — на брикеты. Их легче спрятать. Распределим между всеми, накажем не трогать, пока не началось самое страшное. На брикете можно неделю протянуть...

— Очень хорошая мысль! — радуется она.

Мысль действительно хорошая. Дежурная, с которой мы, разумеется, делимся, сразу же хватается за нее, потому что поступление продуктов происходит с перерывами, и нехорошие предчувствия есть у всех. А видеть, как умирают младшие, я не хочу, это очень страшное зрелище. Никому не нужно видеть, как ребенок умирает, никому!

Вечером, когда приходят остальные, дежурная по праву старшей делится с ними придумкой. Я демонстративно отдаю маленькую сережку — последнее, что у меня есть от тех времен, когда мама еще была. Пусть она меня не любила, но она была, поэтому даже малый традиционный дар не отобрала. Больших даров-то у меня не было. Девочкам очень сложно расставаться с памятными вещами, но они понимают: лучше пусть память живет в голове, чем умирает в животе.

— А кто пойдет? — интересуется кто-то из младших, я их не всех знаю по именам.

— С'хрша и пойдет, — отвечаю я, а потом, подумав, добавляю: — Наверное, не одна?

— Не одна, — кивает мне дежурная. — Правильная мысль, у младших просто отберут, и все, а у нас есть шанс.

Решив не откладывать, две старшие девочки уходят. Мы провожаем их, а я тихо молюсь Д'Болу, чтобы пронесло. Мне отчего-то кажется, что Избранный Богами меня слышит. Пусть его так называю только я, но для меня он именно такой. Вот я тихо молюсь, но Ркаша все слышит, потому останавливает намеревающуюся пойти обратно меня.

— Ты что шепчешь? — интересуется она у меня.

— Молюсь, — вздыхаю я. — Избранному Богами Д'Болу.

— Почему ты его так называешь? — сильно удивляется соседка.

Я объясняю ей ход моих мыслей и почему, по-моему, Д'Болу стоит молиться. Хуже точно не будет, а так — вдруг он услышит? Может быть, получится уговорить Избранного Богами нам хоть чуть-чуть помочь? Ркаша минуту целую размышляет, а затем кивает.

— Ты права, это всё объясняет, — заключает она. — Тогда будем молиться вместе.

Она меня в известность ставит, но я не против, потому что вдвоем веселее, к тому же есть надежда, что вдвоем мы скорее до него докричимся. У меня малыши, ради которых я очень на многое способна, ведь у меня самой мамы, получается, и не было. А я стану настоящей мамой, как я себе это представляю, ведь так правильно.

С'хрша с подругой возвращаются чуть дрожа, напугали их, видимо, поэтому мы сначала обнимаем обеих, отчего они вздрагивают и чуть не плачут. Я знаю, что это значит, — да, пожалуй, все знают.

— Отошли все, младшие по комнатам, — командую я, прикидывая, как бы их раздеть, чтобы не сделать больнее. — Шкха, согрей воды! Ркаша, помогай!

Никакого смущения нет — девочки и сами все понимают. Я осторожно стягиваю платье с С'хрши, обнажая зеленые, полные крови борозды, вспучившие панцирь кожи дрожащей девушки. Чем это ее? Даже представить сложно, но сейчас надо осторожно вымыть и перевязать, иначе может начаться заражение. Лекарей у нас нет, да и не придет никто к нам, поэтому все сами.

Девочек побили очень сильно, но мешок из рук они не выпустили, значит, завтра попытаюсь уже я. Хотя могли напасть на обратном пути, но пока внутрь заглядывать не буду. Я представляю, что передо мной не старшая, а одна из моих малышей, поэтому обращаюсь, как с очень маленькой. Ркаша удивляется, а вот С'хрша просто плачет, и вторая тоже уже плачет в наших руках. Отчаянно, навзрыд плачет, потому что некому нас защитить, кроме Д'Бола, но поможет ли он?

За что их, мне понятно: напали, хотели еду забрать, а может, и чего хуже, но почему-то не получилось. Озверели все вокруг — и самцы, и самки. Надо, наверное, завтра хотя бы младших в школу не пускать, нам помощь понадобится, а они сердцем не зачерствели еще, так что просто посидят с нашими добытчицами.

Еще год назад нападение на ребенка было немыслимым, невозможным, а теперь... Теперь это почти норма. Наверное, самки и самцы чувствуют свою смерть. Тот факт, что нас убьют вместе со всеми, меня почти не трогает — я уже привыкла. Упадут с неба враги, и те, кто не умрут сразу, очень пожалеют. Я знаю, они будут с наслаждением убивать каждого из нас, потому что мы же их ели... Вот и они нас теперь...

От этой мысли хочется плакать, но я держусь. Плакать можно только наедине с собой — и никак иначе, малыши из-за маминых слез испугаются, а посторонние... что им мои слезы? Только позлорадствуют. Потому-то я и не плачу, а только вздыхаю.

Ничего с будущим я сделать не могу, даже не убежишь никуда, так что...

— Давай уложим их в одну комнату, — предлагает Ркаша. — Вот в эту.

— Давай, — киваю я, потому что до их комнат мы просто не дотащим, а тут никто не живет, ведь дверь у самой кухни.

Тут должна была быть кладовая, но не вышло. Продуктов у нас всегда в обрез, так что складывать и запасать просто нечего. Мы живем в страхе: придут нас убивать, заберут на мясо младших, не привезут еды, не будет топлива для обогрева... В то, что младших могут сожрать самки кхрааг, я уже верю. Поэтому мы просто ждем, что будет дальше, проживая день за днем.

Уложив девочек в несостоявшейся кладовой, я отправляюсь к готовым проснуться уже малышам. Достав брикет, даю порции набухнуть, рассказывая Бриму обо всем, что произошло. Он слушает меня внимательно, иногда только переспрашивая незнакомое слово, потому что я волнуюсь и вставляю слова на кхрааге. Он, кстати, тоже все понимает, объяснив мне еще раньше — если его найдут таким, то просто убьют. Химанов он хорошо знает, об аилин знают все, а что там у иллиан, никто не скажет. Но полудохлый химан уверен в том, что его обязательно убьют, и я не разубеждаю его. Каждый верит во что-то свое, я вот в Д'Бола, он — в скорую смерть. Почему бы и нет? Нас все равно не спросят.

Вечер наступает неожиданно. Я снова выхожу, чтобы сделать ужин для всех, ну и оценить, что у нас вообще есть. Насколько я помню, овощи, немного травы, какие-то грибы местные — и все. Вздохнув, еще раз оглядываю кухню и вижу маленький пакет с какой-то крупой. По идее, утром будет еще еда, а если нет? Подумав, решаю оставить крупу на утро, перед школой тем, кого оставить не получится, нужно будет поесть посытнее.

Я готовлю что-то вроде похлебки. Вот сейчас можно и поплакать, ведь у нас даже хлеба нет. Было немного муки, старшие девочки из нее хрусты-лепешки для младших сделали. Мы отдаем все лучшее младшим, чтобы у них был шанс прожить подольше, ведь необходимых витаминов у нас просто нет. Ненужные мы, и все, на что годимся — усладить своими криками слух развлекающейся самки или сдохнуть в лапах врага. Еще съесть могут, наверное...

Вот похлебка готова, я ее разливаю по мискам, думая позвать всех, но в этот момент сквозь приоткрытое окно слышу что-то похожее на гром. За год на планете это в первый раз, поэтому вызывает интерес. Я замираю, прислушиваясь, но, кроме обычных звуков города, не слышу ничего. Вздохнув, кручу ручку, похожую на элемент стены, но это, конечно, не так. Сейчас во всех комнатах начинают трезвонить древние звонки, созывая на ужин. Мои малыши привычные и совершенно точно не испугаются, а остальные сейчас прибегут.

Я беру две тарелки, чтобы отнести пострадавшим девочкам, а потом пойду к себе — Брима накормить надо и мне поесть немного, чтобы лапы не протянуть. Остальное отдам маленькому химану.

Девочки спят уж, но тарелки для них я оставляю, чтобы затем выйти из комнаты. В кухне появляются младшие, которым я выдаю ложки и по кусочку хрустящей лепешки. Знать бы мне раньше, что еды не будет, хоть брикетов бы запасла, их всем можно есть. Но сейчас уже поздно об этом говорить...

Опять мне слышится гром какой-то, но быстро темнеющее небо вроде бы спокойно, поэтому я просто пожимаю плечами. От голода, говорят, может казаться то, чего нет, поэтому пока не буду думать о плохом. В грозу я не верю, а, например, в бурю — очень даже. Выдержит ли наш «дом» бурю? Вот этого я и не знаю, потому буду надеяться на лучшее.

Я несу миску в комнату, проследив перед этим, чтобы младших не обижали. Никому в голову не придет, но я просто на всякий случай это делаю, потому что мало ли. На душе как-то неспокойно очень... Наверное, это из-за того, что старших девочек избили. Вот сейчас я покормлю малышей и химана тоже, а потом и сама поем. Не было у меня никогда мамы, не знала я, что это такое на самом деле, я только теперь понимаю. Как можно не любить этих малышей? Вот как?

Может быть, правильно, что расу кхраагов хотят уничтожить. Жаль, что нас убьют, я бы все-все отдала, лишь бы малыши выжили, и химан этот недоеденный тоже. Только сил у меня мало, и отдавать кроме жизни уже нечего. А кому нужна моя жизнь?

Первое новозара. Лана

Конечно, я волнуюсь, ведь о школе воспоминания у меня так себе, но, с другой стороны, здешняя школа очень отличается от того, что было в прошлом. Поэтому я полна надежды. Мы улетаем из верхнего дома, отобус на всех уже пристыкован, потому что летим не только мы, детей у Винокуровых много. Мы все успели передружиться, отчего мне радостно.

— Ланка! — визжит Ви, которую к нам родители ее привезли, чтобы мы полетели в первый раз все вместе и не боялись. Очень они понимающие, как и все Человечество.

— Ви! Привет! Познакомься... — я обнимаю подругу, принявшись знакомить со всеми. Младших достаточно, чтобы целый класс заполнить, а так как мы из одной, получается, семьи, то на группы нас не делят — нет в этом смысла: если кто-то не успевает, другие его обязательно подождут.

Нас много, конечно, но самый старший Винокуров говорит, что мы счастье и чудо. Он Наставник, его так многие зовут, наверное, поэтому он нам все объяснил: один цикл мы учимся все вместе — до метеона, а потом с орбитала нас начнут перемешивать с другими классами. Только мы четверо — Ви со мной и Сашка со своей Светозарой — обязательно останемся вместе. Нам это твердо обещали.

— Дети, ну-ка в отобус! — зовет нас Наставник, и мы все спешим внутрь длинной полупрозрачной «сосиски». Это дядя Витя его так назвал.

Дядя Витя — герой, он Защитник Человечества. Это звание особое, ведь он защитил всех-всех, оказавшись в прошлом. Чудесная у нас семья, просто чудо какое-то. Я уже считаю себя частью семьи, хотя фамилия у нас другая, но дедушка говорит, что это неважно, и он не обижается. Люди очень отличаются от химан, просто очень!

Вот мы залезаем внутрь отобуса, который фиксирует нас в креслах. Мягко, но намертво — это для безопасности, потому что мы самое большое сокровище Человечества. Не конкретно мы, а все дети. Могла ли я представить, что меня назовут самым большим сокровищем? Ви нервничает и вцепляется в меня обеими руками, а я ее обнимаю, рассказывая обо всем, что мы в окно видим. Меня этому папа научил — если страшно, то нужно болтать, и тогда не так жутко становится. Он прав, конечно, ведь это работает.

Школа — красивое здание в виде нескольких белых ажурных шаров, соединенных прозрачными галереями. Перед ней посадочная площадка электролетов и шлюзовой створ отобусов. Подлетать к школе можно только по необходимости, ну или детей привезти-отвезти, навигационная служба за этим очень тщательно следит. Разум разумом, а дядя Витя говорит, что лучше быть параноиком, чем трупом.

Отобус мягко входит в створ, я чувствую мимолетный укол страха, но Сашка незыблемой скалой поддерживает меня, что я хорошо ощущаю, и боязнь улетучивается. Мы входим в светлый круглый холл, и я смотрю на коммуникатор. Этот поистине сказочный прибор-помощник показывает мне, куда надо идти, поэтому я не теряюсь. Топаем мы плотной кучкой, так же и в класс входим. В нем парты стоят как в виртуале, отчего кажутся очень знакомыми и вопросов не вызывают.

Стоит нам только рассесться, звучит красивая мелодия, тем не менее заставляющая собраться, и в классе появляется учительница, очень похожая на Тинь Веденеевну из симуляции. Только она намного старше, отчего опять становится не по себе, но я справляюсь с этим ощущением.

— Здравствуйте, дети! — радостно здоровается с нами учительница, становясь будто более юной в этот момент. — Зовут меня Тинь Веденеевна, и некоторые из вас со мной уже знакомы. А я с вами познакомлюсь в процессе.

Что это значит, я сначала не понимаю, но затем осознаю: она всех нас знает! Винокуровых — потому что семья та же, а нас четверых по виртуалу. Поэтому, наверное, дополнительно знакомиться смысла нет. Тинь Веденеевна с улыбкой рассказывает нам о том, что нас ждет в течение этого цикла обучения, и я даже дыхание задерживаю от удивления.

— Сначала мы поговорим о Человечестве и всех Разумных, о том, что отличает нас от других, — произносит она, очень ласково глядя, кажется, прямо на меня. — Затем вспомним единицы времени и летоисчисления. А вот пото-о-ом... Потом мы читать будем! — с загадочным видом сообщает она.

И я понимаю: сказка продолжается, потому что никто из прежних учителей так не умел. И хотя я давно не первоклашка, меня захватывает ощущение загадки, которую мы все непременно раскроем. А Тинь Веденеевна тем временем рассказывает о времени: почему его отсчет такой неудобный, откуда пошло понимание дня и ночи, и почему дни отсчитываются в память о несуществующей уже планете.

— Издревле Человечество стремилось к звездам, — продолжает она очень интересный урок. — И, когда достигло их, возник вопрос — планет много, на каждой свои сутки, климат, смена времен года. Именно поэтому мы не разделяем месяцы по временам года. Кто знает, сколько у нас месяцев в году?

— Десять! — почти хором отвечает весь класс. Оно и понятно, это же всем известная информация.

— Правильно, десять, — кивает учительница, а затем начинает рассказывать о каждом.

Она говорит настолько интересные вещи, что я совершенно забываю и о страхе, и о времени, и о том, что мы в школе находимся. Такого опыта у меня, пожалуй, не было. Но о времени помнит квазиживой разум школы, поэтому радостную мелодию, извещающую о перемене, мы встречаем с сожалением. Еще хочется!

У школы есть разум, именно он ею управляет, приглядывая за каждым ребенком. Именно к нему локально стекаются медицинские данные наших коммуникаторов, и в случае чего реакция следует просто моментально. Это не слежка, как я вначале подумала, а забота. Целый разум, такой же, как на громадных космических кораблях, заботится о нас в школе.

Перемена дана для того, чтобы перекусить, побегать, попрыгать, но никто не заставляет, поэтому мы вчетвером, будто договорившись, остаемся в классе. На душе спокойно, в помещении очень комфортно, и никуда бежать не хочется. Просто посидеть так, посмотреть в потолок, пообнимать Ви, совершенно не ожидавшую такого отношения, хотя и родилась здесь. А Светозара сидит с мокрыми глазами — прошлое у нее так себе было, хоть и большую часть она забыла.

Я понимаю — в такую школу можно ходить только с удовольствием. Ведь нас не перегрузили знаниями, а просто рассказывали как сказку. Без этих «запишите и заучите наизусть», но тем не менее я все-все запомнила. Правда, и говорили нам сейчас о вещах, нам знакомых. Интересно, что будет дальше?

Из школы возвращаемся просто переполненные впечатлениями. Делимся мнениями, строим планы, и это так не похоже на школу химан, что даже ассоциаций не возникает никаких. Поэтому я улыбаюсь, а рядом со мной и подруга, которой уже совсем не страшно. Прекрасная у нас учительница, просто очень. И школа самая лучшая.

Я и не заметила, как пролетело время, а коммуникатор говорит, что подступает время ужина. Обедали мы в школе, и перекусы еще были — в основном фруктами, потому что Аристотель, так разум школы зовется, бдит. И вот теперь, весь день проведя в школе, но совершенно этого не заметив, я возвращаюсь домой. Зря я думала, что будет сложно весь день учиться.

Отобус паркуется у нашего дома, а я уже вижу родителей Ви, к которым она с визгом устремляется. Мы прощаемся до завтра, и я иду в дом. Им, конечно, остаться предложили, чтобы вместе поужинать, но у семьи Ви традиция — только в семейном кругу, а традиции очень важны, я знаю это, поэтому не настаиваю. Есть у меня какое-то странное предчувствие...

— Ну как первый день в школе? — задает уже за столом вопрос Наставник, который глава семьи.

И тут все наперебой начинают рассказывать, а я закрываю уже открытый рот и просто смотрю. Я вижу горящие глаза, искреннюю радость, понимая, как же мне повезло. И мне, и Светозаре, и малышкам нашим очень повезло, что Сашка такой. Спасший нас братик настоящий герой, ведь если бы не он, всего этого не было бы, точнее было бы, но без нас. От этих мыслей мне хочется плакать, что мгновенно замечают все! И взрослые, и дети тянутся ко мне, узнать, что случилось! Это просто... Просто... И я плачу, конечно, потому как уместить в себе все эмоции не выходит.

— Лана сравнила, — ласково говорит гладящая меня мама. — Она сравнила и поняла, что на самом деле сделал Саша.

— Ты мысли читаешь? — я так удивляюсь, что плакать забываю.

— Что ты, доченька, — качает она головой. — Тут не нужно читать мысли, чтобы почувствовать.

— Да ну, я же свою жизнь спасал, — пытается отказаться Саша от звания героя, но это у него, разумеется, не выходит.

А я начинаю рассказывать о том, что помню. Я говорю, что такой семьи у меня не было никогда, и школы, и друзей, а еще — уверенности в том, что ничего плохого случиться просто не может, потому что здесь, среди людей, есть взрослые, которые все предусмотрели, но при этом не обкладывают кирпичами правил. Рассказываю, а меня слушают, понимая, о чем я говорю.

— Ты больше никогда не будешь одна, — объясняют мне Винокуровы. — Ведь мы разумные.

«Мы разумные». И это объясняет все: и поведение, и умение сопереживать, и заботу... По крайней мере, для родившихся здесь это само собой разумеется, и только для нас троих все еще волшебное чудо. Да, оно вошло в нашу жизнь, но все равно — сказка, что случается с нами каждый день. При этом взрослым не требуется от нас абсолютного послушания, они скорее подстегивают любопытство, желание экспериментировать, ведь ничего плохого с ребенком на Гармонии, как и на других планетах, случиться не может. Разве это не сказка?

После вкуснейшего ужина я еще думаю пойти в комнату отдыха, но затем меня тянет на травку. Хочется просто полежать на травке, глядя в стремительно темнеющее небо, в котором нет и не может быть чего-то страшного или злого. С этими мыслями, попрощавшись, я отправляюсь к подъемнику. Он опускает меня в нашу квартиру, из которой я делаю шаг на улицу.

Вечер опускается на лес, темнеют ровные стволы, виднеются посверкивания огоньком ночных насекомых, будто предупреждающих о себе. Тихо гудя, проносится какой-то жук, кто-то пищит в траве, хрустят сучья вне Зоны Безопасности. Так называется специально огороженная поляна для детей вокруг нашего дома. На нее не могут проникнуть дикие звери, и мы им не мешаем.

Я ложусь на траву, вглядываясь в небо, усыпанное звездами. Некоторые из них движутся, показывая, что на орбите кто-то маневрирует, некоторые моргают равномерно — это буи. Они бывают навигационными и предупреждающими. Разглядывать их можно бесконечно, но когда восходит ночное светило, я поднимаюсь на ноги — завтра в школу, а меня ждет Академия. Вот прямо сейчас она ждет, чтобы мы посмотрели, что случилось дальше, хоть и есть у меня ощущение, что нам это не понравится.

Войдя в дом, улыбаюсь маме и папе. Очень нам с ними повезло, просто очень. Они нас так любят всех, как я себе и не представляла, что можно любить. Они нам показывают, как именно нужно к детям относиться, в первую очередь — именно они. Но уже поздно, и коммуникатор тихо жужжит, напоминая о времени. Это тоже забота, ведь если я не высплюсь, нехорошо будет для меня. И я все понимаю, потому что нам не раз объясняли... Надо идти в душ и в кроватку мою уютную, где меня ждет пушистый зверь. Я очень люблю его обнимать, и спится с ним намного спокойнее, по-моему. «Медвежонок» называется, но на медведей он похож не слишком, папа говорит, что просто по традиции такой...

— Доброй ночи, доченька, — желает мне мамочка, а папочка тихо поет колыбельную.

Ну и что, что я большая, колыбельные я люблю, особенно папину про зеленую карету. Вот я и засыпаю, едва успев пожелать спокойной ночи родителям. А уснув, оказываюсь в Пространстве, среди звезд, туманностей и галактик, даже Млечный Путь вижу! Его ни с чем не перепутаешь.

И вот уже я радостно улыбаюсь Крахе, щупальцами показывающей всем, что нам рады. И тетя Ира тут как тут, поэтому мы подходим поближе к шару, чтобы увидеть, что сегодня нам покажут. Мне очень интересно, хотя кхрааговских детей просто жалко. Не только мне жалко, даже Светозаре, а это о многом говорит. Растеряли мы уже и страх, и ненависть в тепле Разумных. Считаю, это правильно.

— На прошлом занятии мы с вами кроме рассматривания предательства и жестокости говорили о взаимодействии, — напоминает нам тетя Ира. — Сегодня мы опять посмотрим на происходящее в чужой вселенной, а вот затем рассмотрим методы взаимодействия.

Эта речь не очень мне понятна, но я просто твердо знаю, что нам все обязательно объяснят, поэтому не беспокоюсь даже. Мне очень интересно, что произошло дальше, поэтому я чуть не подпрыгиваю от нетерпения. И шар, будто почувствовав мои эмоции, меняется, показывая нам... Невозможное просто!

Я вижу, как девочка расы Кхрааг бережно берет на руки кого-то мне смутно знакомого. Он похож на химана, правда, ног у него почти нет, а то, как выглядят остатки, говорит мне, что его ели, но почему-то не доели. Наверное, наслаждались ужасом ребенка, потому с ног и начали. Обернувшись на Сашку, вижу и его удивление: ведь девочка, на которую мы смотрим, очень голодная, но она не хочет съесть химана, а прячет его ото всех. Кто она? Что происходит? Почему она так себя ведет?

Четвертое р'ксаташка.
Хстура

Сегодня мне удается оставить в «доме» только двоих младших, Кхиру и Скхру, остальных чуть ли не пинками гонят в школу, хотя четырем-пятилетним рано еще — но кого это волнует? Совсем озверели самки, как будто мы вообще к другому народу относимся. Обидно только то, что для врагов мы ничем не отличаемся и убьют нас ровно так же...

— Ты как здесь? — удивляюсь я, увидев Ркашу.

— Спряталась, — признается она. — Страшно очень.

— Тогда надо покормить оставшихся, — предлагаю я, вздохнув. Всех бы спрятала, да не дадут самки проклятые. — А я проведаю старших.

— Хорошо, — кивает она, отправляясь в сторону кухни.

Я же иду к С'хрше и второй девочке, не знаю, как ее зовут, просто не помню. Они дышат прерывисто, тяжело очень, значит, повредили им обеим что-то вчера. Но помочь мне нечем, только перевязать, и все. Этим я и занимаюсь, когда С'хрша открывает глаза, полные мучительной боли.

— В мешке... — она говорит медленно, часто переводя дыхание, и очень тихо, но я разбираю слова. — Возьми.... К себе... У тебя... Запирается...

Сначала я не понимаю, потом только до меня доходит: у меня комната накрепко запирается, но я думала, что это у всех. На мой вопрос С'хрша качает головой, но объяснить не может, силы покидают ее. Тут только Д'Болу молиться остается — она или выживет, или нет. Но вот то, что другие комнаты не запираются, плохая новость. Если что, хотя бы младших надо будет загнать ко мне. Может, и убережет Д'Бол от смерти.

Я подбираю мешок, на этот раз заглянув туда, и вижу — он полон брикетов. Их намного больше, чем можно было бы выручить за наши «сокровища», значит... Теперь я понимаю, почему старшие девочки едва живы — они украли. Наверняка отвлекли чем-то охрану и украли прямо со склада. Наверняка их догнали и избили, посчитав, что убили, но странно, что не отобрали наворованное. Если выживут — спрошу обязательно.

В первую очередь я отношу мешок в комнату, лишь затем, взяв с собой один из новых брикетов, иду на кухню. Нужно положить по маленькому кусочку, буквально крошку, в суп для младших. Им вредно так голодать, но кому есть до этого дело?.. Кхраагам точно нет никакого.

— Ого! — ошарашенно замечает соседка, увидев брикет. — Откуда?

— Девчонкам вчера удалось, — коротко отвечаю я. — Давай положим младшим...

— Правильно, — кивает она, вздохнув.

Подумав, я кладу и ей, все-таки она младше. Полные удивления глаза все мне говорят, и, поддавшись порыву, я глажу ее по голове, а Ркаша вполне ожидаемо плачет. Не стали мы зверями, оказавшись никому не нужными, не стали. Хоть в чем-то на самок не быть похожими. Пусть поест, ей это нужно, а потом пойдем кормить младших. Вот они тоже порадуются.

— Что это? — услышав отдаленный гром, спрашивает меня соседка.

Решительно подняв штору, я выглядываю в окно. Гул какой-то слышится, и время от времени гром, как будто что-то взрывается, хотя откуда мне знать, как гром звучит? Мне только слово известно.

— Гремит что-то, — вздыхаю я. — Может, убежища строят или еще что-нибудь…

— У старших есть убежище, — делится слухами Ркаша. — Говорят, там у них звездолет спрятан такой, чтобы можно было убраться отсюда, не умея даже летать.

Я вздыхаю от этих сказок. Вечно у нас слухи какие-то, то о том, что могут нас в заслон послать, то о вот таких сказочных звездолетах, то еще что-нибудь… Верить в них нельзя, но пугаться и мечтать, конечно, не запретишь. Кто легенды рассказывает, кто в волшебные звездолеты верит, кто Д'Болу молится… Совсем без веры нельзя, от этого с ума сойти можно — помню, слышала что-то такое давным-давно, будто в прошлой жизни.

То время, когда у меня была мама — хоть какая, но мама — будто ушло в сказки. Кажется мне сейчас, ее у меня никогда не было, всю жизнь только этот барак, и ничего больше. Что делают с девочками в школе сейчас, я и не знаю. Вчера многие плакали, а сегодня мне просто страшно за них. Хотя, кажется, чего бояться: не убьют самки, так придет враг, и тогда совсем точно никому не спастись. Также, как кхрааги не жалели их детей, они не пожалеют и нас. А я? Я бы пожалела?

Я задумываюсь, пытаясь представить, что малышей убили… и не могу. Получается, я не знаю ответа на этот вопрос. Хоть мне и совсем немного лет, но, кажется, я стала взрослой. Нет у меня детских мыслей, да и откуда им тут взяться... В этот момент какой-то резкий звук заставляет меня вздрогнуть и кинуться к ближайшему окну.

Сначала я ничего не вижу, только слышу, а вот затем взгляд мой цепляется за какую-то точку в небе. Я замираю, ошарашенно глядя на нее, потому что не понимаю, что это. Точка приближается с каким-то отчаянным воем, и через несколько долгих, как ожидание первого удара, секунд я наконец понимаю, что это: к поверхности планеты с резким громким звуком несется катер. Спасательный катер — его можно узнать по расцветке — горит. И с ровно таким же звуком, ничуть не замедлившись, он впиливается в каменистую почву, взорвавшись с такой силой, что дом подпрыгивает на месте.

Подняв взгляд в небо, я вижу расцвеченные вспышками облака. Все становится ясно: наша жизнь подходит к концу, ведь они пришли. Они пришли, чтобы отправить нас туда, где больше не будет голода. Не оборонил меня Д'Бол, хотя рано еще говорить об этом... Хотя кто я ему, не заслужила я наверняка, но малыши... Малыши...

— Ркаша! Ркаша! — громко кричу я. — Быстро бери младших — и в мою комнату!

И сама спешу туда же, надеясь успеть до начала бомбардировки. Если моя комната действительно была жилым модулем звездолета, если это не байки, то мы сможем выжить. Нужно поднять пол и проверить... Я не помню, откуда это знаю, но, ввалившись в помещение, сразу же бросаюсь поднимать узкие полоски пластика. Тут должно быть что-то важное, я чувствую! И будто сам Д'Бол ведет мою руку, когда я наконец вижу две клавиши: цвета внимания и опасности. Одна, зеленая, как моя кровь, мерцает в полутьме, а дом уже начинает качаться.

Младшие вместе с Ркашой вбегают в комнату, не забыв при этом закрыть звонко щелкнувшую дверь, а я изучаю клавиши. Если я правильно понимаю вот этот символ, то он говорит о маскировке. А второй — об обзоре. Мне кажется, Избранный Богами Д'Бол подсказывает мне, как именно поступить, потому что я нажимаю левую клавишу, а потом изо всех сил давлю на большую кнопку. Она идет вниз с трудом, а потом как-то легко падает и громко щелкает. Появившаяся надпись говорит мне о спасении.

«Индивидуальный модуль спасения». Это означает, что моя комната была не просто модулем звездолета, а частью системы спасения. Они на очень многое рассчитаны, о чем мне дает понять тихий гул. Щели окна закрываются, успев продемонстрировать бомбардировку города яркими сгустками.

— Что это? — восклицает Ркаша, падая на пол, а я обнимаю младших.

— Враг пришел, чтобы нас убить, — объясняю я ей. — Но моя комната — это спасательная капсула, понимаешь? Может быть, нас не найдут...

Сейчас все мое существо нацелено на выживание. Вот сейчас, сию минуту выжить, а потом будет потом.

Все щели закрыты, комната дрожит, но не сильно. Я боюсь открывать обзор, да я всего сейчас боюсь. Мои малыши уже успокоенно лежат в руках, а все понимающий Брим молчит, при этом младшие, обнятые Ркашей, очень тихо плачут. Странно, что соседка никак не отреагировала на химана, хоть и видит его, но, судя по очень большим глазам, буквально выпирающим наружу, она просто в шоке.

— Мы остались одни, — констатирую я непреложный, как мне кажется, факт.

— И теперь умрем от голода? — жалобно спрашивает меня Кхира.

— Еда у нас есть, — вздыхаю я, показывая на мешок. — И вода пока тоже. Нужно подумать о туалете и просто ждать.

— Чего ждать? — не понимает меня Ркаша.

— Убив всех, враги уйдут, — объясняю я ей. — Они будут мучить и убивать долго, но потом уйдут, и мы сможем выйти.

— Чтобы умереть на планете? — всхлипывает пожалуй что подруга.

— Чтобы проверить слухи о спрятанном звездолете, — спокойно отвечаю я ей.

Я действительно спокойна почему-то, как будто этот покой послан мне откуда-то сверху. Малыши спасены, а сама я так долго ждала прихода врагов, что уже перебоялась. Сейчас надо покормить и малышей, и младших, да и нам надо поесть. Одного брикета хватит дня на два, их же в мешке много, насколько я увидела. Кроме того, вряд ли враг разграбит склады, они сюда за другим пришли.

Но у Ркаши есть теперь цель, при этом она по-прежнему не задает вопросов о химане, хоть и видит, что перед ней не кхрааг лежит. А он спокойно смотрит на остальных, будто и не задумываясь о том, в какой опасности находится. Дрожание капсулы постепенно сходит на нет, что означает — бомбить, наверное, перестали. Откуда-то я знаю это слово: «бомбить». Наверное, из старых фильмов, которые иногда показывают... показывали.

— У тебя химан, только странный какой-то, — равнодушным голосом замечает, наконец, Ркаша.

— Он такой же ребенок, как и все, — отвечаю я ей, и вот тут подруга моя, уже единственная, показывает, что она ребенок.

Свернувшись в комочек на полу, она отчаянно плачет, а вместе с ней начинают и младшие, причем все, кроме химана. Шипение заполняет комнату, а я только качаю в руках малышей, но не успокаиваю тех, кто постарше, — им нужно, просто очень надо проплакаться, чтобы стало легче. Ведь, если подумать — мы последние кхрааги, больше никого нет. Совсем никого... Доигрались самцы со своими глупыми кланами и нападениями.

Младшие, наплакавшись, засыпают, а я проверяю воду и посуду. Если плошек не хватит, надо будет по очереди есть, но тут оказывается, что свои миски младшие притащили с собой, а для Ркаши у меня найдется. Я отхожу в сторону, положив на импровизированную кровать малышей, чтобы посмотреть, что у нас с водой.

Пол на место я уложила не полностью, наверное, именно поэтому обнаруживаю небольшую дверцу, потянув за которую, замираю — из пола вырастает явно складная кабинка. Заглянув внутрь ее, понимаю, что проблема туалета решена. Надо же, я столько времени здесь прожила, но даже и не подозревала о том, что модуль автономный. Тогда и с водой не может быть проблем. И, будто подтверждая мои мысли, на стене обнаруживается краник небольшой, а рядом с ним треугольный циферблат, показывающий, что воды у нас полные баки. Два полных бака — это, во-первых, богатство, а во-вторых, очередная странность.

Нужно, наверное, посмотреть, что вокруг творится. И потом время от времени посматривать, чтобы обнаружить момент, когда последний враг уберется с планеты. Отчего-то я уверена, что они не будут уничтожать нас физически, а просто уйдут. Может, музей среди костей устроят — что я о химан знаю? И посоветоваться мне не с кем, кроме как с воображаемым Избранным. Подскажи, Д'Бол...

— Сверху пришли враги, — объясняю я химану. — Чтобы убить нас всех. Не знаю, спасли бы они тебя...

— Убили бы и забыли, — усмехается он. — У меня нет никого, да и ног тоже, так что я им живым точно не нужен.

— Значит, от кхраагов химан ничем не отличаются, — понимаю я, а потом наклоняюсь к маленькому пульту, чтобы нажать клавишу обзора. — Я сейчас посмотрю, что вокруг творится. Ты не смотри, мало ли...

— Вряд ли что-то хорошее, — замечает он, но отговорить даже не пытается, а я решительно нажимаю серую клавишу.

Откуда-то снизу, пробив пол, поднимается длинная палка, оканчивающаяся визором. Встав на цыпочки, потому что на мой рост она не рассчитана, я приникаю глазом к довольно древнему, насколько я помню, прибору удаленного обзора. Наверное, действительно, зря я это...

Города почти нет, он дымится, укрытый зеленым, цвета крови, туманом. Между нашим «домом» и первыми развалинами — десятки разорванных тел, но еще стоят и взрослые, и... Увидев, что с ними делают, я падаю на пол, не сдержав рыданий. Пусть они имеют право мстить, но химан хуже кхраагов! Хуже! Потому что они не просто уподобились тем, кого убить хотят, они в чем-то даже превзошли их. Я не буду рассказывать! Никому и никогда не расскажу, что увидела сквозь визор.

Только сейчас понимаю, от какой страшной участи нас всех уберег Д'Бол. Я и не представляла себе, что с детьми можно обращаться именно так. Это намного хуже смерти, потому что ужас, царящий на равнине, чувствуется, мне кажется, даже здесь... Ну а то, что детей убивают кхрааги, не понимающие, что отсрочка для них очень короткая, меня уже не удивляет. Это слишком жестоко, просто, по-моему, запредельно. Пусть покарают их всех... Хочешь убить — убивай, но вот так зачем? Зачем им нужен именно такой ужас?

Я нажимаю еще раз клавишу, чтобы убрать визор. Это не надо никому видеть, совсем никому. Кажется, все испытания сделали меня взрослой. Ну еще я и самая старшая здесь, значит, надо становиться взрослой, потому что больше некому. Должен быть кто-то взрослым, потому что иначе мы не выживем. Не зря же нам дал этот шанс Д'Бол, ведь именно он вел меня, когда я искала те самые кнопки, и мы должны, просто обязаны воспользоваться им.

Не знаю, сколько времени пройдет, прежде чем враги уйдут, но мы подождем. Выждем, сколько будет нужно, а потом пойдем искать тот корабль из слухов. Только бы химан не решили уничтожить планету, ибо выдержит ли такое модуль, мне неведомо. Страшно очень, на самом деле, у меня теперь кошмары будут...

Ну а пока я дрожащими руками наливаю воду в миски и плошки, кладу в них кусочек концентрата из брикета и жду, пока набухнет, чтобы разбудить и покормить младших. Они все теперь мои, потому что больше нет у нас никого.

Второе новозара. Лана

Самый большой вопрос, который остается после нашего сна, это почему девочка кхраагов такая добрая. Причем вопрос этот у Сашки, для меня-то все нормально, но брат мне объясняет, что его доброта появилась потому, что им Варамли занимался, показывая пример, а для кхраагов такое поведение совсем нехарактерно. Девочку не любили же, она обязана была просто озлобиться, но почему-то не стала. Надо будет Краху об этом спросить.

На самом деле, мне безумно жалко эту Хстуру, имя которой действительно говорящее, так Сашка сказал. То, что делают с сиротами самки кхрааг, вообще очень странно. У химан хотя бы детские дома были, хотя безногого, скорее всего, усыпили бы, учитывая, что у него никого нет. Но тем не менее вот именно такого отношения я не понимаю. Какое-то оно запредельно-жестокое.

Завтракаем мы сегодня у Винокуровых, наверное, поэтому мою задумчивость сразу же замечает тетя Маша, ведь она же телепат. Не мешая мне завтракать, она хмурится, а потом, видимо, не выдерживает, спрашивает, и я начинаю рассказывать о том, что мы увидели. О брошенных девочках. Все равно, как они выглядят, ведь они просто дети! Я говорю, что их бьют сильно, пугают, а питаться почти нечем, ну еще и о доброте.

— В истории Человечества такие случаи известны, — говорит мне тетя Маша. — В Темных Веках жил народ, который хотел уничтожить другой народ. Физически уничтожить, и вот он пришел убивать...

Она рассказывает о событиях из дремучей истории, а я в ее словах вижу Хстуру и то, что ее окружает. Единственная разница — ее не хотят убить, на этих детей просто наплевать. Но тетя Маша тут принимается рассказывать о том, что такое «лагерная мама», откуда пошло такое выражение и что оно значило. И я начинаю понимать: Хстура добрая, потому что ей есть о ком заботиться. Но ведь другие не такие — почему?

Это занимает мои мысли весь день, да и Сашка

очень задумчивый. Он вздыхает, что-то вспоминая, а Светозара просто оценивает увиденное нами. Увиденные девочки — просто дети. Не кхрааги, не жестокие, злобные существа, а дети. И, видя этих потерянных девочек, я понимаю: мы уже изменились, став разумными, а для разумного существа дети превыше всего.

— Здравствуйте, дети, — улыбается нам Тинь Веденеевна. — Сегодня мы с вами поговорим о буквах и цифрах. Большую часть информации человек традиционно получает из книг, а чтобы уметь читать книги, нужно знать буквы..

Я читать умею, но на языке химан и немного — иллиан, а на всеобщем совсем нет. Буквы выглядят иначе, при этом есть и простые, и очень сложные, они называются «иероглифы». Вторые очень практичны — в одном иероглифе можно целое понятие зашифровать. Это очень удобно в космических кораблях, поэтому я изучаю новые буквы особенно тщательно.

— А теперь мы вспомним счет, — улыбается нам учительница.

Считать у нас умеют все, но мы все равно проходимся по цифрам, а потом начинаем складывать и вычитать. Это нужно, чтобы у всех был одинаковый объем знаний. Вот тут я узнаю, что у Светозары с цифрами не очень хорошо, поэтому мы все помогаем ей понять, что за что отвечает и как этим пользоваться. Очень интересные уроки у нас сегодня, просто очень. А после обеда будет еще История Человечества — от Темных Веков до нынешних дней.

У нас на первых циклах не очень много предметов, потому что запоминают все по-разному, а выучить нужно всех. В перерыв мы идем обедать, делясь впечатлениями с одноклассниками. Второй день всего, а я уже привыкаю, потому что к хорошему очень быстро привыкаешь. Даже столовая тут совсем не похожа на то, что в прошлом было. Столики небольшие, за ними можно вчетвером сидеть. Мы с Ви, Сашкой и его Светозарой так и садимся, а еда у каждого своя — что нравится, что можно, потому что хоть болезней и нет, но коммуникатор же говорит о том, чего не хватает…

— Все-таки надо Краху спросить, отчего Хстура такая, — задумчиво произносит Сашка. — Хотя я тоже… Но другие-то нет…

— А может быть, это из-за того, что она совсем одна? — интересуюсь я, а Ви уже знает, о чем мы разговариваем, но просто слушает. У нее дар эмпата, вот она все и чувствует.

— Нет, озлобиться должна, — качает головой мой брат.

Так ничего и не решив, мы возвращаемся на

уроки. Мне очень интересна история Человечества. Особенно то, чем она отличается от истории химан, ведь я же помню... Вот сейчас совершенно точно узнаю, и тогда можно будет сравнить.

— История Древних веков до нас дошла не полностью, — произносит Тинь Веденеевна. — Мы с вами начнем с тех времен, когда люди считали, что всеми природными явлениями управляют некие высшие сущности. Они назывались богами.

— У кхраагов приняты ритуалы, — задумчиво произносит Сашка. — И у алиан, а вот у химан не знаю...

— У химан один бог, который всем управляет, — припоминаю я. — Только в него уже не верят, просто по привычке упоминают.

— Вы рождены в иных, с нашей точки зрения, очень диких цивилизациях, — кивает нам учительница. — Если я правильно понимаю, у кхраагов непростые ритуалы были, поэтому вспоминать не будем, договорились?

— Спасибо... — тихо благодарит ее Светозара.

Учитывая, что нас едва не съели, то действительно хорошо, что не нужно об этом рассказывать. А вот у людей все было не так жестоко. Конечно, существовали культы жестокие, даже очень, но мы о них пока говорить не станем, потому что потом кошмары начнутся, а нам не надо. Хватит ужасов в жизни... Тинь Веденеевна объясняет, что всему свое время и что никто рассказывать малышам об ужасах не будет.

Очень заботливые люди, а разум школы внимательно следит за тем, когда мы утомляемся, особенно я. Я почему-то быстрее других устаю, но ничего страшного в этом нет, потому что одинаковых детей просто не существует. А раз так, то и волноваться незачем. Разум же бдит, поэтому мы возвращаемся домой усталые, но не замученные.

А еще в школе нет домашних заданий! Вот совершенно нет, и все, как будто они и не нужны вовсе. Не утерпев, спрашиваю Тинь Веденеевну, а она говорит, что дома нужно отдохнуть, расслабиться, заняться чем-то другим. Если вдруг окажется, что я что-то слишком быстро забываю или что нужна дополнительная тренировка, то это будет решено, но пока такого нет.

А я вспоминаю химан и их бесконечные домашние работы. Зачем они были придуманы?

— Ответ очень прост и сложен одновременно, — отвечает мне Краха. — Девочка — творец, а что значит этот дар, кто знает?

— Она не может быть неразумной, — замечает Оля. Она совсем недавно в Академии, а знает уже больше нас. — В какой бы цивилизации она ни родилась, но разум всегда с ней, ведь умение творить — вот тут, — и девочка кладет руку себе на грудь.

— Да, именно так, — показывает щупальцами улыбку наставница. — Открывшийся дар уже не позволит ей стать жестокой, да она этого и не хочет, видите?

Картинка в шаре приближается, позволяя нам рассмотреть не только непростую жизнь девочки-кхрааги, но и ту заботу, внимание, с которыми она относится к окружающим ее существам. Я вижу правоту Крахи, но не понимаю, откуда она взяла, что девочка творец? Задумавшись, выпадаю из обсуждения, но затем обращаюсь к наставнице, потому что не могу понять, почему она решила так. Неужели только по поведению?

— А почему ты думаешь, что она творец? — интересуюсь я.

— А вот смотри, — Хстура в шаре снова находит химана, и тут ее движения становятся медленными, а шар расцвечивается так называемыми «вероятностными линиями». — Видишь? Она совсем немного, неосознанно, но меняет мир вокруг себя.

Да, творец это может, поэтому так важно обучение. Я вглядываюсь и вижу, что девочка изменила реальность так, что на химана никто внимания не обращает. При этом он принимает страшное для него существо, не умирает, не боится постоянно, а такое ощущение, что ему все равно. Я вглядываюсь в его лицо, чувствуя, что знаю его, но не могу понять откуда.

— Раз этот вопрос прояснили, давайте посмотрим, что произошло дальше, — произносит наставница, позволяя нам увидеть детей.

Два десятка разновозрастных детей расы кхрааг находятся в аду. Их никто не любит, не гладит, не успокаивает. Они живут в постоянном страхе, при этом самки не стесняются избить, заставить заниматься физически для детей тяжелым трудом, унизить их. И Хстура — готовящая еду, отрывающая ее от себя, чтобы покормить мальчика чужой расы, заботящаяся о тянущихся к ней младших. А еды у них все меньше...

— Лагерь... — шепчу я, находя все больше совпадений с тем, что рассказывала тетя Маша. — Как она только находит в себе силы...

— На Сашу похоже, — замечает Светозара, прижимаясь к нему плечом. — Такая же сила воли, такой же взгляд на вещи и готовность жертвовать собой.

— Потому что творец, — кивает мой брат, но чувствую я, дело не только в этом.

— Давайте дальше смотреть, — улыбается кто-то из аилин, я не всех тут по именам знаю.

И вот когда в руки Хстуры попадают едва вылупившиеся, как нам Сашка говорит, малыши, я уже понимаю, что она их не оставит и не съест. Хотя ей в руки их отдали явно с этой целью. Мой брат протяжно шипит, что показывает его недовольство, но молчит, а я смотрю, как совсем юная девочка становится мамой. Она действительно мамой становится, хоть и не знала такого отношения никогда, что необычно, конечно, но малышам очень комфортно.

Дальше нам показывают орбиту — наскакивающие корабли-разведчики, попытка ремонта флота и, наконец, первое обнаружение планеты. Меня совсем не удивляет предательница, сидящая за штурвалом в одиноком корабле. Кхрааги на этот раз не вступают в переговоры, просто уничтожая малый разведчик с очень удивленной предательницей.

— Это химан! — переводит нам Сашка речь командира патрульного звездолета. — Химан, захватившие наш корабль!

— То есть они подумали, что там враг, а не чудом спасшийся свой, — понимаю я.

— Это клан З'грхастр, — приглядевшись, сообщает мой брат. — У них понятие «свой», по-моему, вообще отсутствует. Но на самом деле, уже не важно, погибла предательница или нет.

— Почему? — удивляюсь я, очень надеясь на то, что девочка выживет.

— Где она исчезла, уже известно химан, — объясняет мне Сашка.

И спустя мгновение у меня появляется возможность убедиться в его правоте: огромный флот накатывается на планету. Ну, сначала — на звездную систему, где кхрааги принимают бой. Так как предательницы больше нет, то нет и легкой победы. На орбите закручивается безжалостная мясорубка. Кхрааги знают, что проигравших просто уничтожат, да и остатки расы за спиной, поэтому флот нападающих стремительно сокращается.

Все больше кораблей взрываются, затем один из кхраагов идет на таран флагмана химан, считая, наверное, что у тех структура командования, как у кхраагов, но... Паузы не происходит, а вот химан кажутся совершенно озверевшими — они уже не щадят себя, беря на таран корабли кхраагов, которые такими темпами быстро заканчиваются. Начинаются бои в атмосфере, потому что у самок обнаруживаются истребители, но одновременно с этим громадные синие шары срываются вниз. Я вижу, что химан бомбят прицельно — первой становится пылью школа, заставляя меня вскрикнуть и расплакаться.

Остановившаяся на моменте чудовищного взрыва картинка заставляет плакать просто навзрыд. Я знаю, что кхрааги хотели нас съесть, я помню ту боль, но там внизу — дети. Дети! Они пока не стали взрослыми, они не виновны в том, что натворили кхрааги, потому что маленькие еще.

— Вот этим разумное существо отличается от дикаря, — обнимая меня щупальцами, произносит наставница.

Я плачу, да и не только я, а все вокруг, потому что это просто невозможно вынести. Я поняла бы, если бомбили бы правительство, полицию, военных, но они начали с детей — при этом химан не могли не знать, куда именно целят. Выглядит это настолько жутко, что я даже не знаю, смогу ли смотреть дальше.

А победители уничтожают город, превращая его в кучу щебня, а затем вниз идет десант. Они убивают не всех, только самцов, самок же и детей сгоняют на пустырь прямо недалеко от того места, где Хстура живет, но Краха отвлекает меня от происходящего.

— Смотрите, — произносит она, показывая

щупальцем в шар. — Девочка опять меняет реальность.

И действительно, прямо на глазах комната Хстуры обрастает стенами, появляется тамбур, а затем получившееся закапывается в почву. Такое ощущение, что железный блок, в котором она жила, обрел совсем другое свойство. Я растерянно смотрю на усмехнувшегося Сашку.

— Это модуль жизнеобеспечения спасательных кораблей, — объясняет он мне, добавляя затем: — Химанский.

— Хстуре неоткуда знать, как выглядит автономный модуль, — подхватывает Светозара, — а вот химан этот, судя по всему, знает, что само по себе не очень обычно.

— Ну, может быть, его научили, — пожимаю я плечами. — Помню, папа близнецов учил кораблем управлять...

Я осекаюсь и еще раз вглядываюсь в не самое чистое, очень худое лицо химана. Мне кажется, еще немного, и я его узнаю...

Пятое р'ксаташка. Хстура

Если верить часам, уже утро. Младшие просыпаются повеселевшие, улыбаются. Я глажу их и очень ласково с ними разговариваю. Ркаша удивлена моей лаской, но принимает ее, показывая, какой она пока еще ребенок. Комната у нас не такая большая, но помещаемся все, еще и место остается. Надо дать малышам моим имена, а пока мы вместе со старшей готовим завтрак.

— Я сегодня посмотрю, что происходит, — негромко объясняю я ей. — Если враги ушли, можно будет подумать о том, чтобы выбраться.

— А это не опасно для тебя? — с тревогой спрашивает меня Ркаша.

Страшно ей без меня остаться, вот и тревожится, но я глажу ее по голове, объясняя, что нет никакой опасности, потому что здесь есть возможность осмотреться. Надо еще взглянуть, что это за крышка такая странная рядом с кнопками, но это можно и потом. Я в устройстве космических средств спасения почти не разбираюсь, но понадеюсь на Д'Бола — на то, что он не оставит нас. Ведь спас же для чего-то...

Сначала надо разобраться с завтраком, и с именами для маленьких моих. Назову я их, наверное, в честь нашего спасителя. Мальчик станет Д'Болом, а девочка — Бкхой, хоть так называть и не принято совсем, но какая кому теперь разница, что принято, а что нет. Нет на свете кхраагов, закончились они, я в этом совершенно уверена.

— Давайте кушать, доченьки, — ласково обращаюсь я к младшим, от этого обращения просто замершим. Оно для них, как и для меня, очень много значит. — Сейчас поедим, а потом поиграем все вместе.

— Ой... — удивляется Кхира, увидев Брима. — Это игрушка? — интересуется она.

— Нет, — качаю я головой. — Это химан, выкинутый своими, поэтому он будет вам братом, согласны?

— Братом? — они пораженно смотрят на химана,

пытаясь осознать мной сказанное, но потом робко кивают. — Согласны!

— Мы последние кхрааги, — объясняю я им. — Больше никого нет. И если наши предки, да и самки, были уничтожены, это позволяет нам не быть зверьми.

Совершенно пораженные младшие, кого не поставили в известность, а спросили о согласии, находятся почти в прострации. Они такого никогда не видели и не знали, как и я, но сейчас я просто свои детские мечты превращаю в реальность. И в этой самой реальности я хочу, чтобы малышкам было хоть немного теплее, чем обычно, ведь кто знает, сколько нам жить осталось.

Набухший концентрат можно есть как кашу. Ложек у нас достаточно, поэтому мы спокойно завтракаем, не полностью наевшись, но так, что ощущается какая-то сытость. Поэтому можно просто откинуться на стенку и посидеть так. Кхира и Скхра ложатся прямо на пол, чтобы сохранить это ощущение, а я их глажу, продолжая кормить малышей. Брим ест сам, при этом едва заметно улыбается.

Если подумать, он настоящий герой — ведь наверняка у него убили всю семью, а он как-то может спокойно общаться с нами, не стараясь убить хотя бы младших. А ведь судя по тому, что устроили взрослые химаны и другие расы, ненависть их настолько огромна, что лишила всех разума, сделав хуже диких зверей. Жалко, что истерить нельзя — дети испугаются, я бы разревелась. Но мне действительно нельзя. Я теперь мама, отныне и пока не закончится наше время. И, видит Д'Бол, я сделаю все, для того чтобы дети выжили. Пусть мне всего одиннадцать... Ой, вчера двенадцать, получается, было... Но все равно, пусть мне всего двенадцать, я буду им мамой.

Комната вдруг начинает дрожать, что вызывает мое искреннее удивление. Убили же вроде всех, что происходит? Пересев, я наклоняюсь и поднимаю кусок пола, чтобы нажать кнопку обзора. Вновь выезжает тонкая труба с визором. Ркаша тоненьким голосом ахает, но мне некогда — нужно выяснить, что происходит. Неужели химан решили разрушить планету? Тогда мы обречены...

Представшая моему взгляду равнина будто покрыта ровным слоем крови. Зеленое месиво, в котором угадываются кости тех, кто совсем недавно бегал, улыбался и мучил других, вызывает тошноту, но я борюсь с собой, наклоняя визор. Мне кажется, строители этой капсулы понимали, что иногда и в небо смотреть надо, поэтому я вижу расцвеченное огнями темное утреннее небо, в котором явно воюют.

Буквально над самой поверхностью разгорается отчаянный бой — два небольших корабля изо всех сил стараются уничтожить друг друга. Сначала я не понимаю, что вижу, но вот затем глаз выхватывает характерные детали, и я осознаю, что вообще ничего не понимаю. Отвалившись от визора, я осматриваюсь, а потом просто трясу головой, щелкая зубами.

— Что там? Что? — с тревогой в голосе спрашивает меня Ркаша. — Нам пришли на помощь?

— Там химан дерутся с аилин, — негромко отвечаю я, подивившись фантазии ребенка. — Химан побеждают.

В первое мгновение и у меня возникла мысль о том, что какая-то часть флота кхрааг уцелела, чтобы отомстить за нас, но я понимаю тщетность этих мечтаний — кхраагов всех убили, совершенно всех, о чем говорит зеленая от крови каменистая почва этой планеты. Вдохнув-выдохнув, я снова приникаю к визору и вижу, как с неба падает разорванный пополам корабль аилин, который ни с чем не перепутаешь. Получается, союзники передрались?

Это, если подумать, нам на руку — закончив здесь, они уйдут к планетам, чтобы окончательно уничтожить нового врага. Мне кажется, что предали совсем не аилин, а напротив — химан. Не зря же они были нашими союзниками. А предавший раз точно считает это нормой, значит, постарается убить всех. Вопрос только, почему они вдруг решили напасть на своих союзников... Но ответа на него мы не узнаем, поэтому нужно только понаблюдать и молиться Д'Болу, чтобы планету не тронули.

Я не убираю визор, а укладываю малышей спать. Они еще несколько дней будут в таком режиме, потом нужно будет развивать... Чтоб я знала еще, как это делать правильно... Пока что я придумываю игру для Ркаши, Брима, Кхиры и Скхра. Нужно постараться их увлечь, а самой время от времени посматривать. Если я все правильно понимаю, не ожидавших подлости союзников химан довольно быстро уничтожат, а вот потом уже можно будет и нам посмотреть, что уцелело.

Есть ли смысл всех тащить с собой? Наверное, нет, но малыши не могут без мамы долго оставаться, а младшие просто плакать будут. Что придумать? Оставлю Ркашу за старшую, а сама буду уходить ненадолго, только чтобы изучить один район и вернуться. Ой, я же не посмотрела, что в этом лючке, рядом с кнопками!

Обнаруженное мною — просто подарок, иначе и не назовешь. «Инструкция выживших» оно называется. Три небольшие книги, в которых рассказывается обо всех функциях модуля, о котором я, получается, вообще ничего не знала. Оказывается, это не простой модуль выживания: во-первых, он химанский, но инструкция составлена на нашем языке, а во-вторых, предназначен для спасения каких-то «очень важных гостей».

— Интересно как, — задумчиво произношу я, тут только увидев третью книжку, на которой надписи мне непонятные. Но раз модуль химанский... — Брим, посмотри, пожалуйста...

— Ого... — ошарашенно произносит он, прекращая игру и занимаясь изучением книги.

А я понимаю, что модуль откуда-то вытащили, чтобы нас запереть, при этом точно не зная, что это такое. Но на планету точно до прихода врага ничего не падало, а это значит, что корабль может быть на самом деле, ведь такие модули монтируются в катерах спасения, как следует из прочитанного.

Кроме основной панели с тремя кнопками здесь есть еще специальная — для управления модулем. Он, оказывается, умеет летать, вернее скользить над поверхностью, если гравитационные двигатели исправны. Далеко улететь не сможет, но хотя бы поближе к городу, чтобы не ходить по перемолотым в кашицу кхраагам. Точнее, не совсем к городу, а в квартал Управительниц. Если корабль существует, то наверняка там и спрятан. Только нужно найти инструкции, как им правильно управлять...

Я снова приникаю к визиру, тщательно оглядывая небо и поверхность, но все тихо, только громадные птицы Хкрго пируют, ведь для них сегодня много еды... Именно вид хищных птиц и говорит мне — нет больше никого. Они очень пугливы и от любого шевеления могут быстро улететь. Значит, все закончилось... Плакать уже не хочется, да и не тошнит совсем, пока я не думаю, что размазанные по равнине останки были такими же, как я. Интересно, как так вышло, что для ненужных сирот предоставили подобный модуль, да еще и меня в него поселили? Могли ли самки не знать? Не очень верится, поэтому, получается, рука Д'Бола...

Пробормотав благодарственную молитву, как я себе ее представляю, уверенно поднимаю зеленую кнопку и отжимаю клавишу маскировки, после чего бегу к визору, смотреть, что происходит. Спустя некоторое время, визор уже не нужен — открываются щели.

— Девочки, не смотреть! — жестко командую я, и поднявшиеся было младшие опускаются обратно. Послушные они у меня, повезло мне с ними.

— Слева, — показывает мне внимательно читающий книжку химан. — Нажать и повернуть.

Кивнув, делаю, что он сказал, незаметная крышка падает на пол, а передо мной появляется большая панель управления с рукояткой посередине. Правда, ею я управлять не умею, поэтому беспомощно оглядываюсь на Брима, улыбающегося так, как будто знакомого увидел. Что, если он может управлять такой штукой?

— Брим, скажи, ты умеешь этим управлять? — интересуюсь я, на что он молча кивает.

Я беру химана на руки, поднося к панели, а он очень уверенно что-то нажимает, переключает, и наш дом будто выше становится. Получается, он двигатели активировал? Здорово как! Я подсказываю ему, куда нам надо, а Брим очень уверенно, как опытный пилот, ведет капсулу, при этом негромко рассказывая мне, что делал это уже множество раз в какой-то «симуляции». И после этого кто-то говорил, будто кхрааги — самая воинственная раса...

— Игра такая есть детская, — поясняет он мне, держась двумя руками за то, что в книге названо «ручка управления». Я не все в его речи понимаю, а младшие, по-моему, вообще дыхание затаили, глядя сквозь переднюю щель на то, как приближается город. Точнее, развалины. — И папа еще... — он тихо всхлипывает, а я прижимаю Брима к себе.

Это наш шанс, Д'Болом подаренный. Я понимаю, что модуль наш, настолько простой в управлении, что справиться могут даже дети, да и то, что мы до сих пор живы, — это все подарок Д'Бола, решившего нам помочь. Наверное, он услышал наши молитвы и простил по крайней мере нас... Спасибо ему за это! Я за такое готова день и ночь ему молиться, но, учитывая, как он помогает, нужно ему что-то другое. Вот бы узнать, что именно!

Модуль медленно плывет над поверхностью, а я рассматриваю когда-то красивый город. Среди развалин виднеются зеленые и серые ошметки, но я не размышляю на тему этого, запретив себе представлять, кем они были. Одна я бы тут точно не пробралась — нагромождение камней сплошное. А вот район Управительниц почти отсутствует — он в пыль перемолот. Наверное, поэтому я вижу блеснувший на солнце уголок чего-то металлического.

Брим осторожно подводит модуль все ближе, но в какой-то момент тот сам опускается на поверхность и больше не реагирует никак. Загорается какая-то надпись поверх кнопок. Химан вчитывается в нее и вздыхает.

— Энергия кончилась, — объясняет он мне. — Больше никуда не летим.

— Тогда я, наверное, пойду пешком, посмотрю? — спрашиваю я его, но, на самом деле, я уже давно все решила, поэтому просто пересаживаю его к малышам, а сама готовлюсь.

— Может, поешь? — интересуется Ркаша. Я же смотрю на часы и качаю головой — рано еще. Еще час с небольшим есть.

— Я недалеко, — улыбаюсь ей, желая только проверить, что там металлическое сверкало на солнце. Очень хочется, чтобы мне повезло, но я действительно хочу только посмотреть. — Ты за старшую!

Она кивает, а я, улыбнувшись, иду к двери. Как правильно ее открывать после полного запирания, мне уже известно, поэтому проделываю все движения, в книге указанные. Дверь шипит, медленно, будто с усилием, открываясь, а за ней еще одна такая же — это шлюз. Если атмосфера не предназначена для дыхания, она не откроется, но снаружи все хорошо. Внутренняя дверь закрывается, но не запирается, а я стою на пороге модуля, выглядящего внешне иначе, чем я помню. Но не это меня тревожит, а звуки. Их практически нет, просто мертвая тишина висит над поверхностью.

Вздохнув, поправляю слегка задравшееся платье, по небольшой лестнице спускаясь на поверхность. Наверное, враги не очень хорошо обследовали поверхность, они заняты были — детей убивали. Самок-то не жалко, а вот детей — просто до слёз, но плакать я пока не буду, мне нужно найти корабль из слухов и легенд, чтобы улететь отсюда как можно дальше, туда, где не будет ни химан, ни иллиан, ни аилин. Правда, судя по всему, аилин и здесь скоро не станет…

Третье новозара. Лана

Сегодня у нас выходной, поэтому мы можем отправиться в Детский Центр, но мне не хочется. Я все пытаюсь вспомнить, кого мне напоминает тот самый химан из шара. Ничего так и не добившись от своей памяти, тянусь к коммуникатору, чтобы попросить тетю Машу, но потом останавливаюсь и иду к маме. Надо сначала маме же рассказать, а то нечестно будет.

— Мама! Мама! — зову я ее, сразу не увидев в комнате.

— Что случилось, доченька? — интересуется такой родной голос откуда-то сзади.

Я разворачиваюсь к ней и бегу обниматься. Вот хочется мне обниматься, и все. Она усаживает меня на колени, глядя как-то очень понимающе. А я вспоминаю Хстуру, у которой нет никого, но она все равно мама, хоть и маленькая. Наверное, из-за этих мыслей я сначала прижимаюсь к маме, а только потом рассказываю, что меня беспокоит.

— Во сне, в Академии, — объясняю я, хотя она, конечно же, все и так знает, — я вижу мальчика без ног. Ему их откусили, но я его откуда-то знаю, просто не могу вспомнить. И я подумала, может быть, тетя Маша...

— Тетя Маша сегодня занята, — задумчиво отвечает мне мама. — Возможно, его лицо в погашенном сегменте... Пойдем-ка.

Я иду за мамой, отправляющейся наверх. Конечно же, я знаю, что часть моей памяти была погашена, потому что очень страшной оказалась, настолько, что я не могла с ней жить. А подружка моя из прошлой жизни сейчас учится ходить, потому что она очень маленькая Ка-энин и совсем ни о чем не помнит. Со мной же оказалось легче, поэтому только память пригасили, до тех пор пока не вырасту.

Подъемник доставляет нас наверх, но взрослые уже увезли всех в Детский Центр, никого нет. Я, конечно, не очень понимаю, что мама хочет сделать, но считаю, что она знает лучше. И вот тут нам навстречу выходит наставник. Он очень по-доброму улыбается, как будто у него есть решение для всех-всех проблем, и я чувствую, что успокаиваюсь.

— Что случилось, Уля? — интересуется он у мамы.

— Лана у нас творец, — объясняет она. — В Академии в проекции увидела кого-то, а мы же ей память гасили, вот я и подумала...

— Понятно, — кивает он, тронув свой коммуникатор. — Запрос на Минсяо, — спокойно произносит Наставник. — Все лица с идентификаторами из мнемограммы Ланы Синициной переслать мне.

— Ой... — сообщает мамочка, сразу же заулыбавшись. — Я и не подумала.

Она объясняет мне, что сейчас мы получим просто лица всех, кто у меня в мнемограмме был, то есть совсем всех, кого я за всю жизнь хоть разок видела. Я смогу их рассмотреть и сравнить с тем, что помню. Так мы и определим, на кого похож тот мальчик из шара. Просто здоровское решение, по-моему!

Наставник нас приглашает садиться и попить чаю, пока ему не прислали данные. Я ощущаю какое-то внутреннее нетерпение, но при этом еще и облегчение — ведь очень скоро я узнаю обо всем. Особенно пойму, почему меня просто тянет разглядывать этого химана. А передо мной уже стоит чашка, полная ароматного напитка, а рука будто сама тянется к прянику. У людей очень вкусные, наполненные фруктовой сладостью пряники, и противиться этому желанию нет никакой возможности.

Я откусываю эту сладость, на миг будто выпадая из мира, потому что сейчас есть только я и пряник. На Оливии сладостей было немного, хотя у нас в доме они водились — из-за положения отца, но наесться ими, конечно же, было невозможно, а здесь передо мной целая тарелка прямоугольной волшебной просто сладости. И главное, никто не запрещает, не стремится отобрать, что вдвойне сказочно.

Пока я наслаждаюсь, видимо, приходит информация, и наставник выкладывает на стол тонкую пластину наладонника, ставя меня перед нелегким выбором. В руке у меня сладость, но на наладоннике же ответ на мучающий меня вопрос! Не выдержав, засовываю остаток пряника в рот полностью, отчего взрослые смеются. Очень добродушно, даже ласково, мне совсем не обидно. Запив чаем трудно жующуюся сладость, я робко тянусь к наладоннику.

— Можно? — спрашиваю взрослых.

— Конечно, — улыбается мне Наставник, а мама обнимает, показывая, что она здесь, рядом. Сказочная у меня мама, просто волшебная...

На экране лицо, но не то, поэтому я листаю одно за другим. Как много лиц было в моей жизни, оказывается! Пока именно того нет, но их еще много, и я перелистываю страницы, время от времени попивая чай. Проходит, наверное, целый час, я устаю. Откинувшись на спинку стула, задумываюсь о том, что искать, наверное, буду год, но тут Наставник снова обращается ко мне:

— Какого цвета у него глаза? — интересуется он, беря наладонник в руки.

— Темные... — я стараюсь вспомнить. — Зеленые, кажется, — не слишком уверенно произношу я.

— Очень хорошо, — кивает Наставник. — Я предлагаю идти не линейно, а спиралью.

Он что-то делает с планшетом, экран гаснет, а на стене, наоборот, загорается, только фотографии на нем именно спиралью расположены. Я вглядываюсь и вижу, что там только зеленоглазые, но сплошь мне незнакомые. Увидев приглашающий жест, выбираюсь из-за стола, подходя к большому экрану, встроенному в стену, и принимаюсь разглядывать.

Повинуясь моим движениям, изображения делаются то больше, то меньше, но найти именно то лицо я почему-то не могу. Переведя взгляд почти в центр, вдруг вижу близнецов. Погибшие мои братики смотрят на меня в своей обычной манере

— чуть ли не с брезгливостью, отчего глядеть на них не хочется. Сколько слез я из-за них пролила, не сосчитать... Вот за что они со мной так себя вели? За что? И не спросить уже, убили их кхрааги.

Я уже готова искать дальше, но все-таки цепляюсь взглядом за изображение брата и замираю. Тот, кто в шаре, — он очень похож на... наверное, больше на Брима, потому что у Туара родинка над глазом была. Получается, что он может быть Бримом? Но их же убили! Или... нет?

Я сажусь на корточки, мне поплакать надо. Очень уж на Брима похож тот химан со слегка заостренными ушками. И поэтому я горько плачу, ведь, получается, что он выжил. Меня сразу же обнимает мама, и я оказываюсь у нее на руках. Она прижимает меня к себе, я же не могу понять, как так вышло, что я Брима не узнала? Неужели он меня обидел настолько, что я просто не хочу его знать? Но ведь он брат!

Я не знаю, почему не узнала его, отчего почти впадаю в истерику, но что-то шипит, и я как-то очень быстро успокаиваюсь. Мама покачивает меня на руках, и я осознаю: она меня понимает и не рассердится, когда узнает... Ведь она не рассердится же?

Давно я брата таким ошарашенным не видела.

Сначала я, конечно, проплакалась, потом уже призналась. И меня все успокаивали, все-все! Никто не обвинил в том, что я нехорошая девочка, раз брата не узнала. Но удивляет Сашку совсем не это, а то, что мы слышим в шаре. Иногда мы можем услышать, о чем говорят там, внутри. И вот, разобрав, что говорит Хстура, он удивляется так сильно, что я хихикаю.

— Она Д'Болу молится, — объясняет мне брат. — Причем, судя по всему...

— Тебе, — кивает Светозара, заулыбавшись. — А как-то объясняет?

— Папа, который Варамли, — уточняет Сашка. — Так вот, он говорил, что, когда его сердце остановится, планета взорвется. Оказалось, взорвалось три, как раз тогда, когда... ну...

— И она теперь думает, что это ты? — очень сильно удивляюсь я.

— Нет, — качает он головой. — Она думает, что я Избранный, а кхраагов наказали Древние Боги.

— Это как? — ошарашенно замираю я, думая о том, что сегодня день сюрпризов.

И Сашка начинает рассказывать мне о верованиях кхраагов. Оказывается, у них есть несколько наборов богов, и зависят они от клана. Хстура же о богах не знала — точнее знала, что они есть, но так как боги наказали всех, просить их о чем-то бессмысленно. Девочке просто нужна была зацепка, чтобы во что-то верить, вот она и верит в Д'Бола. Именно ее вера и есть тот включатель дара, что помогает ей менять мир вокруг себя. При этом она дает общие установки, а вот детали, получается, Брим задает.

— Значит, и Брим творец? — удивляюсь я, хотя чему удивляться, ведь мы дети одних родителей.

— Да, — изображает жест согласия Краха. — Но учитывая дикость химан, что-то с вашей семьей не так...

А в шаре толпы согнанных в одно место кхраагов. Захватчики что-то объявляют, и несколько самок злобно оскаливаются. В этот самый момент шар темнеет. Я не понимаю, что происходит, но меня обнимают щупальца наставницы, как и Сашку со Светозарой, поэтому я не нервничаю.

— Не надо вам этого видеть, — объясняет мне Краха. — Совсем не надо. Очень страшные вещи там творятся.

— Всех убивают, — понимает Сашка, вдруг всхлипнув. — Кхрааги, конечно, заслужили, но...

— Да, — понимает его наша наставница. —

Поэтому мы перелистнем на следующее утро. — И в шаре снова появляется изображение, но оно странное.

— Не понял! — восклицает брат. — Был ведь спасательный модуль, а теперь он... Это же разведчик! Он на новых планетах используется!

— Спасибо тебе, Д'Бол! — слышится с экрана, и я понимаю, что произошло: девочка снова чуть-чуть изменила реальность.

Мы наблюдаем за тем, как по зеленому плато движется модуль, при этом Сашка комментирует. Брим физически не мог бы им управлять, но у него получается, при этом он совсем не реагирует на отсутствие ног. Наверное, уже привык. Нужно, чтобы брат оказался здесь, ноги ему люди вырастят, обязательно! Только бы он был тут...

Модуль останавливается, не долетая до какой-то постройки, из него выходит Хстура, осматриваясь по сторонам, а до меня вдруг доходит — это последние кхрааги, больше никого нет. Шар показывает нам орбиту, где дерутся корабли. Им совсем не до планеты, потому что, получается, союзники вцепились в горло друг другу.

— А Хстура реальность иначе воспринимает, — замечаю я. — У нее там бои закончены, а мы видим продолжающиеся.

— Это временное смещение, — объясняет мне

Краха. — Сначала мы увидели, как они спасаются, а теперь нам показывают, почему спасение стало возможным.

— Это корабли химан... — показывает пальцем Сашка. — А вторые...

— Это аилин, — уверенно произносит Светозара. — Химан напали на аилин, и теперь будут убивать конкурентов, как Страж и сказал.

— Маленькая моя, — очень нежно говорит мой брат, прижимая ее к себе.

— Эта вселенная искусственная, — говорит наставница, о чем-то раздумывая. — Но именно данный факт и позволяет нам с ней взаимодействовать.

Она вызывает Стража и, когда на экране появляется то самое кольцо, начинает рассказывать, что там находится мой брат, который не может быть наказан, потому что он, во-первых, ребенок, а во-вторых, творец. И так как он мой брат, то его надо будет выпустить вместе со всем кораблем. Ну как-то так я понимаю ее речь, а сама смотрю, как корабли химан добивают последнего аилина, при этом иллиан действуют на стороне химан, что вообще немыслимо. Затем они очень быстро уходят от планеты.

Я понимаю: химан еще вернутся и, может быть, даже уничтожат планету, но пока у Хстуры, ее детей и Брима есть шанс. Недолгая отсрочка, но он точно есть. И теперь от них зависит, смогут ли они вырваться с планеты или нет. И если да, то как с ними связаться?

— Краха! Краха! А как с ними связаться? — интересуюсь я. — Ведь должен же быть шанс!

— Теоретически ты можешь прийти в сон к брату, да и Саша может с девочкой попробовать, — отвечает мне наставница. — Сегодня у нас это вряд ли получится, но вот завтра... Завтра можно попробовать.

Понятно, почему сегодня не выйдет — ночь почти на исходе, да и они еще на планете, что я Бриму скажу? Что сразу не узнала его, потому что оказалась слишком памятливой на обиды? Да он наказан больше, чем представить можно! А я глупой совсем оказалась. От этой мысли мне опять плакать хочется.

— А мы можем услышать их разговоры? — спрашиваю я Краху.

— Завтра временные потоки синхронизируются, насколько это возможно, — отвечает она мне. — Тогда можно будет услышать. Поэтому, кстати, и в сон только завтра можно.

— Ой, я глу-у-упая! Временные потоки же разные — брат меня ни увидеть, ни услышать не сможет! А я подумала о времени до просыпания, хотя, на самом деле, нужно было совсем о другом думать... Но наставница отлично все видит, поэтому меня снова обнимают ее щупальца, заставляя спокойнее реагировать.

Утром, проснувшись, я думаю о том, что как-то очень спокойно отреагировала на известие о том, что Брим жив. Озаренная неожиданной мыслью, тянусь к коммуникатору, почти сразу же понимая, что произошло. Такое счастье, что люди ничего от детей не скрывают! Это не я неправильная, оказывается, это мне успокоительное вчера дали, чтобы я истерику не устроила. Все-таки люди — очень волшебные...

Нужно вставать, пора в школу двигаться. В школе у нас каждый третий день выходной, чтобы давать нам отдохнуть, потому что в древности дети в школе очень уставали и вторую половину недели просто мечтали о выходных. Нам это Тинь Веденеевна объяснила, но я помню химанскую школу, так что она права.

Шестое р'ксаташка. Хстура

Брим уговорил сегодня взять его с собой, поэтому я иду с ним на руках. Или я ослабела, или он потяжелел, но останавливаюсь я часто, чтобы просто передохнуть. Я снова встаю, беру химана на руки и иду, потому что он может знать, как открыть эту штуку. Люк-то я вчера с третьего раза нашла, но открыть его не сумела, и вот теперь у меня есть надежда на то, что у Брима идея будет. Он же в этом просто уверен.

По камням, спотыкаясь и чуть ли не падая, я подхожу к обнаруженному вчера металлическому люку, чуть выступающему над поверхностью. Это явно люк, потому что на нем написано: «только для особых гостей». Но вот открыть его... я и палкой железной, неизвестно откуда тут взявшейся, подцепить пыталась, и пинала его, и кричала, и требовала — все без толку. Находиться в одном шаге от спасения, но не иметь возможности спастись, просто мучительно.

— Так я и думал, — произносит Брим. — Здесь что написано?

— Только для особых гостей, — перевожу я ему крупную надпись.

— А особыми гостями часто были химан, — кивает он, это так согласие у химан выражается. — Химан думать не любят, так папа говорил... — он всхлипывает, но затем вздыхает и продолжает: — Значит, ключ должен быть на поверхности.

— Ключ? — удивляюсь я, но Брим, что-то опять сказав о папе, который его брал с собой, начинает издавать совершенно непонятные мне звуки.

Я терпеливо жду, изо всех сил молясь Д'Болу про себя, в надежде, что тот поможет и в этот раз. Ведь этот люк — это наша последняя надежда, даже если и не в корабль он ведет. Для «особых гостей» часто выделяли все самое лучшее, насколько я знаю, поэтому хотя бы еда у нас будет, а там уже решим, что и как... Именно поэтому я и молю нашего Избранного Богами.

— Да что такое! — восклицает Брим и выдает явно фразу, в которой я понимаю только отдельные слова, но вот под люком что-то гудит, после чего он поднимается и, распавшись на две половины, раскрывается. — Да ладно!

Я вижу, химан поражен, но не понимаю, чем именно, а Брим объясняет мне, что просто очень грубо выругался. Если бы он такое при родителях сказал, то месяц сидеть учился бы. Это что получается, ключом было грубое ругательство? Но если подумать, тогда выходит, что правильно, потому что кхрааг не сможет даже повторить его — пасть не даст.

— Тогда да, — соглашается он со мной. — Пошли внутрь, а потом ты приведешь остальных.

— Хорошо, — соглашаюсь я, потому что он явно лучше знает, как правильно.

Внутри перед нами темный коридор, но я неплохо вижу в темноте, потому иду туда, куда подсказывает мне Брим. Он явно бывал в таком месте, потому что предупреждает о повороте заранее, опять говоря, что так и думал. Я, не удержавшись, расспрашиваю его.

— Это корабль химан, — объясняет он мне, отчего-то вздохнув. — Очень защищенный, но почти не вооруженный, он предназначен для эвакуации. Поэтому двигатели у него не самые мощные, зато надежные и универсальные, — увидев мое непонимание, поясняет: — О топливе можно не волноваться. Старый корабль, очень, что хорошо.

Чем хорош тот факт, что корабль старый, я не понимаю, но доверяюсь Бриму. Так мы доходим до того, что он называет «рубка». Это узкое, вытянутое помещение с тремя креслами — одним впереди и двумя по бокам, возле стен, полных каких-то клавиш и кнопок.

— Сажай меня в кресло, — показывает пальцем химан. — И иди за остальными, а я буду разбираться, чем он от фильмов отличается.

Эта фраза мне совсем непонятна, но я, шепча благодарность Д'Болу за то, что не оставил, продолжая спасать, со всех ног бегу обратно. Малышей я в руках перенесу, а младшие пойдут сами, и Ркаша тоже. Вот она с тревогой смотрит на меня, пока я пытаюсь перевести дух. Запыхалась, пока бежала.

— Ркаша, собирай младших, — прошу я ее, вдохнув по-человечески. — И мешок с брикетами надо взять.

— Неужели нашли? — с затаенной надеждой смотрит она на меня.

— Нашли, — киваю ей, беря на руки малышей. — Брим там разбирается, потому что это, получается, химанский звездолет, слава Д'Болу.

— Ты как знала... — шепчет она, а затем будит младших.

— Кхира, Скхра, на улице холодно, — произношу

я, закутывая малышей во все, что у меня есть. — Поэтому идем очень быстро, но смотрим под ноги, чтобы не упасть.

— Хорошо, — произносит Кхира, в конце совсем тихо добавив: — Мама...

— Да, доченька, — улыбаюсь я ей, оглядев затем внутренности модуля. — Осторожно на лестнице.

Послушные они у меня, но идут, держась друг за друга и за мое платье. А с другой стороны Ркаша и тоже держится. Боятся потерять контакт с мамой. Как я их понимаю, на самом деле, несмотря на то, что лишь чуточку старше. Они мои дети. Это факт, и с ним ничего не поделаешь, да и не хочу я ничего с ним делать, потому что нет у нас других вариантов.

Так мы доходим до раскрытого люка, в который я смело вступаю, а младшие, даже не рассуждая и ничего не спрашивая, идут следом. Именно это показывает их доверие — полное доверие к той, кого назвали мамой, пусть ей всего двенадцать. Поэтому я веду их туда, где видела двери кают, украшенные ажурными узорами. Это место, где мы будем жить.

Наверное, Брим как-то может за нами наблюдать, потому что одна из дверей с тихим шипением уходит в стену, стоит мне только с ней поравняться. Улыбнувшись этому, я поворачиваю в приветливо осветившееся приятным желтым светом помещение, сразу же увидев, что тут достаточно места для всех нас. Наверное, это семейная каюта, потому что в ней есть кровать для малышей и даже с регулировкой света, еще две, стоящие одна над другой, — для тех, кто постарше, и по центру — большое круглое лежбище. Да, Брим прав, здесь нам всем будет комфортнее всего.

— Выбирайте кровати, — улыбаюсь я младшим, а затем аккуратно укладываю еще не открывших глаза малышей в кроватку, которая сразу же начинает их чуть покачивать. Сразу видно, с умом сделана.

— А нам точно можно? — удивляется Кхира.

— Конечно, — киваю я. — Ркаша, устраивайтесь поудобнее, я пойду посмотрю, что здесь еще есть, хорошо? Не пугаться, все плохое закончилось.

— Да, мама! — три голоса произносят это хором, поэтому я сначала обнимаю всех троих и лишь затем иду к Бриму.

Я, конечно, и сама в своих словах не уверена, но помню, как мне было важно мамино мнение. А раз так, то пусть расслабятся, потому что у нас сейчас уже, слава Д'Болу, все в порядке. Вот узнаю еще, можем ли мы с планеты убежать...

— Садись, поможешь, — просит меня Брим и объясняет: — Перед тобой две ручки. Когда скажу, их нужно будет двинуть вперед до упора и не отпускать, что бы ни случилось. Поняла?

— Поняла, — киваю я, усаживаясь во вполне комфортное кресло. — А малышам не...

— Они и не почувствуют, — понимает он меня с полуслова буквально. — Ты, кстати, стала лучше на общем говорить.

Я не знаю, что на это ответить, как-то даже не замечала разницы. Брим тем временем что-то набирает на кнопках перед собой, а я шепотом молюсь Д'Болу, чтобы все получилось. Корабль вздрагивает — раз, другой, а затем прямо передо мной медленно появляется панорама поверхности планеты, полная щебня и крупных камней. Видя, как несколько камней скатываются по бокам, я понимаю, что Брим как-то поднимает нос корабля.

— Механизм подъема исправен, — произносит химан. — Интересно, а орбиту мы увидеть можем?

Перед ним загорается какой-то небольшой экран, но что на нем, я не могу рассмотреть. Брим очень уверенно нажимает кнопки, я же не понимаю происходящего, поэтому просто кладу руки на рукоятки и жду сигнала. Химан шумно выдыхает, что-то на своем языке произнеся, чего я не понимаю.

— Только обломки на орбите, — объясняет он

мне. — Ничего целого нет, так что нам не помешают.

— Мы можем убежать? — не веря пока в это чудо, спрашиваю я.

— Постараемся, — кивает Брим, что-то еще делая. — Спасибо папе за то, что научил. Ну и еще тут есть автопилот, поэтому нужно только взлететь, а там уже разберемся.

— Хорошо, тебе виднее, — соглашаюсь я с ним, готовясь двинуть ручки вперед.

Должно быть, его «папа» был очень необычным химаном, раз научил разбираться в звездолетах. Но именно это нам сейчас и поможет, по крайней мере, я на это надеюсь. Брим дальше что-то делает с клавишами, отчего нос задирается еще сильнее, я вижу небо, а он что-то тихо говорит непонятное.

— Гравитационные почти не работают, — объясняет мне химан. — Значит, надо сразу на маршевых, хотя так и неправильно. Сейчас я импульс дам, и ты сразу... Сейчас! — выкрикивает Брим.

Сначала небо на мгновение скачком приближается, а затем, услышав выкрик Брима, я подаю ручки вперед. На первый взгляд ничего не происходит, только вся рубка заполняется мощным гулом, а дальше небо стремительно чернеет. Появляются звезды, становясь все ярче, как будто моментально наступает ночь, Брим уже громко говорит, я по интонациям слышу — он ругается, но ничего плохого не происходит. Я держу рукоятки, и тут вдруг мы оказываемся среди каких-то крупных обломков.

— Вырвались, — коротко комментирует Брим, а я киваю, хоть и совершенно не понимаю, о чем он говорит. — Сейчас установим точку, куда лететь... Подальше от всех, кого знаем, наверное...

Оказывается, мы уже на орбите и крупные обломки — это остатки флота, что кхраагов, что аилин. Отличаются они друг от друга сильно, а так как я уже знаю, кто с кем воевал, то понимаю, где какие. Брим хочет установить «автопилот» — это такой прибор, который сам поведет корабль, потому что химан не умеет. Он хочет, чтобы нас унесло далеко-далеко, и там мы будем уже искать себе планету, на которой жить станем. По-моему, прекрасный план.

— Можешь отпустить ручки, — говорит он, что-то нажимая, а потом откидываясь на спинку кресла. — Все... Мы летим, поэтому можно найти кладовую...

— А она тут есть? — удивляюсь я.

— Это эвакуационный звездолет для начальников, — объясняет мне Брим. — Тут и кухня, и кладовая должны быть, я даже примерно знаю где.

— Ну, тогда пошли, — улыбаюсь я, поднявшись с кресла, чтобы взять его на руки.

Кажется, он немного легче стал, ну или я уже привыкла. Брим объясняет мне, куда нужно идти, и я послушно направляюсь в указанную сторону. Он рассказывает о том, что у химан цветовая гамма другая, поэтому опасность означает спокойный красный цвет, а тревожный зеленый — наоборот. Я стараюсь запомнить, потому что мы на звездолете химан находимся, и все случайно увидевшие его так и будут думать. Брим говорит, что выключил какой-то «идентификатор» и теперь мы вроде невидимок для всех, что очень хорошо. Друзей у нас нет и быть не может, ведь мы — последние кхрааги. Если кто-то узнает, станем космической пылью и пискнуть не успеем.

Кухня оказывается в конце очередного коридора. Если бы Брим не сказал, ни за что не подумала бы, что это кухня. Он полна совершенно незнакомых мне приборов, блестящих в белом свете. А вот хранилище я узнаю, и как им пользоваться, знаю. Набираю на двери запрос и... замираю. Огромное богатство спрятано в кладовых корабля — и витаминные добавки, и овощи, и даже мясо. При этом нет мяса иллиан, а есть какие-то незнакомые названия.

— Это животные химан, — объясняет мне Брим.

— Они не разумные, не говорящие, просто животные.

— То есть мы не будем есть кого-то, — по-своему понимаю его я. — Я мясо, наверное, вообще не буду, потому что... Не могу.

— Насколько я знаю, это необязательно? — спрашивает он, я же зажмуриваюсь, пытаясь вспомнить.

У нас мяса не было уже два года, и вот именно от этого никто не умер. От другого умирали, а от отсутствия мяса — нет. Значит, действительно необязательно. Но раз мы все равно здесь, надо для младших сделать еду — похлебку какую-нибудь, или суп, или...

— Поднеси меня к автоповару, — просит химан. — Сейчас я ему задам программу, он сам все сделает и в каюту доставит.

Звучит как сказка, но Бриму действительно виднее, в технике химан я вообще ничего не понимаю. Вот только мне интересно, зачем у Управительниц был спрятан именно химанский корабль? Самки, конечно, полностью ненормальные, но как они собирались питаться в пути? Или... не собирались?

— Интересно, а как бы выкрутились самки? — не заметив сама, задаю свой вопрос вслух.

— Они его украли, — сообщает мне химан. — Не

знаю, как именно, но тут их не было. Возможно, выгрузили из большого звездолета и пытались вскрыть. Учитывая, кто напал на нас...

— Я тебя никогда не спрашивала... — отвечаю ему, обнимая. — Но готова выслушать.

И Брим начинает рассказывать. Их было трое у мамы с папой, сестренка постарше и его брат-близнец. Что это такое, я не понимаю, но он объясняет — как сдвоенное яйцо, что только в легендах сохранилось. Они сторонились сестренки, что мне как раз понятно: самцы всегда на удалении от самок держатся. Он же продолжает — о том, как на них напали и что случилось потом.

Брим больше всего мучается из-за того, как обращался с сестренкой. Несмотря на все случившееся, несмотря на потерю брата, съеденного на его глазах, он больше всего плачет по сестренке.

— Только здесь я понял, что она для меня значила, моя Лиара, — всхлипывает прижавшийся ко мне химан.

Оказывается, они тоже умеют любить, а сторониться членов одной семьи у них не принято. Никогда не думала, что узнаю такие подробности о «союзниках».

Четвертое новозара. Лана

Учиться становится сложнее, потому что мои мысли заняты Бримом. Как он сумел выжить, как? То, что я загружена мыслями, замечает и Тинь Веденеевна, останавливая урок. Она внимательно смотрит на меня, ну и на Сашку со Светозарой, конечно, вздохнув.

— Что тревожит вас, дети? — интересуется учительница.

— Мой брат выжил, но он... далеко, — всхлипнув, чего от себя не ожидаю, отвечаю я.

— Лана в ночной Академии его увидела, — сообщает Лена Винокурова, — там все непросто очень.

— Но Академия Творения не только ночью работает, — удивляется Тинь Веденеевна. — Давайте-ка свяжемся с ними.

И уроки останавливаются. Винокуровы хором поддерживают нас, что вызывает у меня желание заплакать, а учительница говорит, что нет смысла пытаться себя переломить, потому что учимся мы не для галочки. Именно поэтому она прекращает урок, связываясь с Сергеем Винокуровым. Не с тем, который Наставник, потому что у них Сергеев много.

— Высылаю транспорт, — вникнув в проблему, говорит он.

От скорости решения проблемы моей и невозможности сосредоточиться я просто в шоке. Сашке тоже очень непросто — он беспокоится о Хстуре, ну и о других девочках, конечно, тоже. Что-то изменил тот факт, что ему молятся. Ну, мне так кажется. А я обращаюсь к Винокуровым, чтобы поблагодарить.

— Ну ты же не можешь учиться, — объясняет мне Лена. — Тебе грустно, и брат же... Как мы можем тебя не поддержать? Да если бы мой брат...

И я понимаю: они принимают мои проблемы как свои, но разве так может быть? Я никогда подобного не видела. Несмотря на то, что я поверила уже в сказку, каждый раз находится что-то, способное поставить меня в тупик. Вот и сейчас я только и могу, что хлопать глазами, пытаясь понять сказанное мне. Потому что это, на самом деле, просто необыкновенно.

— Лана, — обращается ко мне Тинь Веденеевна, видя, как я удивлена, — вот ты сейчас беспокоишься о брате, все твои мысли заняты им, значит, учебный материал ты воспринимаешь хуже, так?

— Ну... я могу постараться, — кажется, у меня очень жалобно получается. — Нельзя же всех подводить...

— Ты никого не подводишь, ребенок, — вздыхает наша учительница. А я оглядываюсь, видя улыбки Винокуровых. — Во-первых, раз ты воспринимаешь материал хуже, то отстанешь и будешь от этого расстраиваться, и ни к чему хорошему это не приведет. Дети превыше всего, Лана. Это не просто слова, и раз тебе так тревожно, мы поможем. Взрослые нужны именно для этого.

От ее слов я плачу. Просто не в силах сдержаться, потому что такое отношение, объяснение... Ведь для учительницы, да и для ребят вокруг меня всё это само собой разумеется! Каждый день я слышу о том, что дети превыше всего, но вот что именно это значит, понимать начинаю, кажется, только сейчас. Это просто невообразимо. А тем временем нас уже всех ведут на выход — Академия Творения транспорт прислала.

Вот так подумать: я оторвала от работы десятки человек, но никто не сердится, напротив — меня успокаивают. Как такое возможно? Ну как?

Наверное, оттого, что я погружена в свои мысли, посадка и дорога проходит совершенно незаметно. Только когда мы на место прибываем, я вижу, что весь класс отправился с нами, и от этой поддержки у меня снова мокрые глаза. А нас уже встречают — дядя Сережа, которого я знаю, тетя Ира, которой радостно улыбается Сашка. И сотрудники Академии...

— Проходите, дети, — приветствует нас дядя Сережа. — Днем мы работаем с разумными нашего вида, и обычно творцы попадают сюда после первых циклов школы. Тот факт, что вы в числе немногих оказываетесь в Академии Сна, как мы ее называем, говорит очень о многом, поэтому мы сейчас свяжемся с нашими друзьями и попробуем синхронизировать...

Часть его речи мне непонятна, но одно я осознаю очень хорошо: мы как-то связаны не только с Бримом, но и, получается, с Хстурой. Чувствуя себя не очень комфортно, я больше молчу и слушаю, особенно когда взрослых становится больше. Нам представляют тетю Вику из группы Контакта, которая сегодня сможет нас проконсультировать, — прямо так и говорят!

Мы оказываемся в большой комнате, чем-то на наш класс из сна похожей, только шара нет, вместо него экраны по стенам расположены. На одном из них возникает Краха, которой я сразу же радостно улыбаюсь, да и она щупальцами радость показывает, даря мне уверенность в том, что все хорошо будет. Не знаю даже, откуда эта уверенность берется...

— Нами установлено, — объясняет она, — что мир, в котором находится брат Ланы и оставшиеся в живых кхрааги, ограничен Галактикой. При этом за основу была взята галактика Млечный Путь, и выйти за ее пределы живые не могут. Они дикие, что не говорит о расе, потому что живые в этой галактике — изгнанные преступники.

— Ого... А вы такое умеете? — с ходу интересуется дядя Сережа.

— Мы умеем, но это неправильный путь, — Краха показывает щупальцами эмоции, аналогичные тяжелому вздоху. — Вы подобному тоже вскоре научитесь, совершая свои ошибки.

— А почему неправильный путь? — удивляется Лена Винокурова.

— Потому что «выкинуть и забыть» — так себе решение, — отвечает вместо наставницы тетя Ира. — Мы дали нашим Отверженным шанс, не изолируя оных полностью, а вот кхрааги были изолированы, в результате чего сцепились со всеми остальными, не имея никакого шанса на развитие.

— Они еще сильнее одичали, — понимаю я. — Но это же их выбор?

Мне объясняют, что выбор, конечно, их, но... И вот этих «но» очень много получается, потому что разум не в пушках, он в том числе и в ответственности. Поэтому подобная изоляция четырех народов была ошибкой, о чем Краха и говорит. До меня медленно доходит, что именно она имеет в виду. На экране тем временем нам демонстрируют, как Хстура опять меняет реальность, поэтому оказывается на звездолете. Странном очень, но звездолете.

— Не боевой, — качает головой Сашка. — Скорее эвакуационный, насколько я помню категории химан.

— Она творец, — кивает Краха. — Надо будет ночью тебе попробовать прийти в ее сон.

— Потому что она мне молится? — с пониманием в голосе спрашивает мой брат.

— Не совсем, — качает головой дядя Сережа. — Она может быть твоей сестрой.

Вот это предположение заставляет Сашку замереть, приоткрыв рот. Я же понимаю, что раз кхрааги дикие, а Сашка неизвестно откуда взялся, то и Хстура может... Ведь она сказала, что они всегда парами рождаются! Значит...

Я сегодня плакса.

Слушая, что говорит обо мне Брим, я не могу не плакать. Сколько любви и тоски в его голосе, сколько ласки... Я очень хочу попробовать прийти в его сон, ведь временные потоки уже синхронизованы и мы можем попытаться. Я смотрю на Краху с надеждой, а она показывает щупальцами улыбку, уговаривая не спешить. Сашка же рассказывает мне все, что может вспомнить о своем переходе.

После Академии Творения нас распускают по домам, объявляя каникулы на неделю, ведь учиться мы, как Тинь Веденеевна говорит, все равно не сможем. А дома я сразу же спать укладываюсь, по-моему, встревожив и маму, и папу, но они такие понимающие, такие... просто необыкновенные!

— Лана, сейчас мы синхронизируем потоки полностью, — спокойно произносит похожий на Краху иллианин, его Арх зовут, и он здесь самый главный. — Ты попробуешь начать взаимодействие с братом. Будь осторожна!

Все происходящее видится мне совершенной сказкой, но я внимательно слушаю и киваю еще. Подумать только: огромные мощности двух цивилизаций сейчас направлены на то, чтобы только дать мне поговорить с братом. Кто может такое представить? А для всех окружающих это норма! Просто нормально и обычно, когда цивилизация старается помочь одному... ребенку. Вот что непредставимо просто.

В шаре, будто на экране, я вижу космический корабль и плачущего во сне Брима. Я делаю шаг к нему, припоминая, как правильно входить во взаимодействие, а затем картинка меняется: передо мной наша старая квартира на Омнии, в которой на своей кровати сидит Брим, рассматривая фотографии. Сейчас он держит в руках мою, на которой я улыбаюсь в свой седьмой день рождения. Я помню тот день... И тут я чувствую, что могу сделать еще один шаг, всей душой потянувшись к нему.

— Брим! Брим! — зову я, в следующий момент обнимая брата.

— Сестренка! — восклицает он. — Ты... прости меня! Прости за все, что я творил! Прости!

— Не плачь, — я глажу его по голове ровно так же, как меня мама гладит. — Я давно простила тебя. Мне нужно многое тебе сказать...

— Тебя съели, да? — он поднимает взгляд, вглядываясь в мои глаза.

— Меня спасли, — улыбаюсь я ему, прижимая к

себе дрожащее тело брата. — Ты сейчас на звездолете находишься. Послушай, что тебе надо делать.

И я рассказываю ему, как именно следует лететь, чтобы попасть к Стражу, что ему сказать и как оказаться у нас, в нашем мире. Я говорю о Человечестве, для которого дети превыше всего, и понимаю: он слушает меня. Поверит ли — тот еще вопрос, но слушает.

Еще год назад мне подобная ситуация показалась бы совершенно невозможной, но сейчас я хотя бы во сне могу обнять брата, могу попробовать помочь ему и другим выбраться, могу... это не перестает быть сказкой, но ведь две цивилизации нам помогают! Две сильные, много знающие расы, и сейчас мне просто... На душе очень тепло, вот что.

— Я все видела, — пытаюсь ему объяснить, но Брим сразу не понимает. — Только как же ты выжил?

— Они... они... они... — он плачет, а я прижимаю его к себе, не давая продолжить.

— Не надо, не рассказывай, — прошу я его, успокаивая, хоть и понимаю, что время уходит. — Если у тебя получится...

С трудом успокоив Брима, рассказываю ему еще раз то, что Сашка мне сказал, но не уверена, что братик меня понимает. Ему очень сложно, а еще он цепляется за меня, не желая отпускать. Моя бы воля, я бы его сюда перенесла, но у него младшие на борту, значит, просто нужно им оказаться здесь. И я все-все сделаю, чтобы у него получилось.

— Мы еще обязательно увидимся! — восклицаю я, ощутив, что мои руки перестали чувствовать Брима.

А затем я просто падаю на пол и плачу, плачу, плачу. Меня поднимает Краха, прижимая к себе, рядом оказывается и Сашка, старающийся успокоить, но удается это не сразу. Я очень тяжело прихожу в себя, ведь там Брим! Однажды похороненный мною брат, оставшийся совсем один, потерявший ноги, но обретший тех, кого надо защитить. И пусть даже они кхрааги — их необходимо именно защитить ото всех. Ведь для них «своих» просто нет...

— Сегодня вы научились ходить в сны близких, — произносит тетя Ира, пока я лежу в щупальцах наставницы. — Это важный шаг. Пока Лана успокаивается, каждый попробует...

Она отвлекает от меня всеобщее внимание, позволяя поплакать. Спасибо за это все понимающей тете Ире. А Сашка гладит меня, рассказывая, что я все сделала правильно. И Светозара тоже что-то говорит, только я не понимаю, что именно, потому что мне очень больно внутри. Здесь и мое отношение к братьям, и радость оттого, что Брим выжил, и боль из-за смерти Туара...

Я просыпаюсь вся в слезах, сразу же оказавшись в маминых руках. Во сне не так заметно, а вот в яви я чувствую, что тяжеловата уже для того, чтобы меня на руках носили, но маму это совсем не беспокоит. Она дает мне доплакать, а потом расспрашивать начинает, и я, конечно же, все-все рассказываю, ведь это мама...

— Значит, они могут оказаться в нашем пространстве, — задумчиво произносит она, усаживаясь вместе со мной на кровать. — А давай-ка и ты, и Саша запишите послание для них? Тогда если передать, то они не испугаются?

— Если Брим услышит мой голос, точно не испугается, — уверенно киваю я. — Но как эта запись на корабли попадет?

— Это наименьшая проблема, — улыбается мамочка. — Выложим в общую сеть и обяжем квазиживых иметь на борту, мы же «Щит».

Ой, я и забыла! Мама и папа работают в «Щите», это разведка, контрразведка и полиция, все в одном. Внутренних преступлений у людей не бывает, потому что они разумные существа, а любая опасность приходит извне. Только иногда могут быть неприятные сюрпризы, но для этого есть такие, как мамочка и папочка. И вот если они скажут, что это надо, то все выполнят, даже переспрашивать не будут.

Очень необычно подобное отношение, но я обязательно научусь всему и не буду уже удивляться на каждом шагу. А мамочка очень хороший выход придумала. Если у Брима получится и он встретит людей, тогда его не напугают, ведь химан очень страшные, что для него, что для Хстуры теперь. И мама это хорошо понимает.

После завтрака сразу же я задумываюсь, а потом зову Брима. Зову, обещая, что здешние химан хорошие и ни за что не будут делать больно или плохо, ни ему, ни Хстуре, я рассказываю о том, что такое «разумные существа», желая, чтобы он поверил, когда услышит. Я знаю — раньше или позже Брим услышит меня!

Седьмое р'ксаташка.
Беглецы

Хстура

Мы летим куда-то... Главное, что подальше от химан, аилин и иллиан. Брим говорит, что сидеть в рубке ему постоянно не нужно, потому что корабль ведет автоматика. Что это такое, я не очень хорошо понимаю, но доверяю ему. Мы совсем одни, а Брим понимает, о чем говорит.

С автоповаром я разбираюсь уже сама, там все очень просто, а запасов почему-то много, хотя Брим говорит, что это нормально, ведь корабль предназначался для эвакуации гораздо большего числа химан, чем нас сейчас. А если что, у нас есть брикеты, которыми я малышей кормлю.

Я ставлю миски на поднос, а его на тележку

специальную. У нас сегодня не суп, а густая каша из злаковых и овощей. Для младших я добавляю немного мяса, а сама не могу... После того, что увидела, я, наверное, мясо вообще есть не смогу никогда. Поэтому себе кладу маленький кусочек брикета, в нем есть все необходимые питательные вещества.

Я медленно иду к нашей комнате, называющейся «каюта», думая о том, что младших стоит помыть и переодеть, ведь одежду мы нашли. Всех нужно, даже малышей, хоть я и не знаю, как их правильно мыть, но чистота должна быть, а то заведутся всякие... Мы ледяной водой мылись, поэтому младшим идея и не нравится, но здесь теплая. Я сначала и сама не поверила, а Брим мне показал, отчего я чуть не расплакалась. И одежда еще... Сказочная одежда — комбинезоны, которые следят за чистотой и за туалетом, теперь маленькие не будут бояться не успеть к ведру.

— Сейчас будем обедать, — улыбаюсь я моим хорошим, входя в комнату.

Ркаша спешит помогать, и я ее сразу же глажу, ведь она чудо, хоть и совсем ребенок. Как только стало безопасно, она мне полностью доверилась, будто уменьшившись, а мне нельзя расслабляться, я мама. Я для всех них мама, даже для Брима, хоть он и старается вести себя по-взрослому, но так за лаской отчаянно тянется, что просто слов нет. Что там нас в будущем ждет — кто знает, но вот пока мы здесь, я мама.

— Малышей я сама покормлю, — предупреждаю всех, хотя никто и не возражает. — А вы к столу садитесь, сегодня у нас очень вкусная еда, только не спешите.

— Спасибо... — шепчет Кхира, глядя на меня с таким выражением, что обед ненадолго откладывается — мне младших пообнимать нужно.

Они усаживаются за стол, Брима я пересаживаю сама, а затем кормлю малышей Д'Бола и Бкху, поглядывая, конечно, на остальных. Сейчас они поедят, тогда уже и мне можно будет, ведь главное же — чтобы дети были накормлены. Как-то, кажется, изменились у меня мысли в сторону взрослости, ну да нет здесь других взрослых, так что ничего не поделаешь.

Покормив снова уснувших малышей, я сажусь за стол, чтобы съесть и собственную слегка остывшую порцию, а младшие в это время миски свои просто вылизывают. Понравилось им очень, вот что это значит, ну и вечно голодные они у меня. Это они еще не знают, что у них есть «десерт». Я и слова такого не знала, но Брим показал мне и объяснил. Я бы без него пропала бы, наверное, на этом корабле...

— Поели? — улыбаюсь я, собирая миски, чтобы тележку отвезти. — Теперь младшие мои получа-а-а-ают... — и я протягиваю им по длинному белому столбику, объясняя, как это правильно есть.

Большие круглые глаза удивленных младших девочек моих, впервые попробовавших сладость. Ведь они впервые в жизни такое едят, в моей жизни подобное было, и у Ркаши, насколько я знаю, тоже. Вот она начинает тихо-тихо плакать, и я понимаю ее, очень даже хорошо...

— Ркаша вспомнила сладкое из детства, — объясняю я младшим, прижимая к себе старшую, чтобы могла спокойно поплакать. — У нее это с радостью связано.

— У нас теперь тоже будет, — не очень четко произносит Кхира, потому что рот занят.

Я забираю миски, отправляясь в обратный путь. Их нужно загрузить в автомойку, хотя девочки тарелки вылизали так, что и мыть не обязательно. Да и Брим от них не отстал. Я иду по коридору, думая о том, что, пока есть еда, можно быть спокойными. Прилетим ли мы куда-нибудь или нет, уже не важно, ведь Д'Бол нас защитил. Несмотря на то, что с ним сделали кхрааги, он защитил нас, за что я ему очень сильно благодарна.

Нужно обязательно помыть детей, но не сразу после еды, а попозже. Сначала наполнить большой таз под названием «ванна», а потом раздеть и выкупать моих хороших. Надо будет комбинезоны приготовить. Интересно, а на меня сыщется? Очень я устала в платье ходить, которое каждая самка задрать может. А еще от страха устала, и от боли тоже... Нехорошо так думать, но хорошо, что их больше нет. Никого нет, только мы и остались.

Засунув поднос с мисками в автомойку, я возвращаюсь по тихому коридору, наполненному едва слышным равномерным гулом. Спокойно мне от этого на душе — нет ни громкой поступи самок, ни криков, ни угроз... Я захожу в каюту, но иду не к моим маленьким, уже затеявшим какую-то игру, а к шкафам — мне одежду нужно приготовить. Для всех, конечно. Потом уже буду купать, только очередность надо продумать.

— Ркаша, пойдем, — прихватив комбинезон на ее размер, я иду в сторону комнаты, где моются. Она идет за мной, ничего не спрашивая, ведь в ее понимании я не могу поступить плохо.

Обнаружив клавиши подачи воды, я выставляю, как мне Брим показал, комфортную для нас температуру. Помню, его очень удивило, что для комфорта нужна именно «горячая», по его словам, вода. Он не мог понять, как мы выжили в таком холоде, а я даже и не задумываюсь.

— Раздевайся, пожалуйста, — ласково произношу я, чтобы не напугать Ркашу, но она все равно всхлипывает, стягивая платье.

Да, били ее проклятые самки так, что ей просто страшно без одежды оставаться. Мне, наверное, тоже будет, но пока я об этом не думаю. Осторожно взяв Ркашу за руки, помогаю забраться в ванну, а она дрожит от страха перед холодной водой. Больно это, когда вода морозная, очень больно, как будто огнем кожу жгут. Но оказавшись в воде, Ркаша смотрим на меня с удивлением, сразу же раздумав плакать.

И тут я вижу, как в теплой воде у нее начинают постепенно проходить следы избиения. Неужели просто достаточно воды? Ей необходимо было просто согреться? Хорошо, что самок больше нет... Они были недостойны жить.

Вымыв старшую свою дочку, — хотя разница между нами года четыре всего — я помогаю ей надеть комбинезон, повторяя лекцию Брима о том, что это такое. А вот сейчас моя хорошая точно плакать будет, ведь в этом костюме ее невозможно избить. Больше всего она, как и все дети, боится не голода, а боли, ведь самки умели делать так, что мы почти умирали от этого. Хорошо, что их больше нет.

Брим

Кажется, прошло совсем немного времени, а зачем-то спрятавшая меня девочка превратилась в настоящую маму, мне-то есть с чем сравнить. Когда она меня нашла, мне казалось, на этом все закончится, но Хстура не стала меня есть, а принялась заботиться, как о своем... брате? И вот тогда я начал понимать, каким же был гадким, когда сторонился сестры. Лиара... Если бы я мог попросить у тебя прощения...

Брата убили на моих глазах самки кхраагов, и тогда я понял, что они нас предали. Случилось то, о чем однажды папа сказал. Но он мне говорил же, что далеко не все кхрааги — страшные, мерзкие существа, недаром ведь в его медальоне было изображение их ребенка. Д'Бол, имя которого иногда шепчет Хстура, был воспитанником папы. И раз он погиб, значит, папы тоже нет, как нет надежды на спасение.

Странно, я совсем не ассоциирую Хстуру с кхраагами, она мне кажется совсем другой, как и запуганные, забитые девочки, о которых она заботится. Мы довольно быстро находим общий язык, хотя на языке кхраагов говорить очень сложно, но у меня получается, ведь и Хстура выучила общий язык, объединявший всех до прихода кхраагов. И вот теперь мы, чудом спасшиеся, летим.

Мне самому очень странным кажется и химанский корабль, и то, что он мне подчинился, ведь я ребенок. Но это точно не сон, значит, так было угодно богам. Может быть, именно тот Д'Бол действительно стал богом, для того, чтобы спасти нас? Глупости какие. С другой стороны, раз Хстура молит его, обращается к нему, может быть, и мне попробовать?

Д'Бол... Я ревновал папино внимание, конечно, но он говорил о тебе с гордостью, наверняка до последнего оставаясь рядом. Вы погибли вместе, но ты вряд ли забыл Варамли, ведь невозможно забыть настоящего папу. Может быть, если ты действительно стал богом, то сможешь позволить мне попрощаться с сестренкой? Вымолить у нее прощение, хотя я знаю, что ее съели, но, может быть, есть такая возможность?

Хстура помогает мне искупаться в теплой, ласкающей тело воде. Я не смущаюсь, потому что меня уже ничто смутить не может, а меня всего она за эти два года видела. Мне кажется даже, что все эмоции мои умерли в тот момент, когда самка кхраагов разорвала надвое моего брата, но сейчас я очень хорошо осознаю: я бы не выжил. Почему они меня запихнули в клетку, я понимаю — на потом оставили, а тут как раз тревога, вот и забыли о куске мяса. Но Хстура — она изначально очень ласкова со мной была, и когда я боялся, и когда смирился со своей судьбой.

Я видел многое: как она защищала маленьких совсем девочек, как прятала их, чтобы побои достались ей, ведь самкам все равно, кого мучить. Разве что маленьких им почему-то нравится больше, но Хстура не давала этого сделать множество раз. Она спасала их всех, и меня спасла. Поэтому они зовут ее мамой, но она действительно мама — настоящая, без всякого сомнения.

После купания, ощущая на себе мягкую ткань комбинезона, я как-то очень быстро засыпаю, оказавшись в своей комнате на Омнии. Я сижу на кровати, а вокруг меня фотографии, десятки, сотни изображений, которые я беру в руки, рассматриваю и плачу. Во сне никто моих слез не увидит, а я плачу от невозможности все исправить. И тут я вдруг слышу...

— Брим! Брим! — слышу я такой родной голос, в следующий миг ощутив и объятия. Меня обнимает сестренка, так знакомо глядя на меня.

— Сестренка! — выкрикиваю я, изо всех сил прижимая ее к себе. — Ты... прости меня! Прости за все, что я творил! Прости!

— Не плачь, — она гладит меня по голове... Так

меня Хстура гладит. — Я давно простила тебя. Мне нужно многое тебе сказать...

— Тебя съели, да? — я вглядываюсь в ее глаза, стараясь найти там ответ, но вижу только нежность.

— Меня спасли, — улыбается она, прижимая меня к себе. — Ты сейчас на звездолете находишься. Послушай меня, запомни, что тебе надо делать.

И она начинает рассказывать мне совершенно невероятные вещи. Лиара говорит, что мы обязательно встретимся, но для этого нужно направить звездолет в темное пространство, а когда я увижу белое пятно с обрамлением каким-то, позвать Стража. Вот именно так она и произносит это слово, как имя. Моя Лиара таких слов не знала, поэтому я удивляюсь еще сильнее, но она меня успокаивает и только просит сделать так, как она говорит.

Я пытаюсь рассказать ей, как люблю ее, как мне жаль, что я был таким нехорошим, но Лиара просто гладит меня, повторяя раз за разом, что мне нужно сделать, чтобы спастись и спасти девочек. Она знает и о Хстуре, и о младших, что меня совсем не удивляет, а когда я начинаю говорить о том, как выжил, то просто плачу.

— Не надо, не рассказывай, — просит меня

Лиара. — Если у тебя получится... Тогда мы встретимся. Главное, не бойся химан, а попроси позвать Марию Винокурову, хорошо?

— А если нам не поверят? — я не могу не спросить ее об этом.

— Такого быть не может, — качает головой моя сестренка. — Для Человечества дети превыше всего.

Она, наверное, после смерти в сказку попала и теперь хочет туда же забрать и нас. Чтобы больше никто не мучил — в папину волшебную сказку о том, что где-то дети могут быть кем-то важным, настолько важным, что ради них с места трогаются гигантские флоты и тысячи химан готовы помочь и спасти...

— Мы еще обязательно увидимся! — восклицает Лиара, медленно становясь полупрозрачной, а затем исчезая, а я просто реву оттого, что она ушла.

Я, как маленький, плачу, просыпаясь в маминых... в руках Хстуры. Она меня держит, как настоящая мама, и успокаивает тоже. Но ей двенадцать! Откуда она знает такое, ведь в ее жизни ничего хорошего не было! Как у нее хватает душевных сил не плакать самой, а успокаивать меня?

— Тише, тише, Брим, — шепчет мне Хстура. — Все хорошо будет, обязательно...

— Все будет хорошо, — киваю я, понимая, что

она больше всех химан заслужила волшебную сказку, где важнее всего дети. Я сделаю, как ты сказала, сестренка!

Раз Д'Бол откликнулся на мою молитву... Сестренка же пришла ко мне сразу же после того, как я попросил его. Получается, что он действительно богом стал, другого объяснения у меня нет. Поэтому я просто шепчу свою благодарность папиному воспитаннику, ставшему богом. Он не только помог мне с Лиарой увидеться, но и показал путь к спасению. А это даже больше того, что я просил... Но это значит, что папе удалось воспитать из кхраага химана... Или кого-то большего, чем химана, не зря же он богом стал?

Спасибо тебе, Д'Бол!

Пятое новозара.
Человечество

Леонид Винокуров

Дальний поиск — всегда приключение. Хоть и не принято уже отпускать людей в гордом одиночестве, но, во-первых, я не один — двое квазиживых на борту, кроме разума седьмого класса, между прочим, а во-вторых, мне просто нравится. Девушки у меня еще нет, семейные легенды я помню, приключений хочется. Детство играет еще, как папа говорит.

Звездолет у меня новейший, двигатели, хоть и испытанные всеми возможными способами, какие-то фантастические просто. В пути я третью неделю, еще пара дней, и нужно будет домой — инструкции пишутся кровью, и хорошо бы, чтобы не моей.

Именно поэтому нарушать инструкцию не хочется. По крайней мере, без особой нужды.

Проследив взглядом за очередной галактикой, решаю прыгнуть куда-нибудь, чтобы запас по времени был на исследование и возвращение. Значит, нужно карту открыть да в нее посмотреть, вдруг дар что-то подскажет. Он может, сколько раз уже... Этот полет у меня выдался самым скучным. Скорее всего, просто не туда полетел — в этой стороне не было еще никого, так, надо полагать, не зря не было?

— Получена запись от «Щита», — сообщает мне приятным женским голосом разум моей «Зари». — Приоритетная.

— Ого, — улыбаюсь я. — А что там?

— Изображение звездолета, командир, — отвечает мне она, ведь пол самоопределения мозга зависит от названия. Точнее, название звездолета от квазиживого зависит. — И запись с требованием пустить в эфир, если вдруг встретим.

— Тоже интересно, — вздыхаю я, даже не подумав прокрутить эту самую запись. — А сигнала пропажи не было?

— А сигнала не было, — подтверждает разум «Зари». — Только это.

— Интересно, — киваю я, возвращаясь к карте. Отчего-то мне кажется важным это сообщение, совершенно не желающее покидать мои мысли. Тем не менее я рассматриваю системы и галактики в радиусе доступности, очерченном навигационным блоком по моей задаче. И вот тут какая-то область привлекает мое внимание. Я даже включаю увеличение, но не вижу ничего интересного — одинокая звезда по краю туманности, есть ли у нее планеты вообще, неизвестно, ну и нас там еще не было. Но вот тянет... Стоп!

— «Заря», — командую я, все же сообразив, что может тянуть, — сигнал на базу: по указанию дара двигаюсь к... хм... — я быстро надиктовываю координаты. — И ретранслятор сбрось.

— Ретранслятор установлен, — отвечает мне квазиживая. — Сигнал передан, подтверждение получено.

— Ну в таком случае вперед, — хихикаю я, трогая сенсор старта.

Точка установлена, меня на нее выведет навигатор, а пилотировать в гиперскольжении «Заря» умеет самостоятельно. Что-то мне кажется, завершение поиска пахнет приключением, ведь не зря же дар активировался? Игнорировать такие сигналы я не умею, нас очень хорошо учат к себе прислушиваться. Со временем дары станут частью разумного, развивая и поднимая на ступеньку сам мозг, но пока это все еще просто дар, до такого далеко. Те же Учителя, впрочем, говорят, что это дань нашей неуверенности в себе. Но тут лучше быть параноиком, чем записью на Стене Памяти.

По идее, если вдруг встречусь с чем-то необычным, «Марс» на максимуме до меня суток за двое дойдет. Но я думаю, что Главная База учла тот факт, что меня позвал дар. С этим у нас не шутят. Впрочем, проверить легче легкого.

— «Заря», сообщений перед входом не было? — интересуюсь я.

— «Пламя» выслали по координатам, — спокойно отвечает мне квазиживая. — Но без сигнала экстренности.

— То есть подстраховать... — этот эсминец я помню, отличился он как-то...

Пойду пообедаю, пока летим. Люфт на возвращение у меня часов сорок получается, учитывая скорость моего разведчика, так что времени хватит, ну а если встречу кого-нибудь, то инструкции совсем другие уже будут, так что не беспокоюсь.

Кивнув мельтешению цветов на экране, выхожу из рубки. Корабль небольшой — все на одном уровне, только квазиживые на другом, но у них свои особенности, в которые я не лезу, ибо это просто неэтично. Пройдя по темно-зеленому коридору, поворачиваю направо, где у нас камбуз и столовая расположены. Камбуз просто так зовется по традиции, ибо стоит в нем только синтезатор с прабабушкиными блюдами. Это традиция Винокуровых, от которой я отступать даже не собираюсь, и вовсе не потому, что весь флот на традициях стоит.

Выбираю себе сегодня пельмени, сметаной политые, и сажусь к столу, чтобы насладиться трапезой. Рутина, на самом деле, но люблю я ее... Вот встречу кого-нибудь, полюблю до потери соображения и стану напланетником, потому что для детей важны мама и папа рядом. Да-а-а, мечты. Не тянет девушек ко мне, потому и сердце до сих пор свободно, особенно после первой любви. Не люблю я вспоминать, и сейчас не буду. Прошло — и прошло.

— Приятного аппетита, командир, — желает мне входящий в столовую квазиживой.

— Спасибо, Сергей, — киваю в ответ. — Присоединишься?

— Нет, спасибо, — качает он головой. — Домой скоро?

— Да кто ж его знает... — задумчиво отвечаю я, а затем принимаюсь быстро есть, потому что кажется мне, что время убегает.

Я иду в рубку, потому что возникшее предчувствие игнорировать просто не получается. Что-то очень необычное есть в нем — пока Сергей не пришел и о доме не заговорил, не было его. Возможно, мне предстоит мотыляться здесь дольше, чем я себе могу представить. Поэтому надо квазиживую предупредить, она специалист по контактам.

— Ню, зайди, пожалуйста, в рубку, — прошу я ее, ибо внутреннее ощущение говорит мне о том, что так правильно.

Сам я перемещаюсь в небольшую совсем рубку, падая в кресло. Геометрически она в центре звездолета находится в целях защиты. В ранних эпохах рубка впереди торчала, будто предлагая по ней пострелять, а с тех пор, как всё изображение на экраны идет, эта практика закончилась. В рубке полумрак, самое яркое пятно — главный экран, а темно-зеленые стены, как на всех военных кораблях, создают ощущение уюта. Вот я смотрю в экран, не понимая, отчего цифры времени до выхода такие небольшие.

— «Заря», почему до выхода так мало времени? — не выдержав, интересуюсь я.

— Скорость выше расчетной, — коротко отвечает разум корабля, а мне становится не по себе.

— Срочный выход! — командую я, пытаясь пригладить вставшие дыбом волосы.

Короткой ежик волос действительно стоит дыбом, как наэлектризованный: ведь если скорость выше расчетной и «Заря» об этом ничего не сказала, то у нас проблема с разумом корабля. Именно поэтому я задаю провокационный вопрос:

— «Заря», степень осознания? — учитывая, что она себя полностью осознает, то или что-то едкое ответит, или...

— Осознание пятьдесят, — слышу я ответ, заставляющий меня судорожно схватиться за кресло. — Работает резервный разум.

Это означает, что «Заря» отключена, а вместо нее работает аварийный мозг, осознавший себя на пятьдесят процентов. Новость не просто плохая, а фактически экстренная. Вошедшая в рубку Ню явственно удивляется, что мне о многом говорит, а на экране тем временем исчезают полосы гиперскольжения, сменяясь видом Пространства, полного звезд, на фоне которого я вижу довольно крупный флот никогда не виданных нами кораблей.

— «Заря»! — выкрикиваю я. — Сигналы приветствия и дружелюбия по протоколу Первой Встречи, сорок два и полсотни три на Базу!

Мария Сергеевна

Ситуация у детей необычная, но мы ничего обыкновенного и не ожидали. Все-таки человечество готовится сделать свой очередной шаг, а каким он будет — кто знает, но на душе, конечно, неспокойно. Лане очень нелегко, ребятам-следователям тоже, так что, пожалуй, надо отменять школу, до тех пор пока не разберемся. Не сможет она учиться, думая о брате, да и с Сашей не все понятно — он вполне может быть братом девочки этой, так что у нас ситуация сразу же осложняется: похожие на нас существа убили всех, кого она знала...

Сумев войти в сон Хстуры, Саша, тем не менее, ничего не доказал — возможности бывают разные, но учитывая его задумчивость после... Надо с Архом поговорить, если у меня будет время. Я завтракаю дома, слушая рассказ детей, ведь на каникулы ушли все, чтобы поддержать «своих», а «Марс» на орбите висит, хотя чует мое сердце, недолго ему висеть осталось. И будто отвечая на мои мысли, оживает коммуникатор:

— Марьсергевна! — это Витя, недавний стажер, все сокращает и всех. — Сигнал из Главного!

— Давай сюда, — приглашаю я его, пытаясь понять, по поводу чего может быть сигнал, и доставая наладонник.

— Дальний разведчик «Заря», указав на активацию дара, совершает прыжок, — почему-то голосом сообщает мне дежурный, и тут меня будто пинает что-то. Я чувствую утекающее время, так интуитивный дар у меня проявляется.

— Боевая тревога! — резко командую я, поднимаясь. — Готовность к старту!

Витя ничего сказать не успевает, я уже бегу к личному электролету. На «Заре» Леня летает, самый результативный поисковик. Но вот если его повел дар — контакт будет обязательно, я это точно знаю, поэтому, запрыгнув в электролет, командую быстрый подъем на орбиту.

— Маша, что стряслось? — интересуется у меня Игорь Валерьевич, он «Щитом» командует.

— Леню дар ведет, — коротко отвечаю я. — Поэтому я туда, и дай Звезды успеть.

— «Пламя» уже в пути, «Юпитер» вам придам, — решает он.

Решения товарища Феоктистова приоритетнее командования флота, но раз он говорит именно так, то, полагаю, все уже согласовано. Вот и хорошо, потому что сложная структура у нас во флоте, и глубоко в ней разбираться желания нет. Следователей, что ли, прихватить? Пытаюсь понять, что мне на эту тему говорит дар, но, похоже, надобности нет, а у Ланы и Сашки время не самое простое, так что пусть лучше посидят на планете.

С этими мыслями я чувствую причальный толчок и выскакиваю из электролета, спеша в сторону рубки. Судя по моим ощущениям, отправляться надо срочно, хотя, скорее всего, не успеем.

Но мы там, куда Леня летит, будем нужны совершенно точно, и чуть ли не экстренно.

— «Марс», степень готовности? — интересуюсь я.

— Отходим от планеты, — сообщает мне спокойный голос разума корабля. Ну да, он с нами чего только не видел. — Группа Контакта в зале совещаний, идет подготовка к экстренному прыжку.

— Поняла, спасибо, — киваю, находясь уже в подъемнике, вот только в рубку мне не надо, мне необходимо в зал совещаний.

— Мария Сергеевна, — слышу я в трансляции голос командира корабля, — двигаемся двумя прыжками, на новых двигателях только второй.

— Спасибо, — реагирую я.

Он, разумеется, прав — внутри обитаемых систем лучше всего на чем-то хорошо проверенном двигаться, а вот как за Форпост выйдем, тогда можно и новое. Мысль мне кажется, в принципе, очень неплохой, поэтому я и не возражаю. Дар у Лени специфический, является развитием нашего, поэтому быть может что угодно.

— Здравствуйте, друзья, — улыбаюсь я своей группе, входя в помещение, где меня уже ждут. — Коротко: Леню ведет дар.

— У-у-у-у... — реагируют сестренки, хорошо

знающие этого постреленка. — Тогда надо со всех дюз.

— Чем мы и занимаемся, — киваю, усаживаясь за стол.

В разговорах и планах четыре часа пролетают незаметно, а там нам сообщают, что мы прошли систему Форпоста. Командир готовится ко второму прыжку, а мне вдруг тревожно становится. Судя по взглядам сестер, не мне одной, поэтому я обращаюсь к командиру напрямую, не через трансляцию, с просьбой проверить, не было ли сообщений от Лени.

— Главной Базой получено сообщение — пять ноль три и сорок два, — послушно откликается разум «Марса», моментально произведя обмен информацией.

Это очень серьезно, потому что код пятьсот три — неизвестное воздействие с отказом разума звездолета. То есть Леня сейчас на резервном, а нам это надо учесть заранее, что мне начальство мое здесь и демонстрирует, отдавая приказ о капсуляции основного разума вместе с подключением резервного. Без разума «Марса» никому из нас оставаться не хочется, он опытный очень.

— Прыжок, — информирует нас трансляция.

Мне на душе тревожно, хотя лететь что-то около суток. Надеюсь, Леня не накосячит и сможет сутки обойтись без нас. Что-то необычное мне кажется в происходящем, при этом часы бортового времени себя ведут необъяснимо — будто замирая на мгновение время от времени. Странно это, ведь двигатели были испытаны и обкатаны.

— Группа Контакта — рубке, — вызываю я командира. — Что происходит?

— Скорость втрое превышает максимальную, — сообщает он мне. — По инструкции нужно выходить из прыжка, вот только не получается.

Это уже серьезный сигнал тревоги, потому что означает внешнее воздействие. Видимо, в подобную же ловушку и Леня попался, раз у него основной разум отключен. Это так себе новости, но еще они и непонятны. Ну ладно, нас ускорили, но почему? Для чего? Сможем ответить на эти вопросы, поймем, и кто. Хотя такое под силу только Творцам, по-моему, а вот Учителя, хоть и тоже могут, подобного не сделают никогда.

— Нужно ждать, — констатирую я факт.

— Ничего плохого не будет, — улыбается Лерочка. — Хотя побегаем, конечно.

— Учитывая сорок два, всяко побегаем, — вздыхаю я в ответ. — Выяснить бы, кто нас так ускорил...

— Это мы тоже узнаем, только не сразу, — отвечает мне сестренка. — Но кто-то... кто-то... не понимаю.

Это у нее дар проснулся и принялся подсказывать, но сообразить, что именно подсказывает дар, удается не всегда, вот как сейчас — непонятно ничего. Ясно одно: кто нас ускорил, тот рано или поздно на связь выйдет. И в этот момент мне вспоминается маленькая девочка, что была не в состоянии жить со «своими». Которой было нужно совсем другое... Будто уносясь на много лет назад, я вспоминаю полыхнувшую любовь моего... папы. Его нежность, заботу, тревогу... Неужели?

Восьмое р'ксаташка. Путь в неведомое

Хстура

Ожидая вновь увидеть во сне, как убивают кхраагов — ведь этот кошмар преследует меня — я удивляюсь: вокруг только внутренность комнаты моей, когда еще не было ни малышей, ни всего того, что последовало. Кажется мне, она меньше была, чем стала потом. Я лежу в кровати, не понимая, почему не гудит сирена подъема, а затем все же встаю и натягиваю платье. Вокруг тишина, которой просто не может быть в «доме», обязательно кто-то говорит, кто-то плачет, кто-то ходит, а тут...

И вот в этот момент передо мной появляется он. Высокий — выше меня — самец, что сразу же заметно, в необычной одежде, но самое главное —

его лицо. Оно будто бы изменяется от «домашней» формы к химанской. И тут я понимаю, кто это, враз опускаясь на колени. Никем, кроме Избранного Д'Бола, он быть не может. Я в жизни не так много самцов видела, а уж по-доброму глядящих на самку — вообще никогда.

— Встань, — просит он меня. Не приказывает, а просит!

Шагнув ко мне, он очень бережно как-то берет меня за плечи, поднимая на ноги. Я смотрю в его необыкновенные глаза, ощущая себя так, как будто рядом кто-то родной стоит. А Д'Бол обнимает меня. И столько в его жесте ласки, что я просто не могу удержать слезы. Он действительно Избранный, ведь так тепло мне еще никогда не было, как в его руках.

— Ты летишь в звездолете, — утвердительно произносит он. — У тебя есть малыши и химан, которого ты не боишься.

— Да, Д'Бол, — киваю я, хотя ему мое подтверждение не нужно.

— Если все получится, — продолжает он, — вы попадете в сказку.

Я замираю от таких слов, а Избранный Богами начинает рассказывать мне, в какую именно сказку я попаду. С младшими и Бримом, конечно. Он говорит совершенно невозможные вещи: о химанах, для которых дети превыше всего, любые дети. Звучит как что-то абсолютно невозможное, но я же кхрааг, и младшие тоже, что с нами будет в этой сказке, где мы совсем чужие?

— Чужих детей не бывает, Хстура, — улыбается он мне очень ласково. — Просто не может такого быть. Ты ребенок, как и младшие, значит, у вас появятся мама и папа.

— Папа? Как у Брима? — удивляюсь я, не восприняв сначала остальные слова.

— Как у всех детей, — уверенно произносит он и вдруг... гладит меня по голове.

— Ты очень близкий какой-то, — тихо произношу я, сама даже испугавшись своей смелости.

— Это хорошо, — улыбается он, а потом начинает рассказывать мне о произошедшем так, как это видел он. — Со мной рядом всю жизнь был наставник Варамли. Он... Он научил меня быть разумным.

Я слушаю, затаив дыхание, о том, как проходило его детство, очень хорошо понимая, о чем говорит Д'Бол. Вот только меня смущает факт того, что рядом с ним химан был. То есть из того же народа, что и убийцы всех кхраагов. Я понимаю теперь, что это скорее было местью, но ведь они вообще всех убили, не деля на правых и виноватых.

— Все дело в том, что химаны дикие, — вздыхает Д'Бол. — Они как маленькие дети — не осознают последствий своих поступков. И кхрааги тоже...

— Нет больше кхраагов, только мы... — всхлипываю я. — Ты знаешь, они... — я осекаюсь, вспомнив, с кем говорю.

— Все наладится, — мягко улыбается он. — Вы вырветесь в сказку, и там мы обязательно встретимся. Все плохое закончится, только...

И он рассказывает о том, что возможно какое-то Испытание. Я не очень хорошо понимаю, что именно он говорит, ведь у меня нет близких. Та, что звалась мамой, никогда не вызовет у меня доверия, а больше в моей жизни никого не было. Предать младших я не смогу даже в страшном сне, потому что я мама. Кто бы что ни говорил, это моя суть, отсюда и навсегда. Хотя если в сказке появятся...

Я просыпаюсь, обнаружив, что плакала и в реальности — подушка мокрая. Тихо посапывают младшие, прижавшиеся к Ркаше, почти неслышно дышат малыши, и плачет во сне Брим. Поднявшись, я беру его на руки, хотя он потяжелел, но ему надо. Я не знаю, что ему снится, хотя, учитывая, что он повторяет имя своей сестры... Брим рассказал мне, как относился к ней. Только потеряв, он понял, что она для него значила. Наверное, снится ему, ведь плачет же... Главное, чтобы не увидел во сне, как именно ее убивали, ведь кхрааги могли ее съесть. Выглядит подобное очень страшно, потому что жертва до последнего жива. Слава Д'Болу, я о таком только слышала, но ни разу не видела.

Я качаю в руках дрожащее тело, понимая, что сегодня обрела надежду. На то, что кхраагов не просто не будет, а никогда. Надежду на семью, на близких, для которых все равно, как я выгляжу. До слез, до воя мне хочется оказаться там, где дети превыше всего. В той сказке, рассказанной мне Д'Болом, казавшимся в этом сне очень родным каким-то. Но это и правильно, наверное, потому что он же Избранный Богами. Значит, подобные мои ощущения очень даже правильные.

— Отнеси меня в рубку, пожалуйста, — просит меня открывший глаза Брим. — Мне нужно скорректировать маршрут.

— Конечно, — улыбаюсь я ему, медленно выходя из каюты.

Тяжелый он стал, на самом деле, но я справлюсь. Тут и идти-то недалеко совсем, а вот его слова о маршруте могут значить, что Д'Бол не только в сон ко мне пришел, но и помочь решил дальше. Ну, чтобы мы поскорее в сказку попали. Не знаю, правда, почему он так к нам относится. Вероятно, это оттого, что кхраагов просто больше не осталось? Ну, ему некому больше помогать, кроме нас... Может ли такое быть?

Я вношу Брима в узкую рубку, усаживая его в кресло, он же улыбается мне. Смотрит и улыбается, как будто я что-то вкусное принесла. Я же остаюсь рядом с этим химаном, задумавшись о том, что наверняка погибла бы без него. Вот ведь как получилось интересно — я его спасла и защищала от других вовсе не потому, что он мог пригодиться, а в результате он теперь спасает нас всех.

Несмотря на то что химан и кхрааги теперь враги, мы чужие и тем и этим. Но Д'Бол в моем сне сказал, что нас очень ждут, и совсем не с целью мучить и убить, а чтобы любить. Скажи это не Избранный, а кто-то другой, я бы не поверила, но он не может обманывать. Просто незачем Д'Болу обманывать, ведь мы в его власти. Если бы он хотел нас убить, то убил бы уже давно или замучил бы... Так что получается, нас действительно кто-то ждет. Кто-то, кому неважно, что Брим химан, а я кхрааг, для кого не бывает чужих детей. Сказка просто какая-то...

Брим

Я верю Лиаре.

Раз, кроме Д'Бола, другого объяснения нет, то

попытаться всяко стоит. Инструкции очень подробные, моя сестра вряд ли и слова такие знала, я тоже не все сразу понял, а это значит, что я их не слышал раньше. Попросив Хстуру усадить меня в кресло, я открываю карту. Она мне мало чем поможет, потому что от исследованных мест мы отдаляемся, но, скорее всего, обязательно должна быть какая-нибудь запретная область.

Пожалуй, вот она. На карте упоминания отсутствуют за исключением того, что это темная туманность, в которой ничего нет. Вот в туманность я верю, а в то, что ничего нет, как раз не верится. Значит, направляем звездолет туда, при этом отключаю все внешние огни и автоответчик. Просто перевожу все бегунки в нижнее положение, отмечая, что индикаторы над ними гаснут. Я в точности не уверен в том, что делаю, только вот кажется мне, что все правильно.

Решив помолиться Д'Болу, точнее попросить его о помощи, я шепотом проговариваю мою горячую просьбу, а в это время ввожу новые координаты, не отключая автопилота. Так делать, по-моему, не очень правильно, но у меня, похоже, получается. Мигнув желтым сигналом, панель зажигает зеленые: «курс принят» и «автопилот включен». А звезды, видимые сквозь переднее стекло, чуть смещаются. Я думаю, что впереди у нас специальное стекло, хотя как оно выдерживает такие перепады температуры, да и мелкие камни, даже представить себе не могу. Но выдерживает — и ладно.

— Всё, можем идти обратно, — говорю я Хстуре, про себя еще раз попросив этого загадочного Д'Бола.

— Тогда пошли, — она с видимым трудом берет меня на руки и несет прочь из рубки.

Правильно ли я подумал, узнаем довольно скоро, а что нас там ждет... Если все правильно и будет очень хорошо описанное мне белое пятно, тогда, наверное, мы окажемся в сказке, а если нет, будем искать дальше. Почему-то сестренка была совершенно уверена в том, что неведомый Страж пропустит нас, а не убьет, вот и остается только довериться ей.

Хстура с видимым трудом меня носит. Это значит — либо надо перебираться жить в рубку, либо что-нибудь придумать. Жить в рубке мне не хочется — я с девочками подружился, думаю, нужно что-то, что меня сможет возить. Что же это?

— Хстура, можно тебя попросить дойти до трюмного отсека? — прошу я ее. — Может быть, там тележка есть какая-нибудь?

И тут понимаю: она же не знает, где трюм находится! Я, кстати, тоже, но я-то хоть примерно себе это представляю. Задумавшись о том, где может быть трюм, я начинаю рассказывать ей, как туда дойти, как выглядит роботележка в сложенном состоянии, ну и как ее запустить. По идее, здесь, если они есть, то все стандартные, то есть кода доступа не требующие. Кивнув, она уходит, а я улыбаюсь младшим девочкам.

— А куда мама ушла? — интересуется у меня та, что постарше, Ркаша.

— Поискать что-нибудь, на чем меня возить сможет, — объясняю я, подползая поближе. — Ей же тяжело уже меня на руках носить.

— Здорово! — улыбается она. — Играть будешь?

— Буду, — киваю я, потянувшись за кубиком.

Игры мы нашли в нижнем ящике. Химанские настольные и даже одна электронная, но играем мы в настольную, она мирная и ни на что не намекает. Для маленьких совсем детей: пройти по джунглям и горам, чтобы спасти принцессу. Что такое «принцесса», малышки, кстати, не понимают, и это заставляет меня задуматься, но потом мы просто решаем, что это маму спасать нужно.

На самом деле, зря мы, наверное, с мамой... Девочки переживают очень сильно, поэтому я и сам не замечаю, как начинаю их обнимать и успокаивать. Вот не ассоциирую я их с теми, кто брата убил, для меня они просто потерянные девочки, неважно, какой расы. Я многое понял с тех пор, как меня Хстура нашла: следует не на внешний вид смотреть, а вглубь... Лиара, родная... Я сейчас расплачусь от этой надежды увидеть ее хоть когда-нибудь.

Девочки часто плачут — им бывает страшно, и сны у них еще тяжелые, потому что их, оказывается, били. Не за что-то, а просто так, потому что самкам кхраагов нравилось. По крайней мере, так получается из рассказов. Хорошо, что кхраагов больше нет, очень они страшные даже для своих детей. У нас всегда считалось запредельной жестокостью избиение ребенка, хотя никого это не останавливало, ни в школе, ни дома. Помню, мама Лиару... наказывала... Зачем мы с братом над ней тогда смеялись? Почему? Нет у меня ответа на этот вопрос. Если позволит Д'Бол ее увидеть, вымолю у нее прощение, хоть и сказала она, что простила...

Хстура заходит в каюту, а за ней погрузчик тихо жужжит. Я от радости на мгновение даже дышать забываю, потому что это прекрасное решение — у него панель управления поворачивается, и я смогу сам себя возить! Тихо взвизгнув, начинаю благодарить ее, а Хстура только гладит меня по голове и улыбается.

— Значит, эта штука тебе поможет, — произносит она. — Это очень хорошо.

— А что это такое? — живо интересуется Кхира.

— А вот смотри, — я подползаю к краю кровати, потянувшись к панели.

Меня осторожно поднимают жесткие лапы, позволяя переползти поближе к панели. И вот как раз в этот момент негромко, но тревожно в трансляции корабля что-то гудит. Я быстро разворачиваю погрузчик с помощью выскочившего манипулятора, направляя его к двери.

— Сигнал об опасности, — объясняю я Хстуре. — Поеду посмотрю, в чем дело.

— Я с тобой? — интересуется она.

— Лучше побудь с девочками, — я чувствую, что это решение лучшее, хоть и не могу объяснить своих ощущений. — Вдруг испугаются?

— Хорошо, — кивает она мне, сразу же проверив еще не открывших глаза малышек.

Странно, что так быстро согласилась, я уже убеждать готовился. Но, наверное, может чувствовать то же, что и я, поэтому незачем размышлять. Я разгоняю роботележку до довольно серьезной скорости, пролетая коридор, чтобы как можно скорее оказаться в рубке. Вот поворот, еще один, и...

Занимая все видимое пространство, впереди медленно вращается гигантское кольцо, а за ним виднеется гигантское белое пятно. При этом двигатели никто не отключал, но у меня четкое ощущение, что мы на одном месте висим. Значит, все ровно так, как описала моя сестренка.

В первую очередь, едва только оказавшись в кресле, я отключаю маршевый двигатель — незачем его перегружать, а затем тащу вверх бегунок связи. Мне нужно вызвать этого «Стража» и очень сильно попросить его.

Ну же, Д'Бол, помоги!

Пятое новозара.
Неведомое

Леонид Винокуров

Ответа на сигналы нет, зато приближающиеся корабли ведут себя, на мой взгляд, агрессивно. То есть я вижу защитные поля, очень похожие на пушки устройства, направленные в мою сторону, и вообще картина выглядит так, как будто сейчас мне будут рассказывать, что такое дуршлаг. С одной стороны, инструкция на этот счет есть, а вот с другой... Проверки разные бывают, поэтому можно считать, что нет никакой инструкции.

Я уже тянусь к рукоятке ручного управления, но вот тут мне вспоминается история Наставника. Самая первая, можно сказать, история — о том, что электроника может отказать или выдать недостоверный результат, а вот оптика... Поэтому всегда нужно проверять достоверность. Именно поэтому я поднимаюсь на ноги, чтобы сделать ровно то же, что и наш великий предок когда-то. Ню, что интересно, молчит.

— «Заря», — приказываю я, — выдвинуть обзорную башенку, подключить специальный телескоп.

— Обзорная башенка выдвинута, — сообщает мне лишенный всех эмоций голос. — Телескоп недоступен.

— Ага, — киваю я, стремительным шагом покидая рубку.

То есть проверить можно только глазами, ну и оптическим телескопом, которого просто не может не быть в обзорке. Сдается мне, я готовлюсь историю Наставника повторить, очень уж антураж похож.

Довольно быстро дойдя до лесенки вверх, поднимаюсь по ступенькам, помогая себе руками, и оказываюсь в обзорке. Сначала своими глазами смотрю: нет никакого флота, как я и ожидал. «Заря» маревом каким-то окружена, поэтому приникаю к телескопу, начиная внимательно осматривать окрестности. Очень похоже на плотный туман, в одном месте теряющий прозрачность полностью. Ой, что это мне напоминает-то...

— «Заря», широкий канал связи, — отдаю я очередной приказ, доверившись своему дару.

— Канал открыт, — слышу я подтверждение, а затем представляю, что там, за туманом, мой ребенок сидит. Которому грустно или, может, просто скучно.

— Здравствуй, маленькая, — ласково произношу я, пытаясь сообразить при этом, почему выбрал именно такое обращение.

— Догадался, да? — вопросом на вопрос звучит ответ. По голосу — девочка лет пяти, только речь правильная. — Здравствуй, — вздыхает она.

— Ты потерялась? — интересуюсь я у безымянной моей собеседницы.

— Я убежала! — голос меняется, как будто насупленным таким становится, что заставляет меня улыбнуться. Я покидаю обзорку, направившись обратно в рубку. — Только наблюдать, только наблюдать, — явно передразнивает малышка кого-то. — А я не хочу!

— Ну, не хочешь, и не надо, — я помню, конечно, инструкцию, но не очень хорошо представляю, как вести себя с маленькими детьми, нет у меня пока этого опыта. — Ты не голодна?

— Ну-у-у-у, — совсем по-человечески тянет моя собеседница. — Немножко, — признается она.

— Получена химическая формула, — информирует меня «Заря». — Синтезировать?

— Синтезировать, — киваю я. — Сейчас мы создадим то, что ты сказала, и пришлем тебе, согласна?

— Да-а-а... — очень тихо произносит она. — А если бы я потерялась?

— Тогда мы бы позвали твоих близких, — объясняю я ребенку.

Повисает тишина, затем «Заря» сообщает об окончании синтеза, а я указываю точку, куда «выстрелить» полученное вещество. Судя по всему, цивилизация энергетическая, что для нас уже не сюрприз, но вот манера общения ребенка... Или она умеет удаленно память считывать, или тут какая-то загадка.

— Умею, конечно, — хихикает малышка. — Как же иначе тогда разговаривать?

— Ну хорошо, — не отвечая на ее вопрос, задаю свой. — Вот ты убежала, нашалила, и что теперь?

— Не знаю, — вздыхает незнакомка. — Наверное, надо возвращаться, только я не помню куда.

— Если хочешь, я могу позвать, — предлагаю ей, уже понимая, каким будет ответ.

— Ну-у-у... Позови, пожалуйста, — вдруг очень жалобно произносит девочка.

Понятно все, дети не меняются от расы к расе,

вот только кажется мне эта ситуация не повторением нашей, а симуляцией какой-то. Впрочем, мои действия никак не меняются, ибо инструкции на этот счет очень суровы. Вздохнув, усаживаюсь в свое кресло, думая о том, что точно не отказался бы от повторения истории Наставника, но вряд ли она может именно так повториться. А еще я очень тепло думаю о потерявшейся малышке. Она обиделась на своих Старших и убежала, а потом заблудилась, вот и вся история.

— «Заря», сигнал на ретрансляторы: потерялся ребенок, — приказываю я, думая про себя о том, что дети превыше всего. — Наши координаты, параметры потеряшки.

— Сигнал передан, — подтверждает разум корабля.

Все-таки кажется мне, что дело не в ребенке, но все, что мог, я сделал, теперь ее ход. Пока что повисает тишина, но я вижу, как исчезает изготовившийся к стрельбе флот, как появившееся на его месте марево становится прозрачным, однако никакой девочки я не замечаю, зато наблюдаю вытянутый звездолет, выглядящий так, как будто в шар воткнули палку. Ага...

— Ты накормил встреченного ребенка, — неизвестно откуда взявшийся голос заполняет рубку, а квазиживая замирает без движения. — Не давил, не читал нотаций, а помог... Скажи, почему?

— Дети превыше всего, — просто отвечаю я ему.

— Говорившая с тобой просит разрешения на прикосновение, — сообщает мне голос. — Согласишься ли ты?

— Соглашусь, конечно, — я сразу понимаю, о чем он говорит: очно хочет пообщаться. — Вам катер прислать или...

— Мы способны ходить сквозь пространство, разумный, — мне слышится улыбка в его голосе.

Проходит буквально несколько секунд, и в рубке возникает... девочка. Одетая в зеленовато-серебристый комбинезон, она очень похожа на существ из недавней трансляции, только маленькая еще. Но в трансляции были злобные, жестокие, дикие звери, а передо мной ребенок, поэтому я опускаюсь на корточки и раскрываю ей навстречу объятия, в которые она с визгом влетает. Меня ведет дар, а ему виднее. Девочка же прижимается ко мне, чуть ли не мурча, хотя она и не Ка-энин.

— Те существа, которые в твоей памяти, — вдруг говорит она. — Они изгнанники, потому что дикие очень. А я хорошая!

— Ты самая лучшая, — искренне отвечаю я ей, ощущая эдакое чудо в своих руках.

— Ты тоже хороший, — заключает она, положив голову мне на плечо. — Даже очень... Не испугался и принимаешь, но почему?

— Не бывает чужих детей, — отлично поняв ее вопрос, я отвечаю истиной Человечества. — Просто не может такого быть.

— Ой... — она замолкает, но мне кажется, что малышка общается с кем-то.

Вполне, кстати, может быть, ибо они нас по уровню развития явно опережают, но тем не менее раз начали с ребенка, то наверняка разделяют наш Критерий. А это означает — дружбе быть. И вот стоит мне сделать этот вывод, как из характерной воронки появляется «Марс».

Мария Сергеевна

Вряд ли история может повториться, если рассуждать здраво. Все-таки я была найденышем, а всех своих мы вроде бы уже учли, но тогда что? Почему у меня сердце в предвкушении замирает? Трудно сказать на самом деле. Есть у меня ощущение, что «Марс» именно ведут, не позволяя ему прибыть до определенного момента. Проверки при Контакте разные бывают, но вот сам факт этого говорит о встрече с более развитой цивилизацией. Что же, мы ко многому готовы... Надеюсь, Леня не запаникует.

— Что у нас? — интересуюсь я у товарищей офицеров.

— Странности всякие, — вздыхает старший навигатор. — И вроде бы ведут нас, как собачку на веревочке, выйти нельзя, а вот ретрансляторы, которые мы сбрасываем, легко выходят.

— Да, действительно, как на веревочке, — киваю я образному сравнению.

«Марс» через равные промежутки сбрасывает блоки ретрансляторов связи, которые имеют одноразовый двигатель, выводящий их из измененного пространства. Так вот, судя по всему, они выводятся штатно, а мы — не можем. Так не бывает, а значит, ждут нас сюрпризы разные.

— Внимание, выход, — сообщает резервный мозг, сразу же подключая основной. — Воздействия не обнаружено, — слышу я знакомый голос разума «Марса».

— Хоть что-то хорошо, — комментирует командир.

— Принимаю сигналы приветствия и дружелюбия, — продолжает «Марс». — Навигация запрещена.

— А вот и возможные друзья, — сообщает мне Лерка, показывая пальцем на странный корабль, застывший неподалеку от узнаваемого конуса «Зари».

«Марс» как раз ведет обмен с разведчиком, я же включаюсь на прямую связь с рубкой «Зари» и замираю на месте от открывшегося мне зрелища: Леня очень бережно обнимает... детеныша кхраага. Вот это новость, к этому я, пожалуй, не готова оказалась.

— Здравствуйте, разумные! — звучит мой голос, пока мозг пытается совместить увиденное с тем, что мы об этой расе знаем.

— Здравствуйте, — звучит в ответ мощный голос, но не через систему связи. Он будто бы возникает внутри рубки, что очень многое мне говорит.

Группа начинает работать, вопроса о ребенке я, разумеется, не задаю, ибо и сама все вижу. Но что же происходит? Это мне пока непонятно, а моя группа пока занята тем, что рассказывает о Человечестве, о наших критериях и взглядах. В ответ мы слышим рассказ о расе, название которой уже знаем. Но все же как они отличаются от того, что нам Сашка рассказывал!

— Предлагаю прямое общение, — вносит предложение мой собеседник. — Меня зовут К'сриал, я руковожу поисковой группой.

— Меня зовут Мария, — представляюсь я в

ответ. — Я руковожу группой Контакта и с радостью принимаю ваше предложение.

Так тоже бывает, когда хотят начать общение с личной встречи. Правда, тут мы еще не знаем, насколько наши условия для них комфортны, но вот у кхраагов, похоже, такой проблемы нет. Оглядев девочек, решаю пойти одна. Дар мой говорит, что это лучшее решение, ибо, похоже, К'сриалу нужно поговорить наедине. Возможно, наш разговор коснется и ребенка, ведь не зря же она обнимается с Ленькой?

Убедившись, что корабли соединены галереей, я иду в сторону подъемника, а группа продолжает работу. Насколько я слышу, взаимопонимание достигнуто очень быстро, что необычно, конечно, но случается. В нашей работе чего только не бывает, так что не сюрприз.

Подъемник доставляет меня на нужный уровень, откуда я уже по пустому коридору двигаюсь вперед. Инструкция такая — в момент первой встречи никого лишнего в переходах быть не должно. Инструкции пишутся кровью, и нарушать их очень неправильно. Именно поэтому тут пусто. Комбинезон мой от легкого скафандра не отличается, аварийный шлем в него встроен.

Иду по галерее, ни о чем особо не думая. Дар мой считает, что предстоит встреча с глазу на глаз, сестренки с ним явно согласны, иначе принялись бы возражать. А раз возражений нет, то и понятно... С одной стороны, странно, что кхрааги нам встретились именно сейчас, а с другой — кто-то же тех, что обнаружились в закрытой вселенной, изгнал? Так что все логично.

Встречает меня, как я понимаю, все тот же разумный. Выглядит он, насколько я могу судить, как Саша в «домашней» форме, что для его народа значило доверие, а вот как у наших возможных друзей с этим, я не знаю. К'сриал внимательно смотрит на меня, слегка улыбаясь.

— Вы тоже умеете читать в головах, но не делаете этого, — замечает он. — Интересно.

— Это не считается правильным для Человечества, — объясняю я. — Но мы обычно не возражаем — скрывать нам нечего.

— Я вижу, — кивает мне кхрааг. — Мы уже встречались?

— Нет, — улыбаюсь я, начав рассказывать историю такой, какой ее знаю.

Я говорю о наставнике юного Д'Бола, сумевшего воспитать настоящего разумного, о том, как их предали, как он пожертвовал собой и что было затем. Я рассказываю, очень четко представляя себе детали мнемограммы, наверное, поэтому К'сриал останавливает меня.

— Не продолжайте, я понял, — негромко произносит он. — Наши предки поступили неправильно, но сейчас уже ничего не исправишь.

— Да, подобные вам уже уничтожены, остались только несколько детей, боящихся вас... — я вздыхаю, не говоря о том, что эти дети еще до нас не долетели. Я знаю, К'сриал читает мои мысли, поэтому видит все то, что я не договорила. — Но вы хотели поговорить о другом?

— Вы правы, — кивает он, а затем, подумав, начинает свой рассказ. — Мы находимся в поиске исчезнувшей Ихса, самки. Она была беременной, но яйца не снесла, при этом с ней был самец из раннего помета, а девочка оставалась дома.

— Можно ли спросить почему? — я чувствую, что разгадка где-то рядом, но не могу ее нащупать.

— Она была наказана, — вздыхает К'сриал. — Нам не удалось установить мотива. Ихса пропала, Шхила осталась одна, и она...

— Никого не принимает, — киваю я, потому что мне все понятно и так.

— Стремится убежать, — соглашается он со мной. — Я не читаю вас сейчас, скажите, можно ли... — он осекается, задумавшись. Видимо, размышляет, как сформулировать вопрос.

— Человечество примет всех, — твердо

отвечаю я ему. — И малышку Шхилу, я полагаю, уже... Можем уточнить.

Разумеется, я знаю о том, что девочка расы кхраагов задала аналогичный вопрос Лене. Я подозреваю, что он ответил, ведь семейные легенды у нас знают все, именно поэтому и предлагаю. Но проблема не только в том, что малышка не смогла никого принять, она травмирована самым близким существом. Проблема в пропавшей разумной. И вот что-то подсказывает мне, что загадка Хстуры и Д'Бола имеет одну и ту же отгадку, но выяснять мы, разумеется, будем. И искать тоже.

Восьмое р'ксаташка.
Испытание

Хстура

Он появляется неожиданно, входя в каюту, где играют младшие и засыпают только что поевшие малыши. Совершенно такой же, как во сне, Д'Бол внимательно смотрит на меня, а затем тяжело вздыхает. Я понимаю: происходит что-то необычное, ведь ведет он себя совсем не так, как недавно. Я помню — Д'Болу не нравится, когда становятся на колени, поэтому просто встаю, прикрывая собой младших, потому что... Мало ли что у него в голове.

— Садись, — просит меня он, и я усаживаюсь обратно на кровать.

Странно, что никто из младших не реагирует, но что я знаю об Избранном Богами? Он садится рядом, молчит, глядя на дверь каюты. Я жду, когда он заговорит, понимая, что пришел Д'Бол не просто так. Но что бы он мне ни сказал, для меня всегда будут важными младшие, потому что я мама. Мне двенадцать всего, но...

— Ты мама, — отвечая на мои мысли, произносит Д'Бол. — Вы долетели до границы, и теперь я должен вас испытать. Вашу разумность, но вы дети.

— Я на все готова, лишь бы младшие обрели сказку, — твердо произношу я, потому что действительно готова же.

— Я не буду тебя испытывать, юная кхрааг, — качает он головой. — Ты спасла жизнь существу другой расы, хоть и знала, что с тобой будет, если его найдут.

— Но ведь так правильно, — пытаюсь объяснить ему совершенно естественную для себя вещь, но Д'Бол останавливает меня.

— Ты сохранила жизни малышей, хотя самки рассчитывали, что ты их съешь, — продолжает он, заставляя меня замереть от ужаса. Получается, что причина уменьшения количества продуктов была именно в этом? — Да, они поэтому кормили тебя хуже, им было интересно, с кем ты еще поделишься мясом.

— Но зачем? — ошарашенно спрашиваю я. — Ведь это дети!

— Чтобы убить вас всех, — объясняет мне Избранный Богами, и я понимаю: это правда. — Но ты взамен приняла их своими. Ты спасла младших девочек, и они считают тебя мамой.

— У них же нет никого, — я пожимаю плечами, ведь и это для меня совершенно естественно.

— Любое испытание будет или слишком жестоким, или бессмысленным, — заканчивает свою речь Д'Бол. — Брим пройдет свое испытание, и я отпущу вас.

— Ты не Д'Бол, — понимаю я, ведь Избранный сказал же, что будет меня... нас ждать.

— Нет, ребенок, — качает он головой. — Я не он, но ты с ним обязательно встретишься, я тебе обещаю.

— Спасибо... — шепчу я, и тут он простонапросто растворяется в воздухе, заставляя меня удивиться.

Наверное, это тот самый Страж, о котором мне Д'Бол во сне сказал. И он решил не испытывать меня. Это хорошо, но мне нужно младших сейчас погладить и заняться обедом. Или ужином? Трудно тут сообразить, какое у нас время дня — часы будто замерли и показывают одни и те же цифры. Но голод не тетка, поэтому нужно покормить младших, ведь малышей я уже.

Не знаю, что нас ждет впереди, но внутри у меня

уже появляется какая-то уверенность в том, что все теперь будет хорошо. Ко мне приходил не Д'Бол, а Страж, о котором я знаю. Избранный рассказал мне во сне об Испытании, которое мне предстояло пережить, но почему-то меня решили не испытывать, хотя я готова. Мне нечего скрывать, и бояться я уже устала...

— Хстура, — в дверях показывается Брим. Кажется мне, он плакал, поэтому я спешу к нему, чтобы обнять, — пойдем, поможешь...

— Пойдем, — соглашаюсь я, позвав старшую из своих. — Ркаша, посмотри за младшими и ничего не бойся.

— Хорошо, мама, — кивает она, улыбнувшись мне.

С каждым днем кажется мне, что младшие все больше меня именно мамой принимают. Наверное, со стороны это выглядит забавно, вот только некому со стороны смотреть — совсем мы одни. Вот так и получается... Но покормить младших надо.

— Постой, — произношу я, обращаясь к Бриму, — мне нужно еды сделать, младшим поесть, и тебе, кстати, надо.

— Пошли тогда, — робко улыбается он, о чем-то задумавшись.

— Тяжело было? — интересуюсь я, беря его на руки. Тележка спокойно едет позади.

Брим тяжелый уже, но я чувствую — ему это сейчас очень надо. Его, в отличие от меня, похоже, все-таки испытали, и теперь нужен кто-то близкий. Чтобы почувствовать... Чтобы поняли и погладили. Я очень хорошо его понимаю, двигаясь на кухню, а он не возражает, только прижимаясь ко мне.

— Если бы не ты, — негромко произносит Брим. — Я бы не выжил.

— Если бы не ты, — в тон отвечаю я, — мы все бы не выжили.

Дойдя до кухни, усаживаю его в тележку обратно, а сама иду к автоповару, но Брим меня мягко останавливает, набирая на клавишах какую-то незнакомую мне программу. Наверное, он хочет сделать сюрприз. Поддавшись внутреннему порыву, я обнимаю его сзади, почувствовав, как Брим расслабляется. Есть у меня странное ощущение, будто я его эмоции чувствую.

Если бы меня сейчас поставили перед выбором между ним и малышами, я, наверное, с ума сошла бы, поэтому хорошо, что Страж решил не издеваться над нами. Правда, что будет теперь, я и не знаю, но спешить не буду. Сейчас я его накормлю, затем младшие получат свои порции, а там и посмотрим. Правда, судя по всему, это он нас всех сегодня накормит.

Автоповар выдает необычное блюдо — похожее

на рассыпчатую кашу серого цвета, со вкраплениями чего-то коричневого, синего и желтого. Пахнет еда просто одуряюще, но сначала надо младших накормить, да и поесть с ними вместе, чтобы быть готовыми к свершениям. Есть у меня подозрение, что свершения будут, потому что на пути в сказку много чего случиться может.

Установив тарелки — это такие неглубокие миски — на поверхность подноса, а его на специальную тележку, я иду в сторону каюты, ну и Брим за мной. Как-то загадочно он улыбается, но красиво, залюбоваться можно. Странные у меня эмоции, на самом деле, никогда таких не было. Мы к разным расам относимся, значит, несовместимы, и влечения у меня быть не может. В сказках это влечение описано, в реальности оно вряд ли существует, ведь самец просто приходит и берет, что желает.

— Ну-ка, рассаживаемся, — командую я, едва войдя в каюту. — Пора обедать... Или ужинать?

— Ужинать, — кивает Ркаша. — Но это неважно, потому что еда же!

Это действительно неважно, для нас обед или ужин означает только наличие еды, завтрака-то обычно нет, хотя слово такое есть. А если есть слово, то и кормление должно быть. Надо будет над этим подумать, когда мы прилетим хоть куда-нибудь, а пока я раздаю тарелки, ложки и сажусь сама, пересадив и Брима. Семейный ужин получается, как в древних легендах...

Д'Бол, вкуснотища-то какая!

Брим

— Ты разочаровал меня, сын! — с этой фразой, сказанной весьма раздраженным голосом, в рубке появляется... папа. Я уже хочу податься ему навстречу, но он смотрит на меня очень сердито. — Ты защищаешь убийц! Скольких они убили, а ты!

— Они дети, папа, — спокойно произношу я, хотя ощущения внутри такие, как будто земля из-под ног, которых уже нет, уходит. — Ты сам говорил...

— Я говорил о химанских детях! Немедленно разгерметизируй каюту! — выкрикивает химан, похожий на Варамли. — Немедленно, или пожалеешь!

Это не папа. Он никогда бы так не сказал, и от осознания этого мне становится легче. Уходит страх, всколыхнувший мое сознание, и я понимаю: кто-то, выдающий себя за папу, хочет сделать плохо Хстуре и маленьким. Химаны оказываются настолько подлыми, не имеющими даже понятия о чести.

— Нет! — выкрикиваю я. — Ты не папа! Уходи!

— Ну погоди же, щенок! — зло, с мрачным обещанием в голосе произносит он, пропадая затем, а меня душат слезы.

Папа никогда такого от меня не потребовал бы, да и угрожать совсем не в его привычке. Вот мама — она могла, но я ей никогда не верил. Наверное, это и есть то самое Испытание, о котором меня предупреждала сестра. Значит, мой визитер был не химан... И что теперь? Я возвращаюсь к панели управления, пытаясь взять себя в руки, хотя мне хочется только плакать.

— Ха, Брим сейчас реветь будет! — издевательские интонации больно бьют меня прямо в душу. Конечно же, я узнаю ее голос, да и фразу, ею сказанную.

Лиара стоит прямо передо мной, на лице у нее насмешливое выражение, да и ухмыляется она очень похоже на Туара. Мне кажется, мы сейчас поменялись местами — я на место сестренки, а она... Что же, я заслужил это, потому встречаю ее полный издевки взгляд спокойно.

— Что, калека, не можешь уже надо мной издеваться? — выплевывает Лиара, замахиваясь на меня кулаком. — Сейчас ты за все ответишь!

— Прости меня, сестренка... — тихо прошу я ее.

— Простить? — она задумывается. — Ладно,

прощу, если ты убьешь эту зеленую! Выбирай — или она, или я!

Мне кажется, в груди зажигается костер, так горячо становится. И хотя я понимаю: это не Лиара, она так никогда не скажет, но больно мне до слез. Ощутив влагу на щеках, я жду новых насмешек, но слышу только ее ультиматум. Я же думаю о Хстуре, вспоминая, как она меня успокаивала, как ухаживала, как относилась, делясь самым дорогим, что у нее было — едой. Не кормили же их почти... Могла бы съесть меня и наесться один разочек, но взамен Хстура отдавала мне последнее. Стоит мне только представить, что ее нет, и перед глазами темнеет. Впрочем, я в своем ответе и не сомневался.

— Я очень люблю тебя, Лиара, — произношу я, всхлипнув, потому что больно все же очень. — Но я выбираю ее. Уходи!

— Ты выберешь ее вместо меня? — поражается кто-то, играющий мою сестру.

— Да, Лиара, — твердо произношу я, и она исчезает, а я плачу.

Я плачу от горького Испытания. Понимая даже, что это не были ни папа, ни Лиара, я плачу от боли, не в силах ее сдержать. Несмотря на то, что сестренка во сне предупреждала, я все же совсем не ожидал такой жестокости. Надо посмотреть, как там Хстура — ей-то может быть намного сложнее...

Вытерев слезы, пересаживаюсь в тележку и спешу к девочке. Самой лучшей, показавшей мне многое Хстуре. Уже неважно, химан мы или кхрааги, мы дети. Всё, как папа говорил — в первую очередь мы дети. И вот теперь, видя ее глаза, это понимание, эту ласку, я признаю: никакое Испытание не изменит моего отношения к ней.

Створ, насколько я успел заметить, открыт, и неведомая сила уже отпустила звездолет, вот только у нас с Хстурой есть дела поважнее — накормить младших. Но сегодня я хочу порадовать так много значащую для меня девочку. Не так важно, как именно называть мое отношение, потому что только во время Испытания я понял, насколько мне важна и нужна Хстура. И вот сейчас, чтобы ее порадовать, я работаю с автоповаром. Чтобы она улыбнулась, чтобы не думала о плохом...

— Очень вкусно, спасибо, — благодарит она меня после ужина.

— Рад, что тебе понравилось, — улыбаюсь я, ведь это правда. — Пойдем?

— Пойдем, — обнимает меня эта чудесная девочка.

Мне совершенно неважно, как именно она выглядит, ведь Хстура — часть моей души. Навеки занявшая место в душе самая-самая... Не знаю, есть ли название этому чувству, но я не стремлюсь ничего называть, пусть все идет так, как идет. Раньше или позже мы все узнаем. Будь моя воля — стал бы кхраагом, только чтобы быть рядом.

— Нам разблокировали коридор, — объясняю я Хстуре, пользуясь теми же терминами, что и сестренка. — Значит, мы сейчас полетим в сказку.

— А! Тебе помощь нужна! — улыбается она, сразу же кивнув. — Опять рукоятки двигать?

— Не совсем, — качаю я головой, начав объяснять, что именно делать нужно.

Мне просто очень комфортно рядом с ней находиться. Раньше я этого почему-то не чувствовал, а вот сейчас, после того, что произошло — как будто переключили меня. Совершенно внезапно я почувствовал, что для меня значит Хстура, но, даже несмотря на то что меня так и тянет прикоснуться к ней, я держу себя в руках.

Корабль в моих руках медленно движется, постепенно набирая скорость. Рядом, совсем близко, сидит она, сосредоточенно глядя на желтую полосу скорости, и кажется — все плохое закончилось. Маршевые уже на полной мощности, вокруг все белым-бело, только временами пространство пронизывают черные молнии, а я улыбаюсь. Хстура рядом — чего бы не улыбаться? Хоть и не понимаю я себя, но и не хочу сейчас. Главное — пройти переход, а за ним будет сказка.

Может быть, не мгновенно, но обязательно будет, ведь Лиара обещала.

И летя сквозь бесконечность, я держу себя в руках, совсем не нервничая. Я удерживаю корабль точно по центру, напротив маленького черного пятна, время от времени чуть добавляя мощности маневровыми, поэтому момент, когда все заканчивается, не фиксирую. Вот я только что летел внутри белого колодца, а в следующее мгновение уже вокруг звезды и три замерших звездолета. Один из них мне знаком. Не сам, а его форма, отчего сердце, кажется, стремится туда, где уже нет ничего. Я разворачиваю корабль, гася инерцию, что удается не сразу, стараясь убежать от страшных, просто жутких кхраагов, которые сделают плохо Хстуре и малышам. И вот в этот момент в тишине рубки звучит голос Лиары.

— Братик! Не бойся! Это хорошие химаны! Они не будут делать тебе больно или плохо! — сквозь пустоту пространства несется ко мне голос сестры, показывая, что я не один.

Значит, мы спасены?

Шестое новозара. Доверие

Лана

С самого утра сегодня, пятого новозара, я чувствую себя не в своей тарелке. Не могу ни на чем сосредоточиться, что сразу замечают родители. Сашка тоже как-то странно напряжен. Сразу же после завтрака, когда младшие отправляются уже в детский сад, мама усаживается за стол, где я все еще пытаюсь доесть завтрак. У нас сегодня вкуснейшие сырники, но мне кажется, что они из бумаги сделаны — нет никакого вкуса. Я чувствую, что нам нужно срочно туда же, где тетя Маша сейчас, только... поверят ли мне?

Мне не по себе, что-то будто грызет изнутри, не

давая сидеть спокойно, но тут мама обнимает меня, и становится чуточку спокойнее. Сашка напряжен, однако держит себя в руках, а Светозара явственно беспокоится, жалобно поглядывая на нас с мамой.

— Что случилось, дети? — с тревогой в голосе спрашивает мамочка. — Что с вами?

— Будто что-то внутри зовет, требует, — я уже готова расплакаться.

— Спокойнее, закрой глаза, — ее голос обретает твердость. — Скажи мне, что нужно делать?

Я закрываю глаза, но не могу ответить, как будто что-то сразу не дает мне сделать это. Но мама гладит меня, помогая сосредоточиться.

— Мы с Сашкой должны быть там, где сейчас тетя Маша! — выкрикиваю я наконец. — Очень должны!

— Так, — спокойно произносит мама. — Саша это тоже чувствует?

— Да... — тихо, будто сквозь зубы, произносит брат. Я понимаю почему: он себя в руках изо всех сил держит.

— Сейчас все будет, — в маминой руке инъектор, он на карандаш похож.

Тихое шипение, и мне становится чуть полегче, а она в это время вызывает какого-то Феоктистова, говоря о том, что тот нужен срочно. И я знаю: мама помогает нам, чтобы мы могли оказаться там, где так сильно нужны, ведь еще чуть-чуть, и будет просто поздно.

— Игорь Валерьевич, здравствуйте, — произносит мама, голос ее напряжен, что чувствует и появившийся на большом экране дядя. — У детей активизировался дар.

— А подробности? — интересуется он.

— Им очень надо быть там же, где Мария Сергеевна, — отвечает она. — С трудом пригасила, но они себе места не находят, никогда такого не видела.

— Так бывает... — говорит этот неведомый дядя, и я не выдерживаю.

— Дяденька! Нам очень-очень надо там быть! — выкрикиваю я, бросившись к экрану. — Просто очень, а то поздно будет!

— Понял тебя, — кивает он мне. — Ульяна, собирай детей, сейчас что-нибудь придумаем.

— Спасибо! — я готова расплакаться от облегчения, а мама уже зовет нас в комнату.

Нужно переодеться в комбинезоны, которые о нас заботятся, и еще в сумку засунуть похожие, потому что я так чувствую. Она мне помогает, а не возражает. Волшебная у нас мамочка, просто сказочная. Пока мы собираемся, у нее пищит коммуникатор, но она ничего не делает, только кивнув.

— А что это? — спрашиваю я ее.

— Тревога по Флоту объявлена, — объясняет мне мама. — Чтобы троих детей доставить туда, где им очень нужно быть.

— Ого... — удивляется Саша. — А кто это был?

— Руководитель «Щита», — звучит озадачивший меня ответ.

Это мамин и папин начальник, получается. Он сразу прислушался к нам и начал действовать, как будто мои слова — приказ, который выполнить нужно. От осознания этого факта я просто замираю на месте, потому что непредставимо же просто. Вот ребенок очень хочет куда-то попасть, и все взрослые вокруг мало того, что слушают его, но и делают все возможное, чтобы... Невероятно просто.

— Ульяна, отправляй детей на «Варяг», — связывается с мамой товарищ Феоктистов. — Тебе нельзя — у тебя младшие, а Илья без тебя...

— Маме с папой невозможно расстаться, — объясняет мне Сашка. — Как мне со Светозарой.

Ну, положим, это я и сама знаю, потому что у родителей единение. Это значит, что мы полетим одни... Ну как одни, кто-нибудь с нами будет, сейчас узнаем кто. Мы с мамой движемся к подъемнику — забирать нас будут оттуда, а она рассказывает мне, что «Варяг» — это эвакуатор, самый защищенный корабль Человечества. Поэтому нам ничего не угрожает, и с нами еще пойдут корабли. Оказывается, вот так дар интуита просыпался только считанное число раз и никогда у детей, поэтому все и относятся очень серьезно.

— Но мы же дети? — удивляюсь я. — Почему тогда?

— Ничего нет важнее вас, — повторяет мама уже слышанную мною истину. — А дар игнорировать нельзя. Разницы между проявлением дара у ребенка и у взрослого нет, но защищать вас необходимо сильнее.

— Поэтому эвакуатор? — до меня доходит, что огромный, отлично защищенный и мощный корабль выделяют именно ради нас.

— И поэтому тоже, — улыбается она. — Ну что, готовы?

— Готовы, — киваю в ответ, уже увидев одетую в такой же комбинезон, как у нас, тетю Таню.

Она сразу же просит мамочку не волноваться, обещает, что поможет нам, проследит и целыми привезет обратно. Мама обнимает каждого из нас троих, отпуская в путешествие. Я вижу, ей хочется с нами полететь, но ее начальник прав, потому что младших с собой тащить очень неправильно будет.

А им мама нужна очень сильно, без нее они плакать будут. А зачем нужно, чтобы малыши плакали?

Мы это очень хорошо понимаем, поэтому, помахав еще раз маме, отправляемся к электролету... А, стоп, это, по-моему, не электролет, а сразу что-то космическое. Вытянутая форма, серебристо-черная окраска, это точно не привычный серебристый электролет, а... Что тогда?

— Катер с «Варяга», — отвечает тетя Таня на мой немой вопрос. — Незачем гонять электролет, раз нам срочно лететь.

— Спасибо, — улыбаюсь я, чувствуя, что на душе легче стало.

Мне кажется, что кто-то, не дававший мне покоя все это время, немного успокоился от новости, что мы уже летим. Несмотря на это, в катер я почти вбегаю, плюхнувшись в свободное кресло. Саша со Светозарой в обнимку, по-моему, тоже получше себя чувствует, начав уже улыбаться, а вот тетя Таня объясняет нам троим, что такое дар и почему нельзя его игнорировать. Правда, мне кажется, что просто невозможно не заметить сигнал дара.

— Именно поэтому товарищ Феоктистов сразу же отреагировал, — заканчивает она свою речь. — Несмотря на то, что вы дети, у вас ровно такое же право голоса, как и у взрослых, разницы нет.

— А если бы я просто играла? — громко удивляюсь я.

— А с какой целью? — сразу же спрашивает она, и вот тут я задумываюсь.

Нет смысла шалить именно так. Внимание у нас есть, забота, любовь родителей, но может же шалость быть и без причины? Или нет?

Леонид Винокуров

От еды Шхила отказалась, а спать улеглась без возражений. Я же перехватил пару часов, и теперь общаюсь с тетей Машей. Канал между кораблями прямой, но разницы никакой, потому что рядом с ней находится и возможный наш друг расы Кхрааг. Именно это накладывает некоторые ограничения, ибо только что он просмотрел мнемограмму Д'Бола, который теперь Сашка.

— Лёня, а вопрос малышки в точности как звучал? — интересуется у меня тетя Маша. — Или тебя можно поздравить с дочкой?

— «Вы нас примете?» — вот так он звучал, — я стараюсь точно скопировать интонации ребенка. — Мне кажется, она чего-то ждет.

— Или кого-то, — задумчиво произносит тетя Маша. — Но если дети смогут пробиться, тогда возможны проблемы.

— Нас они не примут, — утвердительно произносит возможный друг. Матрица его языка у нас есть, так что взаимопонимание уже достигнуто. — А вас?

— Учитывая, что похожие на нас убили их народ? — с интересом произносит она, отвечая вопросом на вопрос. — Зависит от того, насколько они вообще готовы доверять. Леня, говоришь, она не назвала тебя папой?

— Ей нужен тактильный контакт, — отвечаю я все понимающей нашей легендарной тете Маше. — Очень нужен, но при этом, по-моему, меня она не примет. А у нас есть образец генокода Сашки? До того, как его полностью стабилизировали.

— Есть, конечно, — пожимает плечами глава группы Контакта и вдруг осекается, сильно удивившись. — Погоди, ты считаешь...

— Ну, проверить-то проще простого, — улыбаюсь я.

Я действительно полагаю, что Саша Синицын может быть связан с Шхилой, но при этом кажется мне, что не все так просто. Тетя Маша, кстати, это видит, но никак не комментирует. Она, конечно, знает больше меня, при этом общается с возможным другом вполне спокойно. Интересно, чем они ее убедили? Вот я после просмотра мнемограммы Сашкиной к кхраагам очень сложно отношусь.

— Леня, у нас тут новости, — вздыхает она. — База передает, что к нам движется «Варяг» — у детей дар активизировался, поэтому кажется мне, что Брин с Хстурой выйдут тут.

— Это кто еще? — удивляюсь я, думая о том, что новости надо внимательнее читать.

— Ты мог пропустить, — глава группы Контакта внимательно смотрит мне в глаза. — Брим — чудом выживший брат Ланы, старшей Синицыных, а Хстура... Историю Насти помнишь еще?

— Это о Защитнике? — отвечаю я вопросом на вопрос. — Помню, конечно.

— Она кхрааг, — коротко добавляет тетя Маша. — Которую мучили они же. Представил?

Не удержавшись, я перехожу на традиционный флотский язык, полный неожиданных сравнений, метафор и тому подобного. Ругаться таким образом умеют только во Флоте, ибо традиция. Но ситуация действительно очень плохая — увидит кхраагов, будет в лучшем случае паника, а в худшем... Я и представлять не хочу. Но раз они могут выйти именно здесь, то нужно принимать меры немедленно.

— «Заря», переключиться на основной разум, — приказываю я, позабыв это сделать сразу, как узнал, что ничего с мозгом звездолета не случилось.

— Основной разум подключен, — слышу в ответ.

— «Заря», максимальная готовность, — ставлю я задачу, коротко пересказав суть событий.

— Принял, — подтверждение в таких случаях необходимо просто по инструкции. — Гостья просыпается, — информирует он меня.

Оставив связь включенной, я иду в каюту, чтобы пожелать доброго утра просыпающемуся солнышку. Тоже, на самом деле, необычная история. Тетя Маша рассказала вчера. У кхраагов исчезла самка вместе с сыном, а рождаются они парами, так что девочка осталась одна. При этом история «наказания» даже кхраагам кажется странной, и нам в целом тоже. А малышка не принимала опеку, желая найти близкого человека. В общем, что-то тут не то. И сами возможные друзья это понимают, но вот истину им установить не удалось.

— Проснулась? — интересуюсь я у ребенка. — Как спалось?

— Они уже рядом, — она не отвечает на мой вопрос, глядя будто сквозь стену. — Совсем рядом...

— Кто «они»? — спрашиваю я Шхилу, осознавая,

тем не менее, что ждать она может именно Хстуру с компанией. Только каков мотив этого?

— Пойдем, — легко вскочив с кровати, она хватает цепкими пальцами меня за руку, утягивая в направлении рубки.

— Ты бы поела... — предлагаю я, понимая, впрочем, что шансы малы — слишком ребенок напряжен.

— Потом со всеми поем... Они совсем рядом! — вдруг выкрикивает Шхила.

— «Заря», сигнал «внимание» по системе, три единицы на «Марс», — спокойно приказываю я.

— «Марс» подтверждает, — приходит моментальный ответ. — Беспокоится ребенок.

— Не все тут просто... — едва успеваю ответить я, когда Шхила вскрикивает, а в пространстве на мгновение будто зажигается яркая звезда, оставляя после себя небольшой звездолет, идущий чуть ли не на субсвете.

Находящиеся внутри корабля явно распознают наших возможных друзей, ибо неизвестный корабль совершает опасный маневр, очень похожий на... Я бы сказал, они убежать хотят. В этот самый момент «Заря» запускает запись двух голосов, уведомив меня текстом о том, что обнаружен звездолет, о котором нас всех предупреждали. На всю систему девчоночий голос зовет брата, а Шхила, еще раз взвизгнув, вдруг исчезает.

— «Марс»! У меня ребенок исчез! — извещаю я тетю Машу, даже не представляя себе, что делать дальше.

— Наши друзья говорят — Шхила шагнула туда, — откликается она, при этом продолжая вызывать неизвестный звездолет.

Видимого эффекта от вызовов я не вижу, разве что неизвестный резко и довольно небезопасно гасит скорость, почти зависая в пространстве. А запись идет, да и вызовы «Марса» тоже. Я же просто замираю, отчетливо понимая, что на неизвестном звездолете напуганные до паники дети. На мой взгляд, у нас патовая ситуация, но тут будто в ответ на сигналы «Марса» мы все слышим:

— Спасите... — очень жалобный голос говорит отнюдь не на языке кхраагов, а на том, которым Лана поделилась, насколько я знаю. — Если надо — убейте меня, только маленьких спасите от кхраагов!

— Маленькая, никто никого убивать не будет, — уверенно произносит тетя Маша, пока я пытаюсь закрыть открывшийся от удивления рот. — Вы готовы довериться нам или подождете Лиару и Д'Бола?

Я понимаю, почему она Синицыных так называет — детям, пробившимся из иной вселенной, вовсе неоткуда знать, что те, кому они верят, сменили имена. Теперь все зависит от их решения. И представляется мне, в ожидании его замирает все в системе, даже время замирает, прекратив свой неумолимый бег.

Тяжело тянутся секунды, и, кажется, напряжение достигает максимума, когда в зоне Контакта вдруг появляется очень узнаваемый шар эвакуатора.

Восьмое р'ксаташка.
Встреча

Хстура

Испуг Брима я чувствую буквально всей собой.

Прямо перед нами в пространстве висят три звездолета незнакомой конструкции. Кажется, незнакомы они только мне, потому что Брим очень пугается одного из них, стараясь увести корабль, когда в динамиках его пульта звучат слова. Я сначала даже не понимаю, о чем говорит незнакомый голос, лишь потом сообразив: это к Бриму обращается девочка, называя его братом! Но ведь его сестра погибла!

— Почему ты убегаешь? — интересуюсь я, стараясь говорить спокойно.

— Это кхрааги! — приговором звучат его слова.

Если здесь кхрааги, они нас совершенно точно убьют, но тут вдруг происходит что-то совершенно невероятное — прямо в рубке перед нами появляется незнакомая мне девочка моей расы. Она радостно визжит, бросаясь ко мне. Я совершенно не понимаю, что происходит, а она что-то лепечет непонятное, плача и вцепившись в меня. Почти вдвое младше меня, по-моему — возраста Кхиры, но есть в ней что-то знакомое, поэтому я просто обнимаю ее, стараясь успокоить, чтобы понять, что происходит.

— Хстура! Хстура! — голос Д'Бола из сна заставляет меня просто замереть. — Не бойся химан! Они не причинят тебе зла, это сказочные химаны, они не кхрааги!

— Как это? Что это? — не понимаю я, чувствуя себя совершенно необыкновенно.

— Брим! Хстура! Не бойтесь, мы не причиним вам вреда! — этот голос, говорящий то на общем, то на языке кхраагов, я вообще не знаю, но он такой ласковый...

Я не понимаю, почему нас уговаривают, а не угрожают, не стараются заставить, но при этом осознаю — мы в их власти. Пусть... Я должна хотя бы попытаться спасти младших! Может, их жизни можно выкупить моей? Может быть, если я сдамся им, они не тронут хотя бы малышей? Что мне делать? Что? Может быть, химаны смогут защитить?

— Спасите... — я говорю на общем языке, чтобы кхрааги не поняли. — Если надо — убейте меня, только маленьких спасите от кхраагов!

— Маленькая, никто никого убивать не будет, — ласковый голос незнакомой мне еще самки химан заставляет меня терять уверенность. — Вы готовы довериться нам или подождете Лиару и Д'Бола?

И вот от этих слов, оттого, что спрашивают, а не угрожают, я плачу. Я просто не могу удержаться и плачу уже так, как никогда не плакала. Потому что такой ласки просто не может быть. Не бывает такого отношения у химан! Ведь я же кхрааг, я их враг, а они... Они ко мне добры, как будто я их яйцо! Почему?

— Сестреночка, нам надо к тому кораблику, — показывает пальцем появившаяся девочка. — Там хороший дяденька сидит, он защитит!

— Сестреночка? — поражаюсь я, не понимая, откуда у меня могла взяться сестра.

— Я расскажу, — обещает она. — Только подплыви к тому кораблику, пожалуйста!

Но в этот самый момент корабель становится больше. Совершенно незнакомый ни мне, ни, судя по всему, Бриму звездолет шарообразной формы вдруг оказывается совсем близко, а остальные корабли начинают отступать, будто опасаются его. И вот это дарит мне надежду на то, что там сам Д'Бол. Ведь он нас защищал и помогал все это время и еще обещал, что мы обязательно встретимся. А раз он Избранный Богами, то понятно, отчего его боятся.

— Д'Бол, это ты? — остро надеясь на то, что не ошибаюсь, почти жалобно спрашиваю я прямо в микрофон.

— Хстура, ничего не бойся, — звучит в ответ такой знакомый голос. — Ты видишь большой шар?

— Да, — киваю я, будучи уверенной в том, что он меня видит. — Это ты?

— Я на этом корабле, — очень уверенно и спокойно отвечает мне Избранный Богами. — Попроси Брима не пугаться, мы сейчас возьмем вас на борт.

— Я не буду пугаться, — вздыхает Брим, прикасаясь ко мне рукой, а я просто обнимаю его. Мне очень это сейчас нужно, потому что получается, нас спасли...

В боку огромного корабля появляется щель, она как рот, но Д'Бол, совершенно точно прочтя мои мысли, говорит, что это трюм и никто нас есть не будет. А он не может обманывать, ему это просто не нужно, захочет убить — просто убьет, и все. Значит, пока не хочет? Девочка, назвавшая меня сестрой, просто молчит, плача без остановки, а я глажу ее, обнимая Брима.

Шар приближается к нам, при этом я вижу по бокам большой щели какие-то палки длинные. Странно, все молчат, только Д'Бол рассказывает мне, что происходит. Он очень спокоен и заражает меня этим спокойствием, отчего мне уже почти не плачется. Не для завтрака же он нас спасает, правильно?

— Еще совсем немного, Хстура, — произносит Избранный Богами. — Твой звездолет будет заведен внутрь, и мы обязательно встретимся. Подожди еще немного.

— На все воля твоя, — отвечаю ему, считая, что раз он сказал ждать, то надо слушаться.

Что с нами будет дальше, я даже представить себе не могу. Но на все воля Д'Бола, поэтому, как он решит, так и будет. Главное — мы не достанемся страшным кхраагам, и малышки будут жить. Очень важно, чтобы они жили, и младшие тоже. Я согласна, чтобы меня... Лишь бы они жили. Кажется, я опять плачу, потому что не могу удержаться. Младшие меня не видят, значит, можно.

— Не плачь, все будет хорошо, — гладит меня Брим, который, как я чувствую, совсем в своих словах не уверен. Он какой-то очень родной, необыкновенный.

Вот наш звездолет входит в огромную пасть, но зубов в ней нет, только плоская поверхность, на которой стоят разные фигуры... Наверное, это другие звездолеты? Вот какая-то сила опускает нас на поверхность, очень бережно, а затем...

— Разрешишь нам взойти на борт? — интересуется у меня Д'Бол, и от этого вопроса я теряю дар речи.

— Разрешаем, — улыбнувшись, отвечает Брим, нажав какие-то клавиши. — Вход открыт.

— Только не пугайтесь, — просят нас, а я, замерев, смотрю, как медленно закрывается гигантский рот, отсекая от нас жутких кхраагов.

— Мы же не будем пугаться? — спрашивает меня Брим. — Помоги пересесть, пожалуйста.

Я помогаю ему занять место в тележке и, прихватив незнакомую девочку за руку, иду вслед за ним. Мысль о том, что нужно малышку к остальным, в голове не задерживается — я просто не успею. Поэтому буду надеяться, что ее не тронут. Она идет рядом со мной, чему-то улыбаясь, я ее, конечно, поглаживаю по голове, маленькая же.

С тихим гудением мы поворачиваем в коридор, двигаясь ко входу, насколько я помню. Ну это логично — откуда еще могут прийти гости... Хотя Д'Бол — гость или хозяин? Задумавшись, я и не замечаю, как мы доходим до медленно опускающейся аппарели. И вот в этот самый момент я вижу...

Лана

Наверное, оттого, что я нервничаю, нам не дают скучать. Тетя Таня, тетя Ира и дядя Саша сидят вместе с нами, что-то обсуждая. Саша, по-моему, понимает, о чем они говорят, потому что у него задумчивое лицо, а я совсем нет. При этом тетя Таня как-то понимает, что мне неясно буквально все, и останавливает взрослых, чтобы мне объяснить.

— Лана, — обращается она ко мне. — Мы думаем, что ваш дар говорит о полете Брима и Хстуры, но при этом старшей у них является девочка. У нее малыши, и, если она не доверится, будет очень плохо.

Ой... действительно же! Братик может привести корабль, но Хстура будет драться за малышей, я уже знаю. Нам с Сашей это еще когда объяснили, потому что она мама. Дело даже не в том, что дети ее так назвали, для нее это слово очень многое значит. И если она не будет нам доверять, потому что мы химаны, то неизвестно еще, чем все закончится.

— Но Саше же она доверяет? — спрашиваю я, вспомнив мольбы Д'Болу.

— Я сейчас уже химан, — объясняет он. — Кто знает, как она на меня отреагирует после того, что химаны с кхраагами сделали.

— Теоретически ты можешь себя изменить, — не очень уверенно произносит тетя Таня, она детский доктор, поэтому знает. — Но это будет неправильно, потому что может тебе повредить.

— А если проекцию наложить? — интересуется дядя Саша. — Закрепить проектор на голове, у нас уже есть маленькие, сделать проекцию, причем полупрозрачную, чтобы казалось, что у него два лица...

— А это ее не напугает? — интересуется тетя Ира. — Все-таки...

— Она Сашу богом считает, — отвечаю я, — значит, решит, что это просто проявление божественности. Ну или...

— Очень возможно, кстати, — подумав, произносит мой брат. — Только нужно как-то оформить его, чтобы не сразу понятно было...

— А это не обман? — тихо спрашивает тетя Ира. — Получается же, что мы ребенка обманем.

— Нет, — качает головой Саша. — Я же действительно Д'Бол...

А я пораженно замираю прямо за столом.

Взрослые считают действительно неправильным нас обманывать, вот что значит фраза тети Иры. Люди просто невероятные! Считать, что обмануть ребенка, даже во благо — это плохо, могут только очень сказочные существа, по-моему. Да, я привыкаю к тому, как тут относятся к детям — как к равному, но при этом защищают. Защищают, а не решают за него! Именно это необыкновенно, даже и не знаю, смогу ли я когда-нибудь привыкнуть.

Мы летим уже больше суток, «со всех дюз», как шутит дядя Саша, он командует эвакуатором. Здесь очень хороший госпиталь, и вообще этот корабль — самый защищенный. Потому что дети же, то есть мы. Поражает, конечно, именно такое отношение к детям...

— Внимание, выход, командир необходим в рубке, — слышу я голос разума звездолета.

Это правильно, дядя Саша должен быть в рубке, когда корабль окажется рядом с тетей Машей. Быть членом огромной семьи просто необыкновенно, а мы уже члены семьи, хотя нами и не стараются командовать, но я вижу: маме так намного легче, ведь нас у нее много.

— Дети, за мной, — уверенно произносит командир звездолета.

— Пошли, — кивает Сашка, за руку которого держится Светозара.

Притяжение

Мы идем в рубку, а внутри меня будто прыгает теплый щенок предвкушения. Я совершенно уверена в том, что скоро увижу Брима. Ни о чем другом просто думать не могу, но, наверное, и не надо. Взрослые, на которых можно положиться... Они все обязательно решат, а я наконец обниму однажды потерянного брата. Наверное, я жуткая эгоистка, но ни о чем другом думать не хочется.

Нас усаживают на кресла рядом с командиром. Раньше тут офицеры навигации сидели, как нам объясняют, а теперь они не нужны, потому что разум корабля всем управляет. А вот мы как раз нужны — так дядя Саша говорит, а ему виднее. У него тоже есть дар, кроме того, он тут самый главный. И вот на экранах появляется обычное Пространство, а Сашка вдруг протяжно шипит.

— Что такое? — сразу же реагирует на него незнакомый офицер.

— Это кхрааги, — очень спокойным голосом говорит мой брат, сжав кулаки до хруста. — Звездолет кхраагов, только, по-моему, он не боевой... Но это ничего не значит! — внезапно выкрикивает он.

— Спокойно, — реагирует дядя Саша. — Ты уверен?

— Я чувствую, — отвечает он, а потом показывает пальцем на другой звездолет. — А это Хстура!

— То есть будет паника, — понимает дядя,

который сейчас командир. — Выходи на связь, попробуй уговорить не бояться, пока мы на борт брать будем.

— Хорошо, — кивает Сашка. — Хстура, ничего не бойся. Ты видишь большой шар?

— Да... — звучит в ответ очень испуганный голос. Почему-то я понимаю ее, но только стоит задуматься, и до меня доходит: корабль сам переводит. — Это ты?

— Я на этом корабле, — очень уверенно и спокойно произносит Сашка, при этом я вижу, что он нервничает — у него кулаки побелели, так сильно он их сжимает. — Попроси Брима не пугаться, мы сейчас возьмем вас на борт.

— Внимание, тишина в системе, проводится спасательная операция, — строго сообщает дядя Саша, а затем мы начинаем медленно приближаться к кораблю братика.

Звучат команды, какие-то доклады, а я не отрываясь смотрю на небольшой звездолет, внутри которого сейчас, наверное, очень боятся дети. Неважно, какой они расы! Им страшно, потому что тут кхрааги! Им просто очень страшно, как было бы и мне, но я совершенно уверена в том, что опасности нет. Очень хорошо нас в этом убедили.

— Еще совсем немного, Хстура, — произносит Сашка. — Твой звездолет будет заведен внутрь, и мы обязательно встретимся. Подожди еще немного.

— На все воля твоя, — звучит в ответ, заставляя взрослых переглянуться.

Сашка, получается, действительно очень много для Хстуры значит. А еще — никто больше не разговаривает, только наша связь активна и еще окно с текстовой информацией рядом с дядей Сашей. Наверное, так он с другими переговаривается.

— Укладываем на брюхо, — сообщает командир, внимательно следя за одному ему известными параметрами. — Вэйгу, максимальная готовность. Ира, возьми Лану и Сашку, вам в трюм надо.

— Поняла, — кивает тетя Ира, жестом прося нас следовать за ней.

Сейчас совсем скоро я увижу Брима. Совсем чуть-чуть осталось потерпеть! Братик, живой! Главное, что он жив, ведь однажды я его уже мысленно похоронила! Только бы они не испугались, только бы не случилось чего-нибудь плохого, хватит им уже плохого!

Но все-таки тот звездолет — это действительно кхрааги? Мне страшно...

Шестое новозара. Дети

Мария Сергеевна

После экскурса в историю Человечества и объяснения, кем Хстура стала для малышей, будущий друг выглядит шокированным, что само по себе странно. Пока спасатель заводит звездолет детей в трюм, я решаю прояснить некоторые подробности всей истории, мне лично непонятные. В основном, откуда взялись кхрааги в той закрытой вселенной, ну и остальные расы тоже.

— Это случилось много лет назад, — вздыхает он, о чем-то задумавшись. — До того, как мы обрели понимание важного. Часть разумных нашего вида решили жить по заветам предков, поэтому они желали...

— Войны, — заканчиваю я за него, вспоминая нашу историю.

— Не совсем, — щелкает он челюстью в жесте отрицания. — Они просто желали власти. Именно поэтому народ решил изгнать их. Мы обратились к Высшим, насколько я знаю, и они пошли нам навстречу.

— Интересно тогда, откуда взялись другие расы в той вселенной... — задумчиво произношу я, а затем до меня доходит, что именно сказал будущий друг. — Стоп, значит, это не ваша технология?

— Нет, — подтверждает он мои не самые радостные мысли. — Высшие когда-то были частью нашего народа, но они пошли своим путем, обретя новые возможности.

И вот тут я понимаю, что меня тревожило, — мальчик узнал вид звездолета, а это значит, что либо наши новые друзья не развились в этом отношении, либо сказка выглядит иначе. Надо было Синицыных все-таки брать с собой... Итак, кхрааги передвигаются на узнаваемых звездолетах, что означает — либо у них с «воинами» параллельные пути развития, либо нам чего-то не договаривают. Запишем в загадки.

— А женщина пропавшая относилась к вашему народу? — интересуюсь я, потому что есть у меня нехорошие подозрения.

— Да, — кивает будущий друг, не развивая, впрочем, тему.

— Мы можем помочь вам с расследованием, — это и предложение, и провокация, которая покажет мне, насколько искренен гость.

— Мы с радостью примем помощь, — склоняет он голову.

— Очень хорошо, — улыбаюсь я, осознавая факт того, что ребятам нужно будет усиление. — «Марс»! Трансляцию с «Варяга»!

На экране прямо перед нами возникает узнаваемый трюм эвакуатора, огромный, как и он сам. Стоящий рядом представитель расы кхрааг с удивлением смотрит на изображение. Я же просто грустно улыбаюсь — объятия, желающая опуститься на колени девочка, слезы. Просьбы спасти...

— Они нам не доверятся, — грустно произносит будущий друг. — Кхрааги для них очень страшны, но почему?

— Насколько нам известно, кхрааги многое сделали для того, чтобы их не просто боялись, — отвечаю я ему, осознавая: история запутывается еще сильнее. — Все они были на пороге гибели, а девочка еще и видела, как убивали всех кхраагов, что там в голове творится, ни один доктор не расскажет.

— И как же теперь? — негромко спрашивает меня он, но ответ приходит от эвакуатора.

— Опасность для жизни ребенка! — набатом звучит сигнал, после чего «Варяг» экстренно покидает зону Контакта.

— Теперь мы будем спасать детские жизни, — отвечаю я, пытаясь понять, что произошло.

— Дети превыше всего, — как будто самому себе говорит будущий друг.

— Дети превыше всего, — уверенно отвечаю я ему.

Несмотря на то, что мы не нашли неточностей в предоставленной нам со стороны возможных друзей информации, кажется мне, что не все так просто. Не то чтобы я подозревала их в лукавстве, но вот ссылка на неких «Высших» на фоне явной поддержки нашего Критерия мне видится необычной. Скорее всего, дар просто подсказывает, но при этом, насколько я могу судить, конкретный представитель расы с нами честен.

Время визита подходит к концу, поэтому Ш'трак, так зовут будущего друга, прощается со мной, а я провожаю его к галерее, соединяющей наши корабли. Пока идет обмен информацией, особенно медицинской — ведь у нас малыши на борту спасателя — мне нужно внимательно просмотреть со стороны наш разговор и проанализировать его.

Что-то, кажется мне, я упускаю. Ну и девочек расспросить необходимо просто.

— Увидимся завтра, — улыбаюсь я на прощание, пожимая ему руку.

— Конечно, — коротко кланяется он, отправляясь затем «домой», а я спешу в комнату совещаний.

— Сбор группе Контакта, — правильно интерпретирует мои желания разум «Марса».

— Спасибо, — благодарю я его. Вежливость очень важна при работе с квазиживыми. Как, собственно, и с любыми разумными.

Подъемник возносит меня на командный уровень, где в комнате совещаний меня уже ждут. Сестренки и сотрудники различных ведомств активно передают друг другу наладонник, я же усаживаюсь на свое место, потянувшись за шлемом. Именно так я могу посмотреть наш разговор с Ш'траком с разных точек, оценить его мимику, жесты, получить комментарии эмпатов и понять, что меня зацепило.

Концепция высших существ не нова. Вот у нас время от времени фиксируются вмешательства Творцов, у них это, видимо, Высшие. Правда, мы предпочитаем самостоятельно решать свои проблемы, а они, видимо, нет. Или же я что-то неправильно поняла. При этом мои ощущения говорят, что стоит позвать и Арха. Возможно, у него есть дополнительная информация.

Вот он говорит о «Высших», и сразу же подсказка от эмпатов о недостоверной информации. Видимо, что-то подобное и меня царапнуло. Меня вот что беспокоит: Саша, который был Д'Болом, совершенно точно творец, как и девочка его, Светозара, а обладают ли дарами те, кто с нами говорит?

— Лера, вы возможных друзей на дары проверяли? — интересуюсь я у сестренки.

— Проверяли, Маша, — вздыхает она. — Нет у них даров и, похоже, на данном этапе не может быть.

— Это как так? — ошарашенно интересуюсь я, пытаясь осознать сказанное мне.

— Это значит, что Д'Бол и Хстура лишь внешне принадлежали этой расе, — отвечает мне любимая сестренка. — То есть...

В этот самый момент звучит сигнал тревоги. Вибрирующие громкие звонки буквально прорезают помещения, заставляя меня резко вскочить. Суть в том, что этот сигнал подан не командиром корабля, а разумом звездолета.

— «Марс», что случилось? — интересуюсь я, пытаясь перевести дыхание.

— Внешний вид гостя изменился, — сообщает мне «Марс». — Прошу внимание на экран.

Ресурсов у него достаточно, и подобные выводы никого не удивляют. Квазиживые по разумности от живых не отличаются ничем, а вот реакция у них не в пример лучше. И вот сейчас «Марс» демонстрирует нам встречу с чем-то совершенно неведомым.

Хстура

Стоит открыться проходу, и на Брима налетает визжащая химанка. Она плачет, и Брим тоже плакать начинает, но не от боли, а… даже не могу понять, как именно. Мне становится тепло и тоскливо одновременно, но тут ко мне делает шаг Д'Бол. Я сразу же узнаю его, потому что у него как бы два лица — кхраага и химана одновременно. Я уже хочу упасть перед ним на колени, чтобы отблагодарить за все, но он вдруг обнимает меня, так необыкновенно. Я от его рук вдруг чувствую себя в безопасности, но вместе с этим мне нужно прикоснуться к Бриму, и ему ко мне, я вижу.

— Стоп! — командует Д'Бол, и уже спешащие к нам химаны останавливаются. — Хстуре необходим тактильный контакт с Бримом. И ему, насколько я понимаю…

— Ты уверен? — самка химан делает большие глаза. — Тогда нужно... — она произносит непонятное слово, а я не могу отпустить Д'Бола и хочу прикасаться к Бриму, отчего мне не по себе делается.

Не время сейчас думать, что он Избранный Богами, ведь у него такие ласковые руки, но тут к нему буквально прыгает и Шхила, сразу же заплакав. Кажется, нам сейчас влетит, ведь мы все плачем, а нельзя же. И даже Д'Бол плачет, говоря той же самке, что я родная.

Я пытаюсь взять себя в руки, ведь мне нужно малышей забрать и младших еще. Поэтому я не знаю, как правильно поступить, но Избранный Богами гладит меня, как будто я ему близкая. Разве такое может быть? Мои ощущения будто сбиваются в мягкий теплый комок, при этом я чувствую головокружение.

— Пойдем младших заберем, — предлагает мне Д'Бол, как-то очень легко взяв намертво вцепившуюся в него Шхилу на руки. — Бриму никто не причинит вреда.

— Как скажешь, — соглашаюсь я, понимая его правоту, но при этом мне бесконечно трудно отойти от Брима. Что происходит? Что со мной?

— Тетя Таня, возьми Брима на руки, — просит самку химан Избранный. — Хстура не может с ним расцепиться, а у нее дети.

И Брима действительно на руки берут, а девочка химан все гладит его и плачет. Она, по-моему, вообще ни на что не реагирует. Самка, названная Тетей Таней, становится рядом со мной, чтобы я могла прикасаться к Бриму, и он ко мне, ведь он же буквально разрывается между сестрой и мной. Но я медленно поворачиваюсь в объятиях Д'Бола, рядом с которым обнаруживается улыбающаяся аилин. Она вовсе не хочет меня ударить и не боится меня совсем, как будто мы действительно в сказке уже.

Мы идем по коридору к каюте, а я все не могу понять, что со мной происходит — меня обнимает Д'Бол, и кажется мне это таким естественным, как будто он член моей семьи. Или я его? Нет, даже думать об этом плохо, вдруг он обидится? Лучше я малышек заберу, они, наверное, просыпаются уже.

Дверь раскрывается, и младшие буквально прыгают ко мне. Соскучились, хорошие мои. Д'Бол выпускает меня из рук, а я глажу ластящихся ко мне младших, прижимаю к себе, когда вдруг вижу состояние малышей. Отпустив младших, падаю на колени рядом с кроватью, осторожно беря в руки малышей. Прислушавшись к их дыханию, я понимаю: что-то происходит, ведь они должны были давно проснуться, а они спят и дышат как-то очень медленно. Ощущение неминуемой беды, неотвратимой, как поднятая плеть самки, затопляет меня.

— Д'Бол! — с малышами в руках я разворачиваюсь к нему. — Спаси малышей! Молю тебя! Спаси их! Ты же можешь! Спаси! — я уже кричу, потому что меня накрывает морозной волной паника.

— Тетя Таня! — восклицает он, и тут что-то происходит.

Откуда ни возьмись появляются две прозрачные ванны, на гробы похожие, и меня пытаются уговорить положить детей туда, но я не хочу, чтобы их хоронили. Я плачу и молю спасти их, а не убивать, вместе со мной плачут и младшие, когда Д'Бол прижимает меня к себе, будто заставляя своей волей услышать его.

— Хстура, это не гроб! — выкрикивает он. — Пожалуйста, поверь! Это кровати специальные, чтобы их вылечить!

И я... Я ему верю. Д'Бол никогда меня не обманывал, и я решаюсь поверить ему еще один последний раз. Если он меня обманет... Но он же Избранный Богами, ему незачем говорить неправду. А вдруг в сказке лечат именно так? Меня и Брим обнимает, и сестра его, поэтому я решаюсь отдать им детей, надеясь только на то, что они будут жить. Я на что угодно согласна, лишь бы малышки жили!

Полупрозрачные гробы начинают мигать красными огоньками, отчего мне становится чуточку спокойнее. В этот момент я не помню о том, что у химан красный означает именно опасность. Я просто пытаюсь взять себя в руки, ведь очень испуганные младшие заливаются слезами.

— Мама! Мамочка, не плачь! — как маленькая, шипит Ркаша. — Мамочка!

Я обнимаю их, опускаясь на пол. У меня только одна надежда — что Д'Бол спасет. И он очень хорошо понимает это, опускаясь на пол рядом со мной и начав объяснять, что маленькие сейчас уедут в лекарню, где их совершенно точно спасут. И действительно, полупрозрачные гробики куда-то очень быстро улетают, а я просто опускаюсь на пол, как будто все силы закончились.

— Внимание! — самка по имени Тетя Таня кого-то зовет, да еще и так, что я понимаю. А язык должен же быть другим? Или нет? — Сашка, давай экстренно на Минсяо! Опасность для жизни ребенка!

— Понял, — слышится неожиданно с потолка. — Опасность для жизни ребенка!

И звучит это так, как будто нет ничего страшнее. Откуда-то появляется очень много химан, меня и младших просто на руки берут и несут куда-то бегом. Рядом со мной бежит Д'Бол, продолжая уговаривать и убеждать в том, что малышей обязательно спасут. Все происходящее представляется невозможным, просто нереальным, отчего мне кажется, что я смотрю со стороны на то, как девочек очень быстро заносят в какую-то белую комнату.

— Не надо бояться, все будет хорошо, — произносит незнакомая самка.

В первый момент я думаю, что она химан, но затем замечаю, что уши у нее пушистые и на голове растут. Ну, сверху, а не как у аилин. Моя рука будто сама собой тянется потрогать, а самка вдруг улыбается и подставляет голову, чтобы мне было удобнее. Я прикасаюсь к ним, понимая, что таких еще никогда не видела. И еще она меня гладит, и младших тоже, отчего я теряюсь просто. Меня не гладили никогда, насколько я помню, а это оказывается так приятно...

— Ее били, и детей, наверное, тоже, — негромко произносит Д'Бол, явно к этой самке обращаясь. — Она их... мама.

— Не надо плакать, — с бесконечной, как мне кажется, лаской, говорит она. — Сейчас посмотрим и маму, и малышек, согласишься?

Это она что? Она меня спрашивает? Меня? Соглашусь ли я? Но...

Седьмое новозара. Жизнь ребенка

Брим

Лиара вцепляется в меня намертво, как и я в нее, но мне при этом необходимо просто касаться ее, да и она без этого не может. Обнаружившиеся вокруг взрослые это почему-то понимают. У меня ощущение такое, будто всё не со мной происходит, потому что слишком много и совершенно непривычно. И то, как отреагировали на малышей, и как моментально оторвали от дел кучу химан, чтобы устроить нас... Просто непредставимо.

— Здравствуй, — улыбается мне незнакомая сам... женщина. — Разрешишь тебя осмотреть? — спрашивает она меня.

Я смотрю на нее и просто не могу понять суть

вопроса, а докторша начинает мне мягко объяснять, что я важен. Оказывается, мое мнение очень им небезразлично почему-то, настолько, что ко мне не прикоснутся, пока я не разрешу. Если умирать буду, то кто меня спросит, конечно, но все равно!

— Разрешу... — осторожно кивнув, отвечаю я ей, все еще не понимая, что она хочет делать.

А она достает какую-то коробочку, проводя ею вдоль моего тела. При этом я ничего не чувствую, зато сестренка смотрит на докторшу с такой надеждой, как будто она волшебница. Почему Лиара так смотрит? Что случилось?

— Мы сейчас летим на Минсяо, — спокойно говорит докторша. — Малышам очень нужно в госпиталь. Там же Бриму отрастят ножки, и сердце сменят.

— Как... Отрастят? — я смотрю на нее, не понимая: она шутит?

— Мы можем вырастить ноги, — уверенно отвечает она мне. — У тебя разладилось сердце, еще по мелочи, но самое главное... Скажи, что сейчас чувствует Хстура?

— Ей страшно, а еще она надеется, — не задумываясь отвечаю я, даже еще полностью не осознав вопрос.

— Ой... — что-то понимает Лиара. — Брим как Сашка?

— Очень похоже, — кивает докторша. — Сейчас дадим твоему брату лекарство, чтобы не укладывать в капсулу, а вот потом у нас будут приключения.

— Ничего не понимаю, — честно говорю я. — Это что-то плохое?

— Это хорошее, — отвечает мне она, а затем берет на руки и пересаживает рядом с Хстурой. Мне сразу же становится спокойнее, я обнимаю ее руку, а рядом то же самое делают младшие.

— Напугались, маленькие, — я глажу их по головам, отчего они начинают улыбаться.

Хстура выглядит ошарашенной, но при этом она очень боится за малышей. А рядом сидит тот, кто помог нам выжить. Я не знаю, бог ли он на самом деле или нет, но все чудеса в нашей жизни происходили, стоило только попросить Д'Бола. Мне кажется, рано или поздно я совершенно точно узнаю ответ.

— Младшие много голодали, — произносит другая докторша, совсем не похожая на химана. — Избивали их еще...

— Не всегда Хстура успевала защитить, — объясняю я ей. — Самки очень злые были, а еще им нравилось, когда малышки плачут.

— Да, все как в нашей истории, — она гладит нас по головам попеременно. — Завтра прибудем на

Минсяо, там всех полечат, ведь ложиться в капсулу маленькие не согласятся?

— Как мама скажет, — отвечает ей Ркаша, прижимаясь к Хстуре. — Мама знает, как правильно.

Я-то к этому привык уже, а вот для этих химанов все, наверное, в новинку. Но докторша смотрит на нас таким понимающим взглядом, что у меня и слов нет. И тут моя хорошая, спасительница моя, вдруг будто в себя приходит. Она обнимает нас всех, а потом к докторше обращается:

— Младших надо покормить, — объясняет она. — У меня в мешке брикеты есть, можно немножко воды попросить?

— Ну что ты, Хстура, — улыбается ей докторша. — Неужто мы детей не найдем чем покормить?

— А почему мы вас понимаем? — интересуюсь я. Действительно же, у них другой язык должен быть.

— У нас переводчики есть, — эта необыкновенная самка показывает мне маленький кубик на цепочке. — Вот он все и переводит... Вэйгу! Как у них с метаболизмом?

— Полностью совместим, — раздается голос откуда-то с потолка. — Даже странно.

Я сначала не понимаю, почему голос сказал, что ему что-то странно, но мне Лиара объясняет: кхрааги и химаны к разным расам относятся, поэтому очень странно, что нам одна и та же еда подходит. Тут есть какая-то загадка очень странная, но мы ее изучать не будем, а пойдем вместо этого питаться. Здесь есть специальное место где едят, оказывается.

— Если вам не очень страшно, конечно, — говорит докторша. — Как считаешь, пойдем в столовую?

— Лучше пока не надо, — с задумчивыми интонациями произносит Д'Бол. — Для малышек люди очень страшными могут быть, а Хстура видела такое... В общем, лучше здесь.

— Ну здесь так здесь, — сразу же соглашается она.

Кажется, я не могу больше удивляться, просто сил никаких нет. Нас слушают! Или Д'Бол действительно здесь очень важный, или... мы в сказке. Мы совершенно точно в сказке, потому что такого не бывает: чтобы взрослый прислушивался к ребенку, считал его важным, да и спрашивал о чем-то, что обычно, ну вот, например, как сейчас — о месте еды.

— Вэйгу, — обращается к кому-то Д'Бол. — А можно включить фильм-знакомство? Ну тот, который для малышей?

— Очень хорошее решение, — хвалит его голос с потолка, и в тот же момент перед нами зажигается экран. Он на стене расположен, но мне все отлично видно.

— Здравствуйте, дети! — просто с бесконечной лаской произносит незнакомая тетя с экрана. Она смотрит на нас так, что младшие всхлипывать начинают. Да на меня мама так не смотрела! — Сегодня мы с вами познакомимся с Гармонией, побываем в детском саду…

Наверное, я все-таки сломался, потому что плачу сегодня постоянно. Но просто невозможно не плакать, когда видишь это… Дети, которых любят, действительно любят, ведь с ними обращаются как с бесценными сокровищами. Я такого никогда в жизни не видел! А с ними играют, помогают учиться чему-то новому и не мешают делать ошибки.

Я смотрю на то, как успокаивают расплакавшегося малышка, помогая ему снова встать на ноги и поддерживая, когда он снова и снова пытается ходить. И пусть мне нечем ходить, но я смотрю на это чудо и не замечаю своих слез. Я даже не замечаю, когда еду приносят, только и успеваю отреагировать на ласковую просьбу:

— Ну-ка, открывай ротик, — говорит мне именно та докторша, а потом как-то очень бережно кормит. Меня с ложечки кормит, и так у нее мягко получается, что сопротивляться нет никаких сил.

Я смотрю в экран и ем, а там дети встречают

своих взрослых. Искристая радость, кажется, вливается в каюту, где мы все сидим. И, видя отношение взрослых к детям, я чувствую солоноватый привкус на губах, несмотря на то, что каша сладкая. Мы, наверно, действительно попали в сказку, потому что за такую ласку, за такое отношение я на все согласен.

Лана

Я к этому, наверное, никогда не привыкну.

Сегодня нам с Сашкой показали, насколько важны дети. И хотя подсознательно я ожидала другого отношения к кхраагам, его не было. Для людей действительно нет разницы, как выглядит ребенок, главное — он ребенок, и все. Именно это заставляет меня восхищаться ими. Пожалуй, как раз это отношение, реакции Брима, для которого многое тоже внове, сказали мне больше, чем тысяча слов.

Стоит им только уснуть, и тетя Таня зовет нас с Сашкой и Светозарой в комнату совещаний. Это же даже представить сложно, но нас зовут, как будто мы равные со взрослыми! Я, конечно, постепенно привыкаю к такому отношению, ведь баловаться у меня и мысли не возникает. И вот нам предлагают садиться, а большая круглая комната уже полна офицерами, докторами, и даже дядя Саша, командир звездолета, тут.

— Начну я, пожалуй, — незнакомый офицер кладет перед собой наладонник. — Мы исследовали образцы продуктов питания детей, так называемые «брикеты».

— Ощущение, что не все с ними просто, — замечает тетя Таня.

— Вы правы, Татьяна Сергеевна, — кивает он, вздыхая. — Представленные на исследование «брикеты» являют собой прессованные при низкой температуре пищевые отходы с усилителями вкуса и наркотическими веществами.

— То есть выживания малышей не планировалось, — кивает дядя Саша, а я понимаю, что сейчас заплачу от такой новости.

— В таком случае все логично, — кивает тетя Таня. — Малыши бы погибли в течение трех последующих суток. Именно поэтому Хстуре отдали обоих. Кроме того, у детей прослеживается нарушение генетической структуры, по нашему с Вэйгу мнению, над ними провели неизвестный нам эксперимент на этапе яйца.

— Именно поэтому и Минсяо, — соглашается с ней командир звездолета. — Логично.

Мы втроем с Сашкой и Светозарой обнимаемся, просто чтобы почувствовать друг друга. Новости об экспериментах, да и о том, что их всех фактически убивали, просто непредставимы даже для нас. Получается, взрослые хотели убить своих же детей? Но о таком даже помыслить страшно! Это как если бы папа хотел убить меня! Как такое возможно вообще?

— Но это еще не все, товарищи, — произносит тетя Таня, показывая, что сюрпризы еще будут. — Кхраагов, да и Брима нужно в капсулы, не экстренно, но... В основном по той же причине. При этом мальчик не принадлежит к расе химан.

— Как так? — громко удивляется Сашка.

— Брим относится к той же расе, что и Светозара, при этом биологически он брат Ланы, — объясняет она. — И не спрашивайте меня, как такое возможно, у меня нет ответа.

— У меня есть, — негромко произносит Светозара. — Это исследования иллиан. Я подробностей не знаю, но так готовят разведчиков и диверсантов: если химан и аилин скрещиваются, то получается именно так — разные расы.

— Само по себе получается? — интересуется тетя Таня.

— Нет, — качает Светозара головой с грустным выражением лица. — Только при принудительном скрещивании. Ну это, когда... — она всхлипывает, жалобно взглянув на меня.

— Не надо, не говори, — прошу я ее, собираясь заплакать.

Мне уже очень сильно поплакать нужно, потому что такие новости перенести очень сложно. Хорошо, что нам прямо сказали, потому что Брима нужно немного иначе лечить, но вот факт того, что мама папу практически заставила, как иначе понять фразу «принудительное скрещивание»? Тогда мне понятно, почему она изменилась, точнее, заменилась... Интересно, папа нас любил?

— Варамли очень вас любил, — будто прочтя мои мысли, произносит Сашка. — И носил медальон с вашими изображениями у самого сердца.

— И с твоим, — всхлипываю я.

— И с моим, — соглашается он.

Неважно, какой расы Брим, мы брат и сестра, как и с Сашкой. Этому-то нас уже успели научить, поэтому плачу я не от этого, а от разочарования в маме, породившей меня. Хорошо, что у нас теперь есть мама и папа, которые ни за что и никогда не сделают подобного. Хорошо, что химаны, иллиане, аилины уже история. Мы теперь часть Человечества, но вот как Брим такие новости перенесет... И будто в ответ на мои мысли низко гудит сигнал, от которого тетя Таня меняется в лице, бегом покидая зал совещаний.

— Что случилось? — интересуется Сашка.

— Вэйгу, что происходит? — спрашивает дядя Саша.

— Резкое ухудшение состояния детей, — отвечает ему голос разума госпиталя корабля. — Дети переводятся в капсулы, рекомендовано ускорить прибытие.

— «Варяг», сколько до выхода? — адресует командир вопрос звездолету.

— Семь минут, — отвечает ему «Варяг». — Учитывая ситуацию, прошу разрешение на стыковку с госпиталем по экстренному протоколу.

— Разрешаю, — коротко отвечает дядя Саша. — Вы трое — сидите тут, а потом переходите в госпиталь. Вопросы?

— Нет вопросов, — вздыхает Сашка, а нас троих обнимает кто-то из квазиживых.

Я с трудом справляюсь с собой, потому что у меня будет еще время поплакать. Сердце, кажется, сворачивается в тугую пружину, но что-то внутри меня говорит, что все будет хорошо. Нас глядят, споив при этом что-то успокоительное, поэтому устраивать истерику совсем не хочется. А звездолет в это время выходит в систему…

— Опасность для жизни ребенка! Освободить причальный створ! — грозные слова наверняка заставляют разбегаться в разные стороны другие корабли.

— Приготовиться к транспортировке, — звучит команда дяди Саши, а мы сидим на месте.

Сейчас бегать и мешать людям, эвакуирующим капсулы — очень плохая мысль, поэтому мы перейдем в госпиталь, когда будет можно. Пока что мы обнимаемся, а я думаю о том, что нам уже хватит испытаний. Кого так испугались Хстура и Брим, мы и потом узнать можем, а пока надо просто ждать. Не думаю, что ждать придется долго — экстренная у нас ситуация.

— Синицыны, можете перейти в госпиталь, — сообщает нам разум «Варяга».

Я подскакиваю на месте, собираясь уже бежать к выходу, но Сашка притормаживает меня. Он прав: бегать просто бессмысленно, но так хочется убедиться, что с младшими и старшими все хорошо будет. И что Брим сможет ходить. Так хочется, чтобы их всех поскорее вылечили! Ведь люди могут! Я знаю это!

Не замечая ни подъемника, ни кого бы то ни было вокруг, я всей душой своей стремлюсь туда, куда нас сейчас не пустят, но мне так нужно хоть куда-то бежать, это сильнее меня! И тут, у самого входа в госпиталь, нас всех ловят такие родные руки. Неизвестно как оказавшиеся здесь мамочка и папочка обнимают нас, даря уверенность.

— Все будет хорошо, — твердо звучит папин голос, и я поднимаю голову.

В его глазах любовь и тревога, а еще просто бесконечная ласка. Но кроме мамы и папы, я вижу вокруг них Винокуровых. Кажется, вся огромная семья прибыла в госпиталь, чтобы... ради нас? Ой, а младшие? Как же младшие?

Меня заводят в какое-то помещение, где я сразу же получаю ответ на свой вопрос — младшие визжат, сразу же кинувшись обниматься, а я понимаю: все совершенно точно хорошо будет, потому что иначе и не может быть. Мне еще надо многое маме и папе рассказать, но самое главное я уже поняла.

Восьмое новозара. Загадки

Мария Сергеевна

Взглянув на экран, я замечаю внешние отличия обновленного звездолета гостя, но тем не менее действую по инструкции. После Витиного полета, кажется, эту инструкцию переработали, поэтому сейчас можно ей и последовать. Папа очень внимательно тогда изучал полет братишки, а не верить папе я не умею.

— «Марс», сигналы дружелюбия и приветствия по протоколу Первой Встречи, — отдаю я указание, игнорируя направленные на меня удивленные взгляды товарищей офицеров.

— Сигналы передаются, — спокойно отвечает мне разум звездолета. — Ответа нет.

— Подождем, — вздыхаю я.

Если они были в измененной реальности, тогда у гостей сейчас паника. Правда, тут есть неясность с сестрой Хстуры. Правда, с маленькой девочкой, что должна быть старше, а на деле гораздо младше, и так много неясного. Именно поэтому всё понявшие товарищи офицеры сейчас опрашивают системы «Марса». Как определять небывалое, мы уже знаем, вот только, похоже, оно не с нами произошло. Звездолет кхраагов все еще молчит, что вызывает, конечно, некоторые вопросы.

— Как думаешь, что произошло? — интересуюсь я у Лерки, в задумчивости глядящей на корабль.

— Такое ощущение, что он пустой, — отвечает она. — Но при этом все координаты, вся информация, нам переданная, сохранились.

— А координаты смысл имеют? — интересуюсь я, очень хорошо понимая, что без следователей точно не обойтись.

— А координаты смысл имеют, — отвечает мне офицер-навигатор. — Причем нас там еще не было, и наших друзей тоже. Предлагаю просканировать, потому что, если он пуст...

— Давай еще пару раз вызовем, — предлагаю я, пытаясь понять, как будет правильно, но дар молчит. Это очень даже удивительно, кстати, обычно такого не бывает. Разве что корабль не просто пуст, но с кем тогда мы общались? Откуда взялась девочка?

— Ответа нет, никакой реакции, — отвечает мне «Марс». — Внешнее сканирование показывает полностью отключенные навигационные огни, отсутствие излучения энергетической системы, отсутствие связи.

— М-да... — я пытаюсь понять, что это значит, кивнув командиру корабля.

— Ну, предположим, что нам не показалось, поэтому «возможный друг» может нуждаться в помощи, — задумчиво произносит он. — На такой случай инструкция у нас есть. «Марс», глубокое сканирование на поиск живых.

Это он молодец, подвел ситуацию под инструкцию о спасении, а я тем временем отбиваю текстом три единицы на Базу. Ибо тоже инструкция, а они у нас кровью писаны. Ответа ждать минут двадцать, не меньше. Несмотря на очень совершенные системы связи и практически мгновенный проход сообщения, дежурному тоже нужно собраться с мыслями.

— Сообщение для Минсяо: к вам экстренно движется эвакуатор, — произношу я, зная, что «Марс» все слышит. — Необходимо обследовать всех кхраагов.

— Сообщение передано, — отвечает мне разум

звездолета. Если я все правильно понимаю, то проблема у «Варяга» в пути возникнет.

Надо же... Девочка эта, Хстура — настоящая «лагерная мама», как в истории Человечества. Она ради детей очень на многое способна, только вот как теперь Синицыны выкручиваться с таким выводком будут? Надо, кстати, и их известить, они оба на Минсяо очень вовремя будут.

— Жизнь на госте отсутствует, — сообщает офицер защитных систем.

— Тогда пошли глазами посмотрим, — вздыхает наш командир. — Десанту — готовность.

Это он правильно решил. Сейчас квазиживые из десанта сходят на корабль гостя и расскажут нам все, что увидят. Но вот в свете текущей информации — чему из рассказанного кхраагами мы можем доверять? Похоже, на этот раз мы встретились явно с чем-то новым. А это означает, что надо подумать, собрать группу и подумать всем вместе.

— Группе Контакта сбор, — активировав корабельную трансляцию, приказываю я. — «Марс», трансляцию работы десанта в зал совещаний.

— Активировано, — коротко отвечает он мне, я же покидаю рубку.

Здесь я сейчас только мешать буду, кроме того, нужно с девочками и мальчиками поговорить, прикинуть, кто что думает. Леню на базу опять же отправить, хотя следует у него записи скопировать. Его-то как раз сюда дар привел, но тут не обязательно дело в Контакте. Вопрос еще в том, почему детей выплюнуло именно сюда, а не на Форпост, как в прошлый раз? Десятки вопросов и ни одного адекватного ответа, на самом деле.

Пройдя по коридору, захожу в зал совещаний. Тут у нас все рядом, потому как группа Контакта часто и в рубке присутствует, особенно при первых встречах. Но вот такого поворота мы, пожалуй, даже и не предвидели. Так что четкой инструкции на сей счет быть не может. То есть своей головой надо думать...

— Маша, что там? — с ходу интересуется у меня Вика, с интересом глядя на экран, где виден медленно приближающийся борт кхраагского корабля.

— Когда ушел Сашка и мы распрощались, вид корабля гостей изменился, — объясняю я. — И с тех пор они на связь не выходят, да еще и корабль ни на что не реагирует. Десант пошел исследовать, ну и при необходимости оказать помощь.

— Ага... А мы будем думать, что это такое было? — задумчиво интересуется Лерка.

— Правильно, — улыбаюсь я. — И тут начинаются нюансы. Если бы ситуация была, как с Надей, то все объяснялось бы, но у нас улетевшая с

Сашкой девочка пяти-шести лет, как следует из Ленькиного протокола.

— Кстати, а почему она такая маленькая? — спрашивает меня Вика. — Должна же быть старше Сашки, если нам правду сказали, а она почти вдвое младше.

— Думаю я, это не единственный сюрприз, — вздыхаю я, глядя на экран. — Так, давайте-ка на десант посмотрим, а общение на потом оставим?

— Давай! — радостно улыбается Лерка. — Очень интересно же!

Действительно, интересно даже очень сильно, потому что совершенно неясно, что именно произошло и что с этим теперь делать. А на экране, как я вижу, перед квазиживыми раскрывается люк шлюза, хотя на корабле воздуха нет. Насколько я знаю, наши гости дышат тем же воздухом, что и мы, только аргона у них в атмосфере побольше, но это никому не мешает — ни им, ни нам, а тут...

— Атмосфера отсутствует, — дублирует голосом десантник. — Энергия отсутствует. Гравитации нет.

— Ничего себе, — шёпотом поражается сестрёнка, и я с ней согласна. Интересно, как давно нет атмосферы на корабле?

И вот тут я вижу нечто, чего просто не может быть. Посреди коридора, будто застыв в движении, плавает мумия. В моментально узнанном мной скафандре-комбинезоне, с будто высохшим, но все еще различимым лицом, в коридоре плавает Ш'трак. Что с ним произошло? Почему все выглядит... старым?

— Определить вероятный возраст тела, — команда звучит спокойно, но я понимаю, что командир наш просто шокирован. А десантник тем временем прижимает сканер к телу.

— Не менее полутысячи лет, командир, — отвечает квазиживой.

И вот эта его фраза заставляет меня совершенно неприлично открыть рот. Что происходит?

Леонид Винокуров

Внезапная активность «Марса» ставит меня в тупик, поэтому, наблюдая за десантным катером, рванувшим в сторону «гостя», я запрашиваю звездолет на предмет происходящего. В ответ получаю запрос на синхронизацию баз знаний. Это уже очень серьезно, потому что совсем не входит в протокол Первой Встречи. Что же произошло?

— «Заря», у нас гость изменил свои параметры, — усталым голосом сообщает мне офицер связи. — Так что ждите.

— А трансляцию десанта мне можно хоть? — интересуюсь я.

В ответ на основной экран «Зари» включается трансляция. Десантный катер приближается к «гостю», я же раздумываю. Вспоминая, как вел себя гость, можно сказать, что встреча была случайной. Учитывая, правда, что меня привел дар, тут не все так просто. Хорошо, группа Контакта установила, что «гости» неодаренные, это видно по синхронизованной записи, а Шхила, судя по всему, была творцом, для них характерны такие прямые переходы. Да и нацелена она была на корабль детей, как я сейчас понимаю. Потому что ко мне на руки она пошла, конечно, но при этом будто ждала чего-то.

— «Марс», группе Контакта, — выхожу я на связь. — А что, если появление «гостя» было возможно только потому, что Шхила сильно хотела к детям попасть?

— Очень вероятно, — отвечает мне тетя Маша. — Учитывая, как изменился «гость» почти сразу после ухода «Варяга». Нужно запрашивать Арха, но отсюда...

Да, она права, у нас связь только с госпиталем на Минсяо да с Базой Флота, на все остальное ретрансляторы просто не рассчитаны. Пока мы разговариваем, десантник проходит под характерный стук магнитных захватов на сапогах по коридору, увидев висящего там без движения кхраага. Вот только кажется мне, он давно тут висит...

— Не менее полутысячи лет, командир, — звучит заключение десантника, и это говорит об очень нехороших, по-моему, вещах.

— «Марс», прошу разрешить разведку по сообщенным нам координатам, — спокойно произношу я.

Конечно, я знаю, что моя просьба нарушает инструкцию, но больше тут разведчиков нет, а выяснить, есть ли что-то по оставленным координатам, очень важно. Потому как если там мертвая планета — это одно, если развитая цивилизация — это другое, а если что-то необычное... В любом случае мы не можем оставить ситуацию как есть, поэтому нужно смотреть. Либо автоматом, либо...

— Леня, ты уверен? — интересуется тетя Маша.

— Чувствую, что надо, — честно отвечаю ей, идентифицировав свои желания.

— Тогда... хм... одна нога там, другая на базе, не рискуй! — напутствует она меня, отлично зная, что такое дар.

— Слушаю и повинуюсь, — улыбаюсь я. — Кстати, на темпоральные поля проверили «гостя»?

В ответ слышу экспрессивную речь командира десанта. Судя по всему, остаточные поля проверить он не догадался. Сейчас они технику развернут и посмотрят, а я пока скакну в сторону координат «базовой» системы кхраагов. Именно в сторону, а не в систему. Сделаю прыжков пять-шесть по спирали, ибо кто знает... Влететь в аномалию по типу Терры-два не хочется.

— «Заря», посчитай маршрут по спирали, — я указываю координаты, полученные с «Марса». — Старт по готовности.

— Слушаюсь, командир, — отвечает мне приятный женский голос.

— Что случилось, «Заря»? — интересуюсь я, уловив горечь в ее ответе.

— Стыдно за откат, — коротко поясняет мне квазиживая.

— Нечего стыдиться, — качаю я головой. — Если я прав, мы в темпоральную аномалию попали, а, например, «Марс» — нет. И что-то мне подсказывает, что аномалия со Шхилой связана. Так что вытирай слезы, я тебя все равно люблю.

— Честно? — совсем по-детски звучит вопрос сильно переживающего разума звездолета.

— Конечно, солнышко, — ласково, как ребенку, отвечаю ей.

На самом деле, по приходу на базу надо будет попросить докторов посмотреть мою хорошую. Если у нее произойдет так называемое «очеловечивание», следует тело синтезировать и строить семью таким интересным способом. Ну не я первый, на самом деле, уже три подобных случая известны, так что, можно сказать, рутина. Следующий шаг развития квазиживых... Они тоже развиваются и делают свои шаги, как и мы, хоть с точки зрения разума нет разницы между нами.

— Старт, командир, — веселым голосом информирует разум звездолета, подтверждая мои мысли.

Откат по осознанию мог ее в детство погрузить, есть такая вероятность. Это как раз непротиворечиво, поэтому присутствующим на корабле квазиживым тоже будет повеселиться. Вон, Ню очень понимающе кивает. Она умница, все отлично видит, так что займется с «Зарей», ну а если что, мне и доложит.

На экране цветастые столбы плазмы, промеж которых лавирует корабль, я же раздумываю о том, что могло случиться с «гостем». Если, скажем, временную аномалию генерировала девочка, то поле вполне могло утихнуть спустя некоторое время и звездолет просто-напросто настигло время. А это значит, он из другого временного потока. Жалко, я не ученый, идею вряд ли обосновать смогу.

Проходит часа три, и мы вываливаемся в обычное пространство. Да, домой неделю добираться буду, не иначе... С новыми двигателями быстрее оказываются более массивные корабли, типа эвакуатора, а «Заря» мелкая, вот и поменьше у нас абсолютное смещение получается.

— Активности не обнаружено, — сообщает мне Ню.

— Никого нет, пустенько просто, — вторит ей «Заря».

Несмотря на то, что выражается она совсем по-детски, это еще ничего не значит — мало ли какие, как наставник говорит, «тараканы» у нее активизировались. Я же включаю телескоп на максимальное увеличение в сторону нужной системы. Сначала он мне ничего не показывает, а затем я вижу нечто такое, что становится ясно: нужна серьезная экспедиция, а не одинокий разведчик.

— «Заря», ты это тоже видишь? — интересуюсь я.

— Темпоральный излом по курсу, — отвечает она. — Значит, дальше нельзя.

Термин «темпоральный излом» ввел дядя Витя, по-моему. Если грубо — он означает границу темпоральной аномалии. И вот выходит у меня, что начинается она совсем близко от меня, накрывая искомую систему, при этом сама система, если телескоп не врет — находится в каком-то ажурном шаре. Что-то было о подобной конструкции в Истории, да не вспомню я сейчас.

По крайней мере, ситуация ясна уже сейчас — надо домой. Темпоральные аномалии — штука очень непростая, требующая внимания, даже если они временные, а тут просто огромная. Кто знает, что там за ней скрывается? Возможно еще, что такой ясно видимый излом специально для меня сделан, чтобы не геройствовал. Если предположить, что они более развитые, чем мы, то вполне возможно. Да, нужно двигать домой.

— «Заря», давай домой, солнышко, — с лаской в голосе я обращаюсь к разуму своего звездолета.

— Ура-а-а-а! Домой! — радуется «Заря» совсем как ребенок, что, конечно, вызывает свои вопросы. Для нее это не очень привычно, но выводы я делать пока не буду.

На Базе, я думаю, у нас все получится выяснить, а пока...

Пятнадцатое новозара.
Минсяо

Брим

Я ОТКРЫВАЮ ГЛАЗА, С ТРУДОМ ОСОЗНАВАЯ действительность. Что-то прозрачное уходит в сторону, а меня укрывает белая ткань, судя по ощущениям. Во всем теле ощущается необыкновенная легкость, нет ставшей привычной за это время тянущей боли в ногах, да и сами откушенные ноги ощущаются иначе. Я пытаюсь вспомнить, как засыпал, и не могу. Хстура! Где она? Что с ней? Нет ничего важнее ее!

— Здравствуй, Брим, — слышу я ее голос и вдруг вижу такое родное лицо.

Она выглядит чуточку иначе, но все же это моя Хстура. Даже не отдавая себе отчета в своих действиях, я тянусь к ней руками, чтобы обнять, убедиться в том, что она мне не кажется. Отчего-то у меня ощущение такое, как будто мы были на грани смерти — и она, и я, и поэтому мне просто очень нужно к ней прикоснуться.

— Сейчас мы Брима переложим, — слышу я женский голос, но смотрю только на Хстуру.

Ее глаза притягивают меня, а сама она смотрит только на меня, и столько в ее взгляде необычных эмоций, что я просто теряюсь, не в состоянии оценить происходящее. Чьи-то руки мягко, но уверенно вынимают меня из... больше всего это место на ванну похоже, и перекладывают на ровную поверхность.

— Брим долго не ходил, — объясняет Хстуре тот же мелодичный голос. — Поэтому к ногам не привык. Ему нужно снова учиться ходить.

— Я понимаю, — кивает та, к кому прикован мой взгляд. — Мы справимся, — уверенно добавляет она.

Ходить? Она сказала «ходить»? Я сначала хочу обидеться, но против воли трогаю культи, их не обнаружив. Пальцы касаются прохладной кожи, и я сам чувствую свое прикосновение. С трудом переведя взгляд, вижу: голос не солгал, у меня теперь снова есть... ноги. От осознания этого факта я просто плачу, потому что теперь... Я больше не беспомощный! Я теперь сам смогу ходить! Сам! Это... это... это...

— Не плачь, — Хстура обнимает меня и замирает в таком положении. — Все уже хорошо, нас вылечили... — голос ее прерывается. — Всех.

Всех вылечили? Но проблема же была только с малышами, или я чего-то не знаю. И только сейчас я вижу незнакомую мне, очень по-доброму улыбающуюся химанку. Она что-то надевает на меня, но я так переполнен впечатлениями, что с трудом фиксирую окружающее.

— Сейчас вы немного пообнимаетесь, — произносит, видимо, докторша, — а затем и младшие проснутся. А вот совсем малышам нужно еще немного времени.

— Спасибо, — искренне благодарит Хстура, и я присоединяюсь к ее словам. — Мы в химанском госпитале, это лекарня такая, — объясняет она мне. — Тебе вырастили ноги, а мне... нам...

— Давайте-ка вы немного успокоитесь, — предлагает нам докторша. — А потом спокойно поговорим, хорошо? Можете звать меня тетей Светой.

— Хорошо, — киваю я, на что она гладит меня по голове и отходит в сторону, Хстура помогает мне усесться на этой поверхности, а затем мы просто обнимаемся крепко-крепко.

Почему-то я не вижу ни Д'Бола, ни сестры, но это

Притяжение 253

сейчас даже к лучшему. Ведь в моих руках Хстура, и пока мне больше ничего не нужно. И так впечатлений слишком много получается. Я даже не могу с мыслями собраться, ведь случившееся просто оглушает. А она обнимает меня в свою очередь и просто молчит, но молчание ее красноречивее тысячи слов.

— Твоя сестра и Д'Бол ждут в соседней комнате, — вздохнув, сообщает мне Хстура. — Их сюда не пустили...

— А с младшими что случилось? — спрашиваю я ее, потому что мне сейчас она важнее, а для нее — младшие. Значит, и для меня они очень важные.

— Я тоже проснулась недавно, — отвечает мне Хстура. — Поэтому мало что знаю, но... тетя Света говорит, что еда у нас плохая была, и еще били же, вот у нас что-то сломалось, но они быстро все починили. А малышам еще нужно время, потому что маленькие совсем.

— Не совсем понятно, но пусть так будет, — киваю я, думая о том, как мне теперь двигаться.

— Брим, — зовет меня тетя Света, — тут для тебя есть устройство.

Она показывает мне на полусферическое нечто. Я не понимаю, что это такое, но оказываюсь сидящим внутри. Это непонятное оказывается чем-то вроде тележки, которой я могу управлять манипулятором. Я сразу же начинаю улыбаться, потому как двигаться самому — счастье.

— Ты ходить пока не умеешь, — объясняет мне докторша. — Постепенно, конечно, научишься, но пока полетаешь в коляске. А сейчас вам нужно младших встретить.

— Они уже?.. — надежда в глазах моей девочки. Какая разница, какой она расы?

— Они уже, — кивает нам тетя Света, предложив следовать за собой.

В таких же ваннах лежат Кхира, Скхра и чуть постарше выглядящие Ркаша и Шхила. Интересно, а с ней что случилось? Она же появилась на звездолете из воздуха буквально, неужели и с ней что-то не в порядке было? Но ответа на этот вопрос у меня пока нет, а тем временем крышки ванн поднимаются, уходя в сторону, и становится улыбчивой Хстура.

— Мама! Мама! — хором восклицают Кхира и Скхра. — А нам такое снилось!

Они выглядят сейчас близняшками, что у кхраагов, насколько я знаю, невозможно. Хстура перекладывает обеих на стол, при этом они тетю Свету не пугаются, а только улыбаются, пока их одевают в такие же, как у нас, комбинезоны. Одетые, они слезают со стола, цепляясь за Хстуру и совершенно не желая отходить. За ними следуют и те, кто постарше, реагируя ровно так же, только Шхила ее мамой не называет, зато тянется изо всех сил, становясь в эти мгновения гораздо младше, чем выглядит.

Убедившись, что все готовы, тетя Света вздыхает, оглядев нас, а затем адресует свой вопрос Хстуре. Она это очень тихо делает, так, что я и не слышу. Только чувствую ее радость, надежду и готовность на все ради детей. Заулыбавшаяся докторша кивает в сторону двери, куда мы и отправляемся. Что нас ждет там? Я не знаю, но уже верю в то, что сдержат обещание и расскажут, что с нами случилось, ну и чего ждать в дальнейшем. Очень мне сказку хочется, только возможна ли она у нас?

— Ничего не бойтесь, — улыбается тетя Света и открывает дверь.

Я беру Хстуру за руку, потому что чувствую правильность этого жеста. Полукруглая штуковина, в которой я сижу, чуть взлетает, видимо, чтобы нам было удобно, пристраиваются младшие с теми, кто постарше, и мы начинаем движение в неизвестность. Отчего-то внутри меня оживает радостное предчувствие, будто сейчас произойдет что-то очень хорошее.

Я вижу соседнюю комнату, кажущуюся мне пустой, и даже немного расстраиваюсь от этого, но стоит нам только оказаться там, как я тону в горячей волне ласки и тепла.

Лана

Неделя целая прошла с тех пор, как мы оказались в госпитале. И вот новостей за это время накапливается очень уж много. Несмотря на то, что нас освободили от уроков, в школу мы все равно ходим, только виртуально. У нас с Сашкой и Светозарой капсулы специальные, на медицинские похожие, мы утром в них ложимся и оказываемся в нашей школе. В виртуальном классе, конечно, но тем не менее — и на уроках присутствуем, и с друзьями пообщаться успеваем. Интересно, как это выглядит для них?

И вот проходит уже неделя. Родители скоро будут, они заобнимают новеньких и домой заберут, хотя мама, по-моему, немножко в шоке, потому что чуть ли не рекорд Винокуровых получается. Но дома взрослых много, и все-все детей любят, поэтому будет полегче, конечно. Нам домой пора — учиться же нужно, а все плохое уже совершенно точно закончилось.

— Ага! — улыбается тетя Таня, нас с Сашкой увидев. Светозара всегда там же, где и Сашка, ну и он с ней, конечно, тоже. — Пойдем-ка пообщаемся.

Это значит, что сейчас взрослые будут разговаривать, а мы нужны, чтобы показать, что от нас ничего не скрывают. Ну и мы трое, получается, члены семьи, потому что Брим и Хстура точно с нами, а младшие их не смогут без мамы. Нам это еще когда тетя Надя объяснила. У мамы и папы теперь детей прибавляется, и проблема будет в том, что они напуганные же... Выходит, у нас с Сашкой будет больше дел, ведь надо их научить... Ой, вот и зал совещаний.

Он не такой большой, как на «Варяге», потому что на каждом этаже свой. Сейчас, незадолго до того, как проснется мой брат, нам хотят что-то сообщить. Скорее всего, не только нам, но мне уже жутко интересно: что это такое случилось? Вроде бы всё узнали уже, все проблемы, болезни... Или нет?

— Синицыны, — обращается к нам строгий дядя, сидящий во главе стола, — садитесь вот тут, — он показывает рукой, и мы усаживаемся прямо напротив экрана.

— Пал Егорыч, а детей зачем? — удивляется доктор с синей полосой на плече.

— Их это тоже касается, — вздыхает названный Павлом Егоровичем главный. — Рассаживаемся, товарищи. Света, доложишь?

— Доложу, конечно, — кивает тетя Света, доставая свой наладонник.

Здесь какие-то специальные врачи сидят, я в них не очень разбираюсь, да и не знаю никого. Ой, а вот тот дядя мне знаком, только он не доктор, он сослуживец родителей, из «Щита». Я улыбаюсь ему, а он мне, и кивает — здоровается. Сейчас разговаривать нельзя, потому что тетя Света начинает рассказывать очень интересные, по-моему, вещи.

— Итак, у нас есть пятеро кхраагов и один... хм... Брим, — произносит она. — Мальчик по расе ближе к Светозаре, но, кроме слегка заостренных ушей, по физиологии от людей не отличается, потому поддается обычному лечению. Ноги ему вырастили, организм стабилизировали, но он слишком долго был без ног.

— Что это значит? — не понимаю я.

— Нужно будет привыкнуть, что ноги есть, — объясняет она мне. — Голова к этому еще не привыкла. Ну и ходить учиться.

— Это научим, — кивает Сашка, ожидая продолжения, я его уже хорошо знаю.

— С кхраагами не все так просто, — вздыхает тетя Света. — Это три близкие, но все же разные расы.

Вот тут я просто замираю от удивления, потому

что не понимаю, как это возможно. Но тетя Света не останавливается на этом, она рассказывает, что Сашка, Хстура и Шхила относятся мало того, что к одной расе, так еще и близкие родственники. Ну Сашка уже химан, то есть человек, тем не менее Хстура — его сестра, и Шхила тоже.

— Кхира, Скхра и Ркаша относятся к одной расе, — продолжает тетя Света. — При этом она повторяет генокод исчезнувших «гостей», а малыши, строго говоря, похожи только внешне на кхраагов. По генокоду они ближе к Светозаре, и как это возможно, мы не понимаем.

«Исчезнувшие гости» — это те, кого Брим испугался. Кхрааги, с которыми был контакт, но потом они вдруг пропали, осталась только мумия одного из них, очень старая, между прочим. На эту тему взрослые много спорят сейчас, но пока ничего не делают. Впрочем, я могу чего-то и не знать. Получается, что только младшие и Ркаша из кхраагов...

— Первая группа, к которой относится и Саша, — рассказывает тетя Света, — творцы, обладающие сильным даром, который почти не развит. То есть их надо учить и довольно срочно. Вторая группа — младшие девочки, ожидаемо дарами не обладают, а с малышами чего-либо сказать нельзя. Светозара, ты не слышала об опытах с кхраагами?

— Мы несовместимы генетически, — качает та головой. — Даже теоретически невозможно.

— Тут у меня для тебя сюрприз, — хмыкает тетя Света. — Все пятеро совместимы друг с другом и с людьми, хотя не должны быть по структуре генокода, но Вэйгу совершенно уверен, поэтому у нас очередная загадка.

— В целом это означает, что у нас имеются дети трех рас, внешне неотличимые от кхраагов, которые вполне поддаются нашему лечению и могут жить в нашем обществе, правильно? — интересуется Павел Егорович.

— Именно так, — кивает она. — Откуда взялись дети-творцы и малыши, мы, разумеется, поищем, но жить они могут все вместе, а если им будет мешать их внешний вид — это, как вы помните, вполне решаемо. А теперь нам с детьми нужно идти в палату, малыши готовы проснуться.

— Брим, наверное, в шоке будет, — понимаю я.

— А давайте мы с родителями их подождем в соседней комнате. Они так хоть немного в себя придут.

— Мудро, — кивает она.

— В таком случае Света свободна, дети тоже, а мы обсуждаем, — резюмирует Павел Егорович.

Я понимаю, что нам пора, поэтому, попрощавшись со всеми, отправляюсь с Сашкой и Светозарой к палатам, где уже и родители с младшими быть должны. Мне есть о чем подумать, ведь получается, что на планетах кхраагов были они же из разных мест, а это совсем противоречит тому, что мы знали до сих пор. С малышами еще может быть сложно, но это Сашку спрашивать нужно, потому что он для Хстуры авторитет. Вот кажется мне, что у братика с ней то же самое, что у мамы с папой и у Сашки со Светозарой. Ну вот это, которое единением называется. Не знаю почему, но я почти уверена, что это оно. Надо будет родителей спросить, а пока подъемник увозит нас на уровень ниже, потому что именно туда капсулы переведены, и родители нас там ждут. Жутко я по ним соскучилась, да и по младшим тоже. Просто не рассказать как!

Интересно, как Брим маму и папу примет?

Пятнадцатое новозара.
Мама и папа

Хстура

Спасибо лекарям за то, что разбудили меня первой. Брим, наверное, испугался бы, да и младшие тоже. Поэтому очень хорошо сделали, еще и напоили чем-то, после чего я спокойная стала, а то бы точно разревелась и напугала всех. И вот теперь мы идем на выход. На малышей я посмотрела, но лекарка сказала мне, что им еще недели две спать, потому что маленькие очень, нужно, чтобы окрепли перед тем, как их защитят. Есть хочется страшно, на самом деле, но я потерплю, а младшие даже попискивают, но я уговариваю их немного подождать. Дай Д'Бол, не оставят нас голодными. И вот нам остается один шаг…

Обнявшие меня теплые химанские руки вызывают очень странные эмоции. Химанская самка смотрит на нас всех так, что у меня руки дрожать начинают, но не от страха. Она будто пришла из экрана — с таким же выражением, как взрослые там смотрели на детей, она смотрит на нас.

— Здравствуй, доченька, — ласково говорит она мне. — Здравствуйте, маленькие, — гладит она младших. Но как? Мы же другие!

— Но мы же чужие, как так? — не понимаю я, хотя ни за что на свете не согласилась бы, чтобы она ушла.

— Чужих детей не бывает, — произносит химанка. — Просто не может такого быть, доченька.

И вот тут мы плачем. Схватившись друг за друга, плачем, потому что именно в этот момент понимаем: у нас мама появилась! Настоящая, из сказок, из наших мечтаний, из снов. Она действительно мама, потому что принимает нас своими буквально с первого взгляда, я же чувствую! Понять это сначала очень сложно, но она действительно... любит нас? Вот прямо с ходу — любит, как будто мы действительно ее. Разве такое бывает?

— Маленькие наши проголодались, — говорит высокий химан, глядящий на нас ровно так же, как и... мама?

— Мама, — хочу спросить я и осекаюсь, испугавшись выскочившего слова.

— Мама, мама, — она улыбается, присев, чтобы не смотреть сверху вниз. — Отныне и навсегда — мама. Что ты хотела спросить, моя хорошая?

— А кто это? — тихо спрашиваю я, пытаясь осознать сказанное мне.

Шхила с младшими просто плачут, потому что такой ласки никогда не видели. Я тоже, но быстро успокаиваюсь, потому что у меня они, и младших накормить надо. А новая мама нас гладит, обнимает, и ее совсем не волнует, что мы иначе выглядим. Вот совершенно! От этого я чувствую себя немного потерянной, ведь осознать подобное непросто.

— Это ваш папа, — отвечает она мне. — Который сейчас придумает, чем покормить наших девочек и мальчиков.

— А почему? — не понимаю я, на что мама уже смеется, но не обидно.

— Такова его папская доля, — произносит она и даже непонятно — шутит или нет.

— Садитесь к столу, — говорит нам... папа. Брим рассказывал мне, что это такое, поэтому я разглядываю самца, который ласково относится к самкам. Чудо просто, иначе и не назовешь.

— Присаживайся, сестренка, — улыбается мне...

Д'Бол? И я опять замираю, пытаясь переварить новую информацию.

Избранный Богами меня сестрой назвал! Настоящей сестрой, ведь он не обманывает, я вижу. Для него это так же естественно, как для меня зовущие меня мамой младшие. Но как так? А Шхила улыбается и плачет. Она держится за нас с Д'Болом и даже сказать не может ничего. Я с трудом беру себя в руки, хотя руки трясутся, конечно, но мне нужно младших успокоить, а то они и поесть не смогут.

— Хстура, разрешишь папе всех покормить? — интересуется мама, опять заставляя меня застыть с открытым ртом.

— Сестренка, отомри, — улыбается Д'Бол, и вот тут я осознаю кое-что еще — мы без переводчика разговариваем.

— А куда переводчик делся? — удивляюсь я.

— Он вам уже не нужен, — отвечает мне папа. — Ну как, разрешишь?

— Да... — надеясь только на то, что он не сделает больно младшим, тихо соглашаюсь я, а вот потом происходит что-то совсем невозможное.

— Ну, традиция так традиция, — он чему-то улыбается, причем я не догадываюсь чему. — Ну-ка: сорока-ворона кашу варила, деток кормила...

И я обнаруживаю ложку, полную коричневой

массы, прямо у своего рта. Очень осторожно слизнув эту массу, понимаю — младшие совершенно точно будут плакать. Они такой сладости никогда в жизни не знали, а каша густая, вкусная очень и, кажется, сытная. Да одна ложка дала мне больше сытости, чем кусочек брикета, а про суп и говорить не приходится!

Папа кормит очень осторожно, уговаривая открывать ротик, и его совсем не беспокоит то, как мы выглядим. При этом свое получает и Д'Бол! И Лиара! И Брим... Взрослые между нами никакой разницы не делают, как-то сразу любя всех нас и любя одинаково, я же чувствую! Я, наверное, к богам попала?

— Вот такая у нас сказка, сестренка, — говорит мне Д'Бол. — Тебе нравится?

— Очень... — шепотом отвечаю ему, боясь испортить сказку.

Младшие ошарашены так, что даже плакать забывают, потому что это всё для нас просто невообразимо. Взрослые кормят нас, а затем, когда мы заканчиваем, выдают уже другую сладость с невероятным просто богатством вкуса. Мне чем-то знакомы отдельные его нотки, но и только. Густая жидкость называется «кисель». При этом насытившиеся младшие, кажется, уже и засыпать начинают. Ну это от сытости в сон клонит, потому что мы все, пожалуй, впервые в жизни досыта наелись.

— Младшим надо будет полежать, — сообщаю я... маме. — И Шхиле тоже, хотя это странно.

— Ничего странного, — отвечает мне мама. — Солнышко наше, наверное, долгое время была одна, вот и копирует теперь сестер.

— Ой... — я с удивлением смотрю на нее, но киваю.

Диван для младших тут же обнаруживается, он большой настолько, что они все на нем умещаются. Я немного смущаюсь, укладывая своих солнышек, но мама мне не мешает, только смотрит, чему-то улыбаясь. Надо будет потом спросить ее обязательно. А пока я просто глажу по голове своих самых-самых, думая о том, что ради такого волшебства стоило пережить все, что с нами случилось. Наверное, сказка стала нам наградой за это...

— Уснули? — тихо спрашивает меня мама, на что я киваю и возвращаюсь к столу.

— Тебя интересует, что теперь будет, — спокойно говорит папа, с чем я молча соглашаюсь.

— Рассказываю: будет жизнь. Обычная жизнь, с детским садом, школой, играми и шалостями.

— Но мы же... Не будут нас... Ну... — я никак не могу сформулировать.

— Сестренка боится травли, — вздыхает Лиара,

поворачиваясь ко мне. — Хстура, у людей не может быть травли, потому что мы разумные существа.

— Это что-то значит? — не понимаю я, но и не опасаюсь спросить. Д'Бол рядом, он точно защитит!

И вот тут я узнаю, что значит «настоящий разум». И почему они именно такие. Несмотря на то, что количество вопросов только множится, у меня появляется какая-то уверенность в том, что нас не предадут.

Брим

После необычайно сытной еды меня сморило, чего не бывало никогда, но, видимо, это действительно было мне надо. А теперь мы направляемся «домой». На родительском звездолете летим, он, конечно, скоростной, но нам поговорить нужно. И вот мы сидим за столом и разговариваем. Оказывается, это нам очень даже нужно, ну да наши новые мама и папа все хорошо и понятно объяснили.

Нет, я не считаю, что предаю этим наверняка погибших маму и папу. Не знаю почему, но нет у меня такого ощущения, и все. Надо будет, наверное, спросить почему. Мы рассаживаемся, младшие жмутся к Хстуре, при этом во все глаза разглядывая наших взрослых. Они не боятся химанов, ведь те не кхрааги. Больно маленьким они не делали и относятся с такой лаской и добротой, которую малышки никогда не знали, кроме как от Хстуры. Ну а то, что выглядят иначе, их совсем не беспокоит.

— Давайте я вам расскажу, что нам удалось выяснить и что будет дальше, — предлагает нам новый папа. Он очень похож внешне на Варамли, так нашего с Лиарой папу звали. — И вы зададите свои вопросы, договорились?

— Да, — кивает Хстура, о чем-то задумавшись. Хотя понятно, о чем: нам опять показывают важность нашего мнения.

— В первую очередь — вы наши дети, — твердо говорит он. — Вы наши солнышки, лапочки и самые лучшие на свете. Дети для Человечества превыше всего, но это вовсе не значит, что можно сесть и ничего не делать.

— Брим, — меня обнимает сестра, — меня теперь зовут Ланой, потому что после всего... Наша мама, она... — ей очень трудно говорить, и Лиара только всхлипывает.

— Ваша мама была аилин, — вздыхает Д'Бол, выглядящий сейчас как химан. Я сначала не понимаю, что он сказал, а вот затем до меня доходит. Нам на уроках рассказывали о том, как готовят разведчиков аилин.

— Это значит, что вы были инструментом, — жестко произносит аилин, сидящая рядом с ним.

Это я как раз понимаю — мы не были желанными детьми, но папа же нас любил? Любил же? Где-то внутри меня становится очень горячо, но Хстура обнимает, будто почувствовав, и я успокаиваюсь. Я не обижаюсь, не злюсь на рассказавшего мне правду Д'Бола. Мне просто многое становится понятным — и почему мама к нам так относилась, и отчего мы папу редко видели. Несмотря на то, что папа нас любил, но внутренней привязанности, получается, не было. Внутренняя привязанность возникает, когда соединяются любящие сердца. И если нас с братом мама демонстративно любила, то Лиару... Понятно, отчего она имя сменила. Но это значит, что Д'Бол?..

— У тебя тоже другое имя? — интересуюсь я у него.

— Да, — кивает мне уже, пожалуй, брат. — Александр, а короче — Саша. Мне это имя мама и папа дали! — с гордостью сообщает он мне.

— А можно, и мне тогда... ну... другое? — спрашиваю я, понимая теперь зачем мне дали лекарство перед разговором. Нет у меня истерики, и голова ясная. Истерика еще будет, наверное, а, может, и нет. Изменили меня эти два года.

— Можно, — кивает мама. — Закончим разговор и назовем.

— И мне можно? — жалобно спрашивает Хстура, которую уже я обнимаю просто изо всех сил, ведь я чувствую ее эмоции.

— Конечно, доченька, — улыбается ей мама, отчего моя девочка успокаивается.

— Скажите, дети, вы ведь ощущаете эмоции друг друга? — спрашивает вдруг папа. — Вам трудно не прикасаться, и вы не очень хорошо можете себе объяснить, почему так?

— Да, папа, — киваю я, потому что описано очень четко.

— Брима с Хстурой в одной комнате поселить надо, — замечает мама, потянувшись, чтобы нас погладить. Ну и младших, конечно, как же их можно не гладить?

Разговор на этом не заканчивается. Мама объясняет Хстуре, что Д'Бол и Шхила — ее близкие родственники биологически. То есть он из «второго яйца», а она просто сестра, то есть яйцо другое, но от той же матери и отца. Как-то так я это объяснение понимаю. Это значит, что где-то мальчик должен быть, ведь кхрааги всегда парами рождаются. Но хорошо, что они такие близкие, потому что Хстуре это нужно, для нее это гарантия, что не предадут.

— Хстура, Д'Бол и Шхила отличаются от младших, — продолжает нам рассказывать папа. — То есть вас породили какие-то другие кхрааги, и мы будем искать, но не для того, чтобы отказаться от вас. Мы ваши мама и папа навсегда, договорились?

— Значит, это была не сказка, о том, что мое яйцо неизвестно откуда появилось? — удивляется Хстура.

— Как и мое, — кивает Д'Бол, которого уже Сашей зовут. — В точности такая же ситуация.

— А Шхила нам расскажет, когда готова будет, — гладит младшую по голове мама, отчего та реагирует так, как будто ласки в ее жизни вообще никогда не было. Это очень хорошо мне заметно.

— А малыши? — спрашивает Хстура.

— А с малышами очень сложно, — тяжело вздыхает папа. — Они, строго говоря, вообще не кхрааги. А вот кто они и как оказались здесь, мы и будем выяснять. Вот проснутся здоровенькими и пойдут к маме на руки.

— Вы не против того, что я мама? — отлично понимает его Хстура, а вот до меня доходит не сразу.

И, слушая ответы родителей, я понимаю: мы действительно в сказке. Это просто невозможно описать, но мы абсолютно точно в сказке, которая совершенно неожиданно пришла в нашу жизнь. Я думаю, это награда Хстуре за все, что она перенесла и сделала, а нам с младшими просто повезло оказаться рядом. А еще — хотя Д'Бол уже зовется совсем иначе, суть его осталась той же, ведь он спасал нас много раз.

— Сейчас мы попадем домой, — сообщает нам мама. — Пугаться не надо, семья у нас большая, но никто никого не обижает. Это просто невозможно — обижать. А когда младшие из детского сада вернутся, еще веселее будет.

И вот тут я узнаю, что есть еще иллиане, аж целых пятеро! Я спрашиваю родителей, не испугаются ли они нас, ведь мы же врагами были... там, а кхрааги иллиан вообще на мясо разводили и ели еще. Нас успокаивают, а вот Хстура мне говорит, что она мясо вообще теперь не может есть. Есть все-таки что-то странное в том, что мы видели и пережили. Даже кажется, что не все было реальным, но вот думать об этом не хочется. Мы теперь в сказке.

Прильнув с Хстурой к иллюминатору, я разглядываю наш новый дом. Сначала она вздрагивает, но потом робко улыбается, прижавшись ко мне. Зеленый — цвет опасности у кхраагов, потому при виде зеленой планеты она так и отреагировала. А я рассматриваю удивительно красивое место, полное лесов и озер, понимая теперь: нам здесь действительно будет хорошо.

Ну, здравствуй, сказка!

**Шестнадцатое новозара.
Разум**

Мария Сергеевна

Идея Трансляции была, конечно же, правильной. Именно в результате нее мы имеем возможность получить версии наших ученых по поводу произошедшего. Все-таки научный сектор группы Контакта не сравнится с мощью науки всех Разумных. И вот тут, стоит мне рассказать о разности находящихся у нас кхраагов, особенно о самых младших, меня прерывают.

— Профессор Топоров на связи, — представляется видный ученый. — Товарищ Винокурова не считает, что мы подобное уже испытывали на своей шкуре?

— Что вы имеете в виду? — не понимаю я, хотя

несколько ехидный тон уважаемого коллеги, конечно, расстраивает.

— Позвольте мне напомнить вам некую историю, — произносит он. — Группа детей, отправляясь на экскурсию, была захвачена Отверженными...

— Я, разумеется, знаю эту историю, — вздыхаю я, потому что сестренки являются потомками тех детей. — Вы считаете, что разница именно в этом?

— Похоже, Синицын является представителем другого народа, тогда как младшие девочки рождены Отверженными кхраагов, — медленно объясняет мне профессор. — Что означает: нужно искать материнскую расу, чтобы хотя бы известить.

— Да, похоже на правду, — соглашаются с ним представители института Биологии Видов. — А генетические различия можно обосновать разной средой обитания. К вам на Минсяо вылетел академик Сы. Он посмотрит малышей, возможно, они в принципе неразумные.

— В каком смысле? — удивляюсь я, но ответа не следует.

Завершив Трансляцию, некоторое время сижу, глядя в одну точку. Что нам известно о малышах? Мозг у них есть, строение которого, как и развитость, мы оценить не можем. Что имеют в виду товарищи биологи, я понимаю, но разве такое возможно? Нужно выяснить у старшей девочки, как к ней попали малыши. Конечно, хорошо бы мнемограф, но она еще ребенок, а с детьми мы этот метод стараемся не использовать.

Физиологию малышей мы проверили — их целенаправленно гробили, но, возможно, они и так были обречены? Есть же возможность выяснить, насколько мыслящими являются малыши? Думаю, есть, но точно не у нас, на Минсяо возможности есть, но у Вэйгу... Задача ставилась довольно узкая, вот и, похоже, сами виноваты.

А вот с отличием старших от младших очень похоже на правду: разные народы, вот только младшие, получается, продукт закрытой вселенной, тогда как старшие появились извне, причем на этапе яйца. А это означает, что не так много времени прошло, и возможность найти разумных кхраагов у нас есть. Это уже хорошая новость, с моей точки зрения.

Летим мы сейчас на Гармонию, чтобы помочь Ульяне справиться с такой большой семьей. Двадцать лет ребятам, а уже множество детей, которые им поверили. А раз так, то вариантов «раздать» просто нет, вот и будем помогать, согревать и предупреждать кризисы — а они еще как могут быть! Что наш опыт, что Надькин довольно хорошо показал: кризисы наступают очень быстро, без предупреждения, и шевелиться при этом надо активно.

«Марс» маневрирует, выходя из системы Сяозора, чтобы прыгнуть к Гармонии, а я все раздумываю. Выглядит произошедшее, конечно, как испытание какое, причем самое интересное не в том, что изменился корабль «гостей», а в том, что тело моего собеседника оказалось искусственным. Чего мы на Сяозор-то завернули? Тут самая большая лаборатория, и вот именно она установила, что тело искусственно состарено. То есть, как выразился представитель «Щита», «туфта, товарищ Винокурова».

В целом, как это было проделано, неизвестно, но резюме у нас такое: корабль после изменения является скорее полноразмерным макетом. Квазиживые не умеют ошибаться, а судно не содержит ни двигателей, ни рубки, ни каких-либо приборов. То есть или у нас всех была галлюцинация, или загадка намного более интересная. По этому поводу, кстати, никаких идей у Разумных нет.

— Мария Сергеевна, стартовать-то можно уже? — интересуется у меня командир звездолета.

— Летим домой, — вздыхаю я, и «Марс» ныряет в гиперскольжение.

Когда-то давно папа первым опробовал этот метод передвижения. Ему пришлось пилотировать вручную, а вот теперь уже это рутина быстрых переходов. Гражданские лайнеры-то все больше по старинке — субпространственными переходами, а нам обычно время дорого. Вот скоро окажемся дома и отправимся мы с девчонками к семьям.

Я знаю: пройдет немного времени, и разведчики пустятся на поиск загадочных кхраагов. Но тут еще вот какая закавыка — у Синицыных дети, и разлучать их с родителями нельзя. Кроме того, имеются еще ограничения — Ульяне скоро рожать. Не так чтобы сильно скоро, но мало ли как путешествие на ребенке отразится? Поэтому надо подумать...

— Вика! — зову я квазиживую, традиционно летающую с нами. Дочка ее старшая стала доктором, а она все с нами, пока муж ее с внуками. — Иди сюда.

— Да, Маша, — улыбается она. Ну Вика меня еще очень маленькой девочкой помнит, поэтому ей можно и по имени. Член семьи, как-никак.

— Смотри, какая у меня проблема, — показываю я ей наладонник. — Синицыны у нас нынче напланетники, а лучших следователей у нас пока нет. Ульяне скоро рожать, да и дети...

— Я знала, что ты спросишь, — сообщает мне умудренная прожитыми годами и опытом квазиживая. — Поэтому держи папку.

Наладонник пищит, сообщая о приеме данных,

Вика коварно улыбается и буквально исчезает, а я погружаюсь в содержимое переданной мне папки. Тут у нас доклад о разработке виртуально управляемых роботов. Имеющие тот же функционал, что и квазиживые, они могут несколько больше. То есть по сути, разумный или квазиживой становится разумом робота, который собственного, в отличие от квазиживых, не имеет.

Это, пожалуй, выход, причем не только для Синицыных. Эдак можно всех разведчиков положить в капсулы, да и все опасные процессы подменить. Ну, помня Леню, вообще всех не положишь, но, по крайней мере, можно считать, что количество невосполнимых утрат у нас снизится, если и не исчезнет полностью. Тогда вместо людей в экспедицию можно направить квазиживых и удаленно управляемых, чтобы не было больше трагедий...

Размечталась я, пожалуй, но вот мысль в конкретном случае просто идеальная, на мой взгляд. Значит, надо ее с товарищем Феоктистовым сначала обсудить, а затем станут у нас следователи первыми ласточками. Я считаю, просто прекрасная идея. Глядишь, и не будет у нас чрезмерно опасных направлений, а герои при этом никуда не денутся, я так считаю.

Леонид Винокуров

Понял-то я все правильно, и ближайшие несколько месяцев нам точно будет не до путешествий. Все-таки замена разума на звездолете — штука сложная. Сейчас, спустя неделю после полета, меня вызывают медики, что заставляет сердце замереть. У меня было достаточно времени, чтобы подумать о своем отношении к «Заре», именно поэтому я сейчас сильно обеспокоен.

Летаем мы вместе не первый год, я видел, как она осознала себя, как капризничала поначалу, как становилась взрослее. «Заря» единственная, с кем я мог поговорить, полностью раскрываясь, так что мы с ней друг друга, можно сказать, знаем, и для меня она очень важная разумная в моей жизни. И вот теперь, когда со мной на тему моей «Зари» хотят поговорить врачи, я волнуюсь. Я иду по коридорам центрального госпиталя, раздумывая о том, что приму ее любую. Если захочет быть ребенком и если нет — она слишком важна для меня. В последние дни я это очень хорошо понял. Разве что захочет расстаться со мной — это будет ужасно болезненно, и как я перенесу такой факт, даже не представляю.

— Ага, Винокуров, — замечает меня начальник Особого отделения госпиталя, разумеется, знающий меня в лицо, ну и разум госпиталя ему подсказывает. — Ну, логично, кто же еще! Заходи давай.

Это у нас репутация такая — у всей семьи — если что-то необычное случается, ищи рядом Винокурова. Доктор шутит, но настроение у него, на мой взгляд, веселое, и в сердце разгорается надежда. Надежда на то, что «Заря» не сошла с ума, выйдя из строя, но даже если так, буду просить отдать ее мне. Как-нибудь выживем, не она первая, по-моему.

— Итак, — стоит мне присесть на краешек стула в небольшом светло-зеленом кабинете, сообщает мне врач, — разум звездолета «Заря» проявил качества, квазиживым не свойственные, и командир корабля обратился по команде.

— Инструкция же, — тяжело вздыхаю я, успев уже о своих действиях три раза пожалеть.

— Хорошо, что вы следуете инструкциям, — кивает он, что-то помечая в наладоннике. — «Заря» вследствие длительных самостоятельных рейсов с человеком на борту имеет симптомы автономных квазиживых. Поэтому у нас есть два варианта: во-первых, может стать автономной квазиживой, а во-вторых, можно сгенерировать тело. Вам какой больше подходит?

— Лучше второй, — над этим я тоже уже думал.

— Она же рано или поздно захочет детей, а у квазиживых...

— Да, — кивает мне глава отделения. — Как-то так мы и думали. Вы сами как к ней относитесь?

— Как к очень близкому существу, — грустно сообщаю я, — но я пойму, если она не захочет...

— Да, вы друг другу подходите, — кивает он, — ну-ка, встаньте!

Не понимая, отчего вдруг следует такая команда, я поднимаюсь, и тут же на меня сзади с визгом налетает девушка. Очень красивая, по-моему, девушка, она сразу же обнимает меня, пытается что-то сказать, запинается и выглядит так, как будто сейчас заплачет. Но есть что-то родное в том, как она в меня вцепляется, оттого я обнимаю моментально затихшую незнакомку.

— Винокуров, имя ей сами дадите, — говорит мне доктор. — Зарегистрируете и дадите.

Как-то быстро он с «ты» на «вы» перешел, что значит — под регистрацию мы сейчас общались, а там правила довольно суровые, потому что потом эта запись служит доказательством. Но думаю я не о том: хрупкая девушка лет двадцати на вид это и есть моя «Заря». Ее надо сейчас назвать, зарегистрировать и двигать домой... Ну, как ей бы хотелось зваться, я как раз знаю, был у нас как-то разговор на эту тему.

— Госпиталь, регистрация, — прижимая к себе «Зарю», произношу я.

— Готов к регистрации, — отвечает мне дежурный разум госпиталя.

— Алена Винокурова, двадцать один год, — сообщаю я подробности первичной регистрации. — Ты как хочешь — невестой или сразу женой?

— А разве можно сразу? — сильно удивляется новопоименованная Аленушка.

— Можно и сразу, — улыбаюсь я. — Все будет так, как хочешь ты.

— Алена Винокурова зарегистрирована, совет да любовь, — реагирует разум госпиталя. — Береги ее, Леонид.

— Сберегу, — улыбаюсь я, взяв невесту за руку.

Мы идем по коридору к подъемнику, что унесет нас на причальную палубу, а Аленка ведет себя как ребенок — крутит головой, задавая свои тысячи вопросов. Это она еще не знает, что у нее экзамены впереди за школьный цикл. Она теперь живая, что свои ограничения, разумеется, накладывает. Хочется и самому визжать и прыгать, но пока нельзя. Дома порадуюсь.

— Я верила, что нужна тебе, — тихо говорит Аленка. — И очень-очень надеялась.

— Ты мне всегда нужна, — подумав, я беру ее на

руки, отчего она прижимается ко мне и просто зажмуривается.

Теорию я, разумеется, знаю. Несколько дней Аленка расставание со мной будет воспринимать строго отрицательно, может быть плаксивой, может нервничать, но в этом нет ничего страшного — тело у нее новое, нервная система тоже, а любовь, судя по всему, в наличии, поэтому пока это все усядется, пока она к себе адаптируется...

Ничего необычного в этом нет, нам всё в подробностях объясняли в свое время. И у живых случаются такие периоды, так что созданные квазиживые ничем не отличаются. С детьми было, конечно, проще, но и я справлюсь, потому что люблю это чудо. А когда любишь разумного, то преград быть не может. Вот мы и идем к «Заре», на которой обживается разум другого типа, а Аленка впервые сейчас взойдет на корабль как пассажир. Да и название звездолета изменено уже.

Хорошая она у меня, тихо-тихо в руках лежит, свои ощущения оценивает.

— А что теперь будет? — тихо спрашивает Аленка меня, когда я с ней на руках шлюз прохожу.

— Ну как что? — улыбаюсь я ей. — Будет у тебя семья, научишься чему захочешь, и будем жить.

— Просто жить? Вместе? — заглядывает мне в глаза такая любимая девушка.

— Конечно, вместе, — отвечаю я ей. — Я тебя никому не отдам.

— Вот оно какое — счастье, — шепчет Аленка. — Тогда я согласна.

Мы вместе душевно, можно сказать, уже очень долгое время, потому и девушки у меня не было, это я только сейчас понимаю. Вот родители порадуются, что сын остепенился, ибо быть мне пока наземником. Аленке до работы на корабле предстоит путь Академии Флота, а я от нее никуда, а то она плакать будет. А я не хочу, чтобы мое чудо плакала.

Любовь не ограничена физическим телом, это известная истина, правда, влюбиться в разум своего же корабля удается немногим, но мы особенные. Особенно Аленка моя особенная, потому что очень любимая. Вот и остается просто жить, раз мы обрели друг друга наконец.

Семнадцатое новозара.
Семья

Хстура

Открыв глаза, я прихожу в себя, пытаясь собраться с мыслями. Вчерашний день запомнился просто калейдоскопом эмоций и обилием слез, потому что такого мы не ожидали. Именно того, как нам радовались даже иллиане, как с нами всеми разговаривали, как объясняли. С именами тоже непросто получилось, потому что я теперь Вера. А с младшими мне сегодня разбираться, для чего у меня даже два справочника на кхраагском языке, ведь языку нас научили, а читать и писать мы сами должны учиться. Как это работает и почему не произошла замена, я так и не поняла, но как есть так есть, значит, буду учиться. А сегодня мне надо младших назвать, потому что я мама... Почему-то для наших взрослых этот факт неоспорим. И еще Брим...

— Доброе утро, родная, — произносит лежащий на соседней кровати очень близкий мне химан.

— Здравствуй, — улыбаюсь я ему.

Мы с ним неразделимы, потому что чувствуем друг друга, и у людей есть специальное слово для этого — единение. Сначала они думали, что это «импринтинг», но потом большой иллиан с экрана сказал, что это совсем другое слово. Впрочем, чем одно слово от другого отличается, я так и не поняла. Интересно, а что сегодня будет?

— Встаем? — интересуется Брим. Он теперь уже Борис, я просто не привыкла еще.

— Да-а-а, — тяну я, позволяя себе еще несколько мгновений побыть просто девочкой. — Встаем!

Процесс переодевания довольно быстрый, хотя я этим занимаюсь в душе — здесь вода есть, теплая и каждый день! Вот мне и хочется душ принять с утра, а потом я уже и одеваюсь. Выскочив, обнимаю Брима... Бориса, я привыкну, обязательно! И вот в объятиях друг друга мы замираем, но я помню: нужно младшим помочь. Когда они немного обживутся, то научатся и другим доверять, а пока только родителям и мне верят, потому что привыкли так.

Выйдя из комнаты, я вижу, что младшие уже одетые за столом сидят. Неужели смогли так быстро довериться? Нет, скорее всего, сами справились. Это тоже очень хорошо, значит, поверили, иначе бы из кроватей не встали. Они пока все в одной комнате, потому что страшно в разных быть. Но папа говорит, это пройдет, и я верю: обязательно пройдет. Будут наши младшие радоваться жизни там, где никто их не пугает.

— Мама! Мама проснулась! — восклицает Кхира.

— Доброе утро, — здороваюсь я, а потом подхожу сначала к своим младшим, чтобы погладить, а потом и к общим, которые иллиане. Я протягиваю к ним руку, а они совсем не пугаются.

— Вера очень ласковая, прямо как ты, мама, — замечает мальчик, его Васей зовут.

— Ну она же и сама мама, — улыбается наша мамочка, приглашая нас с Бр... Борей за стол. — Как спалось моим хорошим?

— У Хсту... Веры, — поправляется мой химан, — кошмары были, я обнял ее, и она дальше просто сладко спала.

— Я и не помню, — улыбаюсь я всем вокруг, потому что настроение у меня отличное.

— Чем-то мы становимся замечательными, вроде Винокуровых, — совершенно непонятно замечает папа, отчего мама смеется, а я накладываю кашу младшим, сама начиная есть только после того, как убеждаюсь, что они справляются.

С утра у нас сегодня каша, потому что нам всем она нужна. Мы, оказывается, худые очень, и вес надо нагнать, кроме того, она хоть как-то уже знакома. Новые продукты, папа говорит, положено вводить постепенно. Я думаю, он прав, потому что совершенно точно знает лучше. Младшие хорошо помнят, что сегодня их по-новому называть будут, поэтому кашу чуть ли не всасывают, но стараются не спешить. Я тоже ем быстро, чтобы успеть и за младшими посмотреть.

Подумать только, я сестра Избранного Богами. И хотя он и говорит, что не избран, но я-то лучше знаю! Борис тоже поражается нашей семье, однако мы начинаем привыкать. Как только меня иначе назвали, сменив имя, я почувствовала себя так, будто гарантию получила. Ну того, что не вернется больше никогда прошлое. Хотя, если так подумать, нечему возвращаться, от кхраагов только мы и остались.

— Мы доели, — сообщает мне Ркаша, глядя на меня с надеждой, а я улыбаюсь.

Нетерпеливые мои, но уже не пугающиеся. А это значит — не боятся младшие карательных мер. Наверное, потому, что самок кхраагов здесь нет, а химаны им ничего плохого не сделали. Как убивали нам подобных, только я и знаю, не надо этого никому видеть. У меня и кошмары в основном с этим связаны, но Боря когда обнимает, их нет. Почему так, я не знаю.

— Уговорили, — киваю я. — Раз у нас Ркаша первая, то быть тебе... — я делаю вид, что задумываюсь, хотя имена уже выбраны, — Радой! Согласна?

— Рада... — будто пробует имя на вкус старшая из младших. — Ура!

— Кхира будет у нас просто Кирой, — продолжаю я называть своих хороших девочек. — А Скхра хотела певучее, а не шипящее имя, поэтому будет Суинь.

— А я? — удивляется Шхила, я же переадресую вопрос все понявшему папе.

— А ты отныне Ясиня, — объясняет он нашей сестренке, пришедшей из невообразимого далека.

Вот теперь начинаются крики радости, потому что переименованные дети себя чувствуют, как я — освобождено как-то, отчего хочется себя вести совсем по-детски. Вместе с тем и страшно немного, и я не знаю, как правильно можно сейчас реагировать.

— А сейчас все дети отправляются в Детский Центр, — сообщает нам папа. — Это такое место, где можно играть, шалить и веселиться как угодно, ничего не опасаясь.

Первыми радостный визг поднимают иллианки, затем его подхватывают наши младшие, а вот до Бори что-то доходит. Он внимательно смотрит на дверь нашей комнаты, затем на свои ноги, потом опять переводит взгляд на дверь, все сильнее удивляясь. Тут понимаю и я — он сегодня ходит. Медленно, прихрамывая, но ходит!

— Ой, мамочка... — тихо произношу я, осознав этот факт. — Боря ходит...

— Конечно, ходит, — соглашается со мной она. — Ноги Бори готовы ходить, а голова до сих пор нет, но теперь он поверил и пошел, поэтому сначала будет массаж.

Без подготовки, наверное, было не очень хорошо ходить начинать, но родители нас не ругают, а я просто обнимаю самого близкого разумного на свете, понимая теперь: мы обязательно победим, и плохо не будет больше никогда. Нет больше места для плохого в нашей жизни, ведь вокруг нас самые лучшие на свете взрослые.

И мне больше не надо быть взрослой, ведь здесь я просто ребенок. Правда, младшие мои все равно уже привыкли и менять эту привычку не хотят. Я еще вчера спросила родителей, не обидятся ли они, но мне все-все рассказали. И объяснили, так что теперь я понимаю, что вопрос глупым был.

Лана

Нас теперь у родителей много.

Младшие ничуть не испугались кхраагов, хотя могли же, но мама говорит, это потому, что они все чувствуют, Хстуру... ой... Веру испугаться невозможно. Она внимательно следит за теми, кто ее мамой называет, но в то же время иногда кажется младше меня. И я понимаю, почему — папа же объяснил, что у нее ничего хорошего в жизни не было. Поэтому мы сейчас в Детском Центре. Тут у нас много друзей, всё знакомо, поэтому самые младшие берут в игру Киру и Суинь, куда-то сразу же унесясь. Вот так представить — кхрааги и иллиане играют вместе... Наверное, в этом и есть настоящий разум, потому что они сейчас не страшные враги, а дети. Мы все дети, и совершенно неважно, к какой расе относимся.

Так вот, нас теперь очень, получается, много, поэтому маме и папе квазиживые Винокуровых помогают, ну и живем мы рядом. Светозаре травка нужна, лес и отдохнуть, а младшим — иногда побыть в тишине и покое. Мы завтра с Сашкой и Светозарой в школу отправимся, потому что очень хочется туда снова, а Вера и Рада пока с родителями побудут... или нет...

— Ви! — визжу я, увидев подругу. — Как я соскучилась!

— Ура! Лана! — радуется она, принявшись обниматься.

— Познакомься, — предлагаю я ей. — Вот это мой брат, Боря, а это сестренка Вера. У них единение, представляешь?

— Ой, интересно как... — удивляется она. — Все три известных случая, получается, в вашей семье?

— Выходит так, — улыбаюсь я в ответ, хотя раньше об этом не задумывалась. — Пошли?

Взяв замерших Борю и Веру за руки, я поспешаю за Ви в сторону игрового пространства, а Вера уже и младшую с собой ведет, хотя, по-моему, Рада за нее и так намертво цепляется. Они никогда не знали игр и игровых пространств, поэтому для них обеих здесь все в новинку. Оставив своих близких с Ви, я подхожу к наблюдающей за детьми квазиживой.

— Случилось что? — моментально присаживается рядом со мной она. Взрослые так делают, чтобы не смотреть сверху вниз.

— Мои брат и сестры, — показываю я на них, — никогда не знали игры, и с другими разумными у них все сложно было. Помогите нам, пожалуйста.

— Ну пойдем, — улыбается она, и я знаю, что наша история ей уже известна.

Квазиживые могут получать сведения просто мгновенно, поэтому они часто занимаются нами, детьми то есть. Очень много наставниц квазиживые. Правда, они быстро очеловечиваются, как папа говорит. Это неофициальный термин, и значит он, что квазиживые хотят стать живыми полностью, чтобы семья и дети... Ну, как-то так я понимаю это.

Квазиживая очень улыбчивая, она будто давным-давно знает наших младших, потому что и Вера сейчас младшей воспринимается. И вот она ведет нас играть, а я задумываюсь о том, что хотела бы учиться вместе с ними. И потом им же будет легче, если мы с Сашкой и Светозарой рядом будем! Я отхожу в сторону, а заметившая это Ви сразу же оказывается рядом. Она очень хитро улыбается, показывая мне, что все понимает. Ну конечно, она все понимает, ведь мы же подруги!

— Хочешь их в наш класс, — это даже не вопрос.

— Ага, только им нужно с самого начала, — объясняю я то, что и так ясно.

— Надо с нашими поговорить! — Ви активирует свой коммуникатор.

Веру, Раду и Борю вместе с Сашкой и Светозарой увлекают игрой, а мы готовим страшный заговор — активировав свои коммуникаторы, связываемся с друзьями и подругами, чтобы уговорить повторить небольшой кусок школы. Подключившись в режим конференции, очень скоро получаем весь наш класс на связи.

— Лан, погоди, давай сделаем иначе, — предлагает мне очень серьезно смотрящая Лика. Она родилась на дальней станции, поэтому лучше всех понимает, как сложно нашим родным. За год детского сада ей помогли социализироваться, но прошлое она помнит. — Давайте-ка все сейчас полетим в Детский Центр. И пообнимаемся, и решим.

Все, понятно, с этим предложением горячо соглашаются. В Детском Центре залы для совещаний, конечно же, есть. Взрослые сигнал о нашей конференции получат, но ничего делать не станут, если только не попросить. Несмотря на то, что лет нам не так много, но возможность решать свои проблемы и задачи самим нам предоставляют. Без опыта нет и взросления, а тот факт, что дети превыше всего, вовсе не значит, что на нашу свободу принимать решения кто-то посягнет.

На самом деле, никому из моих друзей не придет в голову, что родители могут использовать аргументы типа «Я лучше знаю» и «Я прав, потому что я старше», это только у нас такой опыт есть, вот и удивляемся до сих пор, хотя, если подумать, все логично получается.

— Саша! — зову я брата, и он сразу же подходит ко мне. — Наши сейчас налетят, — объясняю я. — Вы как?

— Мы тут останемся, — сообщает мне Светозара, — чтобы Вера не испугалась. А вы идите, плетите заговоры.

— Ты молодец, сестрёнка, — хвалит меня Сашка, заставляя радостно улыбаться.

— Тогда пошли, — предлагает Ви, и мы незаметно исчезаем.

Встречая прибывающих наших, я улыбаюсь: они прибывают на отобусах и таксолетах, только за каждым прибытием борта хорошо заметна рука взрослых — чуть изменившийся маршрут транспорта, не запросивший обоснование электролет, посадка в зоне, где обычно нельзя... Во всём есть знак поддержки, ведь мы о многом не думаем... Я же очень радуюсь, потому что соскучилась по нашим одноклассникам.

Проходит часа два, и собираются все. Сашка как-то успевает зарезервировать для нас всех зал совещаний, где нас ждут работающие экраны, соки и даже легкие закуски на случай, если проголодаемся. При этом удивления ни сервировка, ни сам зал не вызывают. Это действительно обычное

Притяжение

дело, ведь нас учат очень многому... Я хорошо понимаю, что и для чего делается. Во-первых, мне Сашка объясняет, а во-вторых, я знаю, как бывает иначе.

— Лана, рассказывай! — командует Лика, стоит нам, переговариваясь и обнимаясь, рассесться за круглым столом.

И я начинаю свой рассказ. У меня есть и изображения, и даже записи, потому что тетя Маша выдала нам кусочки Сашкиной мнемограммы. Вот я объясняю, кто такие кхрааги, чем они отличаются от других разумных, ну и насколько страшным было детство Веры и Рады. О Бриме, ставшем Борей, я не рассказываю, потому что с ним будет, как и со мной — не сильно просто, но мне сейчас очень важно уговорить класс в отношении наших девочек, ведь они бояться будут одни в новом классе.

Вера мне вчера немного об их школе рассказала, поэтому я понимаю, что лучше им с нами. Хоть так она будет уверена, что бить не будут...

Восемнадцатое новозара.
Планы

Мария Сергеевна

Я не нахожу себе места в долгом ожидании выводов биологов. Ситуация, когда выглядевшие детьми не являлись людьми, да и жить не могли, у нас уже была. Но вот дар мне говорит, что не все так просто, к тому же... Как воспримет девочка новость о том, что малыши — совсем не малыши? Вот то-то и оно. Поэтому и нервничаю я.

Леня девушкой обзавелся. Кстати, уже не первый случай, хотя именно такой как раз первый, чаще у звездолетчиков дети появлялись. А тут любовь вспыхнула между корабельным разумом и командиром корабля. Мы все разумные, поэтому рано или поздно подобное должно было случиться. Спасибо нашим друзьям за науку.

Есть еще один нюанс — единение. У взрослых это проявление любви, а у детей... Тут сложнее, потому что у нас две разнорасовые пары с единением. Так вот, у них происходит объединение эмоциональной сферы, возникает необходимость находиться рядом, хоть спать в одной кровати при этом и не обязательно. То есть появляется эффект близнецов, давно, кстати, изученный. Если у старших Синицыных дар очень необычный, то младшие — творцы. Из-за этого возникает вопрос: не является ли единение свойством творцов?

— Маша, здравствуй, — с внезапно включившегося экрана на меня смотрит Арх. — Тебя побеспокоить можно?

— Можно, конечно, — удивляюсь я именно такому сообщению, обычно-то он предупреждает о связи. Что случилось?

— Малыши, выглядящие кхраагами, не принадлежат ни «эльфам», ни кхраагам, — с ходу сообщает мне мой друг. — Но они разумные.

— Известна ли раса, которой они могут принадлежать? — интересуюсь я, радуясь оттого, что малыши жизнеспособны и разумны. Никто плакать не будет.

— Нам пока неизвестна, — качает он головой. —

Форма тела малышей была непонятым нами образом изменена, — поясняет Арх. — Но возвращать мы не будем, потому что, во-первых, не знаем, какая форма каноническая, а во-вторых, они накрепко связаны со своей мамой, которой считают Хстуру.

— Она уже Вера, — улыбаюсь я. — То есть ты полагаешь, что они на нее эмоционально завязаны?

— Уже и генетически, — хмыкает он, и вот тут я, как папа говорит, «делаю стойку».

— Арх, а не могут они быть ее биологическими детьми из, скажем, будущего? — интересуюсь я. — Скажем, из неслучившегося, или...

— Я понимаю тебя, — показывает он жест щупальцами, аналогичный кивку. — Но мы такого не умеем.

Да, Учителя такого не умеют, как не умеем и мы, что вполне логично. По фактам у нас сейчас ситуация не самая простая, хотя ясно одно — нужно искать «разумных» кхраагов. И вот тут, естественно, возникает вопрос трансляции. Потому что именно такой подход к поиску у нас будет впервые, а без решения Разумных это делать неправильно. Решения принимаются сообща, особенно такие глобальные.

Из неясностей, которые могут быть приписаны кхраагам... Итак, разница рас старших и младших, неизвестная раса самых маленьких. Строго говоря, и у младших Синицыных раса неизвестна ни нам, ни Учителям, хотя предположения у них есть. Далее... Далее у нас химаны, потому как Лана по генокоду нам идентична, а вот у Бориса уже нюансы, при этом биологи считают объяснение Светозары несостоятельным. Так что есть о чем поговорить со всеми. Так как я сейчас на «Марсе», пристыкованном к госпиталю, то мне и разговаривать.

— Витя, — зову я дежурного по кораблю, так называемого «вахтенного», — трансляцию готовь.

— Два часа, Марьсергевна, — предупреждает он, на что я киваю.

Среди наших друзей есть и энергетические цивилизации, и творцы, и Учителя, но вот ни одной расе закрытый мир-тюрьму создать не по силам. Одни не видят в этом смысла, другие просто не умеют. Однако закрытый мир со Стражем создан был. При этом концепция известна... хм... а откуда?

— Арх, — обращаюсь я к неотключившемуся другу, — а откуда вам известна концепция закрытых таким образом вселенных?

— Из древних легенд, Маша, — показывает щупальцами вздох он. — Из наших сказок. Именно поэтому вся ситуация очень непроста, и есть мнение, что разобраться смогут только твои Искатели.

Это он так следователей называет. Тут он, между прочим, прав, мой дар тоже за то, что проблему могут распутать только Синицыны, да и сестры о том же намедни говорили. При этом, терпит ли время, мы не знаем, а отпускать Ульяну с Ильей, при учете того, что дети точно будут плакать, мысль плохая. Кто знает, какие тараканы вылезут у кхраагов? Они, конечно, дети, но их психология нам неизвестна. Именно на расу завязанная, так что лучше не подвергать их испытаниям. Им уже совершенно точно хватит. Значит, вариант у нас только один.

— Ретрансляторы готовы, Марьсергевна, — напоминает мне о времени Витя. — Можно работать.

— Спасибо, — улыбаюсь я, уже войдя в комнату совещаний, где на меня с большим интересом смотрит Танечка. — Ну что, поехали?

— Ага! — с готовностью кивает она, хихикнув. — Внимание! — сразу же становится серьезной племяшка. — Старт!

— Разумные! — традиционно начинаю я Трансляцию, глядя прямо в глазок транслирующей камеры. — Нам предстоит принять решение...

Все, пошла работа. Я подробно рассказываю разумным о наших находках, демонстрирую детей, объясняя, насколько страшным было их детство.

Приведя примеры из истории Человечества, по моим ощущениям, добиваюсь понимания. Рассказывая о кхраагах трех разных рас, я повторяю историю младших Синицыных, объясняя, почему считаю, что справиться могут только Синицыны. Тут слово берет Арх, повторяя свою аргументацию, но в этот самый момент загорается огонек вызова внутри трансляции.

— Профессор Сибкин, — представляется ученый, появляясь на экранах. — Дополнением этой трансляции может служить статистическая информация. В последние три года неодаренных детей в ареале Человечества не рождается, при этом основной дар — творцы, а интуитивные, эмпатические и прочие просто вливаются в основной, служа проявлениями оного. И это хорошо согласуется со словами товарища Винокуровой о третьем случае единения.

Выдав эту шокирующую информацию, уважаемый профессор отключается, а я рассказываю о технике виртуального присутствия посредством роботов, по типу и функциям похожих на тела квазиживых. Информация о них доступна каждому, поэтому на них я не останавливаюсь, предлагая разумным принять решение. В этот раз проблема не только Человечества касается, потому что потенциально «разумные кхрааги» умеют больше нас, но при этом не все их действия можно трактовать как действия действительно разумных. И хоть дар творца очень зависит от качеств души, опасность тем не менее наличествует.

Ульяна Синицына

Детей стало очень много. Как-то моментально и совершенно неожиданно, но я не жалуюсь. На работу времени не остается, ведь у каждого моего солнышка свои проблемы и нужды. Боря с Верой зацепились, им проще, но младшие с Радой во главе очень боятся оставаться без Веры, что вызывает вопросы детского сада, которые мы попытаемся все же решить. Вася говорит, нужно просто увлечь чем-то Киру и Су, так младшие Суинь сократили, тогда перестанут бояться.

Трансляцию я слушаю, помогая Раде выбрать одежду. Лана с Сашкой и Светозарой очень правильно решили: повторить всем классом цикл с начала, чтобы комфортно было и новеньким. Они у нас неразделимы, потому и вливаются все в нашу семью. Мама недовольна была, хотя чем именно я так и не поняла, а вот Илюшкины родители к нам переселились, так что дом увеличивается. Не до Винокуровских размеров, но все же...

— Никто, кроме Ищущих Синицыных не сможет

выяснить этого, — слышу я голос Учителя, так мы называем их расу. Правда, не только мы — много кто из наших друзей. — Но Ульяна беременна, и подобные нагрузки для нее небезопасны.

Это что, это о нас? Прижав к себе счастливо замершую Раду, я вслушиваюсь в суть Трансляции. А там идет обсуждение возможности для нас лететь и не лететь одновременно. Сначала подобное отношение у меня вызывает совершенно детскую реакцию — возмущение. Мне далеко еще до родов, вполне могу же полететь! А вот потом я перевожу взгляд на Раду и тихонько подошедшую к маме Веру. Взглянув в глаза дочки, я понимаю... Я очень много понимаю в этот момент. Мои хорошие, конечно же, примут тот факт, что у мамы и папы работа, но будут плакать, потому что мы с Ильей им нужны постоянно — увидеть, прикоснуться, просто прижаться. А младшие, сейчас играющие всей толпой у Винокуровых?

Именно поэтому мне нельзя оставлять их одних. Пусть с самыми лучшими наставниками, но им грустно будет, а грусти и тоски моим маленьким хватит уже. Поэтому Мария Сергеевна права, найдя самый лучший вариант. Часть дня будем работать с роботами мы, а потом управление перейдет к квазиживым, которые и станут ухаживать за телами и производить рутинные действия. При этом мы останемся со своими детьми.

— Я согласна, — коротко произношу я, активировав голосовой отзыв трансляции.

После моей фразы обсуждение уходит в совсем другую сторону — техническую. Я не слушаю уже, потому что доченьки обниматься хотят. Жуткое у них было детство, и это совершенно точно не случайно. Не может просто так быть фактически лагерных условий, учитывая, что у самцов и самок раса одна, при этом отношения очень разные. Есть у меня ощущение, что Рада с младшими сёстрами — результат какого-то эксперимента, как и вся та вселенная. Вот только если это работа «разумных кхраагов», то они совсем не разумные и могут быть опасными дикарями.

— Мама, мы решили, — сообщает мне Лана. — Вера и Рада с нами в школу отправятся, а младшие попробуют в детский сад. Завтра же можно?

— Завтра можно, — киваю я, поняв, что мои хорошие хотят попробовать. — Только завтра вы посидите с малышами в детском саду, а вот послезавтра…

— А зачем сидеть с малышами? — не понимает Вера. Она так забавно челюстью при этом щёлкает, совсем это не пугает.

— Чтобы Су и Кира знали, что мама рядом, и не

боялись, — объясняю я ей, снова погружая доченьку в глубокие раздумья.

Для нее, конечно, многое внове. И то, что никого мучить не будут, и то, что мнение ребенка очень важно, даже тот факт, что ее спрашивают, а не решают по-своему, раз за разом вводит в ступор настрадавшегося ребенка. Кстати, о настрадавшихся детях... Вопрос, который почему-то не подняли — все наши дети генетически совместимы, то есть могут давать совместное потомство, и с людьми тоже. Вот только так в природе не бывает: корни должны быть одни, а тут общими корнями и не пахнет. А это опять означает загадку, которую нам же и разгадывать. Но сначала надо связаться со школой.

Дети усаживаются заниматься, я же активирую функцию связи коммуникатора. Школа-то о решениях детей наверняка извещена, только следует утрясти некоторые нюансы. Ибо вряд ли они очень внимательно просматривали документы, а я лучше два раза повторю. Несмотря на то что дети превыше всего, вероятность нанесения вреда по невнимательности все равно есть.

— Здравствуйте, Ульяна, — с улыбкой на меня смотрит наставница моих детей, Тинь Веденеевна. — Скажу сразу, вы девятая.

— Я так и поняла, — киваю в ответ, отлично

понимая, что отметятся все родители. — Раз вы в курсе, то проблема у нас только в том, что для Рады Вера абсолютный авторитет, у Бори с Верой единение, и для обоих абсолютный авторитет Сашка.

— Так, — становится она серьезной. — Какой-то особый мотив?

— Срабатывание способностей творца было завязано на Сашин образ, — объясняю я. — Кроме того, у девочек опыт школы сильно нехороший, могут расплакаться на строгий тон.

— Били, — понимает Тинь Веденеевна.

Для нас подобное невозможно, но врачи и наставники о нюансах диких народов извещены. Особенно после Винокуровых извещены все. У них это в программу обучения входит, так что наставница сейчас осознает: просто не будет. Она, безусловно, рада решению детей, потому что это очень важный для них всех шаг, но...

— Били, издевались, как-то иначе мучили, — киваю я, вздохнув. — Поэтому Вера чуть что встанет на защиту...

— При этом у малышки будут слезы, чего нам совсем не надо, — копирует мой вздох наставница.

— В течение недели Вера уйдет на виртуал, — продолжаю я. — У нее малыши, причем на нее эмоционально завязанные, и как это возможно, доктора не понимают. Мы, конечно, все поможем, но...

— Да, — кивает Тинь Веденеевна. — Понимаю.

Дополнительные объяснения не требуются: малышам нужна мама, которой неведомо как стала двенадцатилетняя девчонка. Правда, есть возможность постепенно переключить привязку, все же у Веры должно быть детство. Я попробую это сделать, только подробнее узнаю у Учителей, как именно. Перевести родительскую привязку в сестринскую теоретически возможно, просто этого никто не делал ранее, впрочем... Тетя Маша же изменила статус. Это, конечно, другое — она в сознательном возрасте была, но тем не менее...

Мы совершенно точно со всем справимся, потому что мы в первую очередь разумные существа. А для разумных существ характерно умение решать проблемы, а не создавать новые. Хотя ситуация с малышами — это, конечно, вызов нам всем, ибо генетическая привязка значить может многое. И выяснять, что именно, опять же нам с Илюшей.

Девятнадцатое новозара.
Обучение

Вера (Хстура)

К своему новому имени, совершенно не рычательному, я, можно сказать, привыкла. Кира и Су тоже пообвыклись с именами, ну и поспокойнее стали. Рада только за меня по-прежнему цепляется, но это нестрашно, в школу мы вместе пойдем и никто ее не обидит, я уверена уже. Младшие еще побаиваются, но иллианки их под крыло взяли и наши привыкшие подчиняться сильному младшие себя спокойнее чувствуют, я же вижу. А стоило им получить коммуникаторы...

Коммуникатор — это чудо. Всегда можно позвать на помощь, он еще следит за тем, чтобы не было больно, как папа нам всем объяснил, и если вдруг, то позовет на помощь сам, поэтому младших побить невозможно. Я, кстати, очень быстро приняла понятие «папа». Наверное, в этом виноват Д'Бол, который Саша, он мне все объяснил. Папа — это мама, только самец. Для размножения нужны самка и самец, только у людей самец самку не берет силой, а любит...

Так вот, младшие теперь знают, что мама у них в коммуникаторе и всегда с ними, у них даже личный помощник в виде меня, поэтому они совсем уже, как мне кажется, не боятся. Наставница из детского сада у нас вчера была и познакомилась со всеми. Младшие теперь знают, что тетя наставница в саду — это мамозаменительница, как ее охарактеризовала Рада.

— Дети, готовы? — интересуется папа.

— Готовы, — отвечаем мы, кажется, хором, а потом пытаемся забить подъемник, но он большой, и мы все умещаемся внутри.

— Сейчас всех заберут Винокуровы, — напоминает нам мама. — Вера и Рада немного посидят, увидят, что ничего не происходит плохого, и к десяти вместе с Ланой отправитесь в школу.

— Да, мамочка, — киваю я, потому что это всё уже мы обсудили не раз.

У Винокуровых детей много, это оттого, что они любят селиться все вместе, поэтому кто-то из них обязательно всю нашу толпу на специальном отобусе отвезет. Стоит нам вывалиться из подъемника, и мы моментально оказываемся в гомонящей толпе детей, которым не терпится оказаться в детском саду. Младшие сначала теряются, но потом и их увлекает общий водоворот, совершенно не делающий различий между расами. Тут кого только нет, даже аилины встречаются. Очень особенная семья, эти Винокуровы.

— Ну-ка, быстро все в отобус! — этого дядю я знаю, его Леонид зовут. Он влюбился в разум своего звездолета, и теперь у него невеста есть, потому что для Винокуровых преград нет.

Хотя у нас другая фамилия, мы все равно часть семьи, так тетя Маша сказала, и мамочка согласилась. А раз мама согласилась, папа подтвердил и даже Д'Бол, то, значит, так оно и есть. Вот мы спешим в отобус, который нас уносит к ажурному белому шару, очень красивому, кстати. Здесь мы с Радой и другими подождем, посмотрим, не будут ли младшие пугаться, хотя, по-моему, нечего им пугаться. Огромная же семья, все знакомые, никто их обижать не будет.

Вот только как будет в школе... Страшно мне немного, как вспомню ту самку, которая любила, когда ее боятся и все для этого делала... Я понимаю, что в сказке таких самок быть не может, но все равно страх есть. А Раде еще сложнее, у нее другой класс был и что там творилось, я даже и не знаю. Расспрашивать не буду, а то у моей старшей из младших опять кошмары начнутся. Нас немного полечили от кошмаров, конечно, но все равно...

— Что-то мне подсказывает, что младшим там хорошо и совсем не страшно, — где-то через час замечает Сашка, поглядывая на экран своего коммуникатора.

— Да, я понимаю, — киваю в ответ, а Боря просто обнимает меня, отчего становится спокойнее, — просто...

— Ты школу боишься! — удивляется Лана. — Но у тебя же все мы есть, а Боря тебя в обиду точно не даст!

— Не дам, — тихо говорит он.

Нам, конечно, объяснили, что у нас с Борей единение, поэтому мы чувствуем друг друга. И он ощущает мой страх сейчас как свой, поэтому и прижимает к себе. Я же понимаю, что боюсь сейчас не за младших, а самого понятия «школа», но если я не пойду, то нужно будет виртуальную делать, и я так и не увижу, что такое «сказочная школа».

— Ты мне веришь? — вдруг произносит Сашка, глядя мне прямо в глаза. Я просто ощущаю, как сквозь черты его лица проступает Избранный Богами Д'Бол, спасавший нас столько раз.

— Верю, — киваю я, потому что как можно ему не верить?

— Я обещаю, что смогу тебя защитить от ребенка и взрослого, — твердо произносит он, и тут страх вдруг исчезает.

Мне что, достаточно его слова? Нет, тут дело в чем-то другом, правда, в чем, я сейчас понять не могу. Подумаю об этом потом, а сейчас надо садиться в ожидающий нас электролет. Он автоматический, то есть пилота нет, только навигатор, но разница небольшая. У людей полетами все равно навигатор заведует.

Я такая умная, потому что два фильма посмотрела, где все-все объясняется. Именно поэтому я сейчас знаю, что бояться мне нечего. Ударить ребенка для любого разумного совершенно невозможно, а мой страх не с этим связан, а с чем-то другим, непонятным пока. Но я постараюсь в себе разобраться. Сейчас мы летим в школу, где все должно быть хорошо... Ну должно же быть, да?

— Это не твой страх, — вдруг говорит мне Боря. — Это ты чувствуешь страх Рады, а я через тебя.

— Надо взрослых спросить, отчего так, — отвечаю я ему, потому что не могу понять, как так происходит, ведь мы не родственники. Я слышала, у родственников такое может быть, а у нас... Дома маму спрошу, потому что она все-все знает.

Электролет снижается, а я обнимаю Раду, успокаивая ее. И это действительно помогает, ей уже, вроде бы, не так тревожно. По крайней мере, по моим ощущениям. Это необычно, но сейчас у нас сначала школа... Мягко усевшись у самого порога красивого здания, электролет ждет, когда мы его покинем, чтобы улететь по своим делам.

— Если слишком страшно, можем вернуться, — говорит мне Лана, с тревогой глядя на меня.

— Мы справимся, — отвечает взявший меня за руку Боря, вылезая из транспорта.

Он ходить начал как-то вдруг. Иногда мне кажется, что он что-то тайное для этого сделал, отчего чудо и случилось. Но раз это чудо, то не нужно пытаться его объяснить, а надо просто принять его таким, какое оно есть. Вот я и принимаю, идя рядом с моим очень близким химаном в здание, на школу совсем не походящее. Даже трудно сказать, на что похоже красивое здание с огромными окнами. Здесь не чувствуется страха, только радость и какой-то душевный подъем, как будто здесь тоже мой дом, где мне рады. Но разве так может быть?

Лана

Кажется, я повзрослела.

Именно теперь я понимаю — я больше не маленькая девочка, потому что у меня есть близкие, которым нужна моя помощь. Вот в школе я это лучше всего понимаю: Брим, ставший Борисом, ловит эмоции Веры, а она, кроме своих — еще и Рады, а их в школе мучили, вот и входят они со страхом, но наши друзья улыбаются им, знакомятся, и, кажется, все хорошо.

— Здравствуйте, дети, — Тинь Веденеевна улыбается нам всем как-то особенно лучисто. — Прежде чем мы перейдем к уроку, я хочу поздравить вас.

— С чем? — удивляемся, кажется, все мы, по крайней мере, мой голос не одинок.

— Вы сделали очень важный шаг, — говорит нам учительница. — На пути разума ваш шаг очень важен. Ведь решив повторить часть цикла, вы не только показали способность жертвовать своими интересами ради других, но и продемонстрировали себя единым целым. И это ваша большая победа.

— Ради нас? — всё сразу понимает Рада, а вот Вера пытается прийти в себя от таких новостей. — Но почему?

— Потому что вам будет грустно, — отвечает ей

Ви. — Одним учиться будет грустно и страшно, а вместе с нами если — догонять придется. То есть опять грустно будет, а зачем это надо?

Вот такая постановка вопроса ставит в тупик. Я Веру очень хорошо понимаю, потому что себя в самом начале помню даже очень хорошо, начиная осознавать, почему наша учительница сказала именно так. А Тинь Веденеевна просто улыбается, и в ее взгляде я вижу гордость, отчего хочется улыбаться ей.

— Итак... Сначала мы поговорим о Человечестве и всех Разумных, о том, что отличает нас от других, — начинает урок Тинь Веденеевна, — а затем расскажем новеньким о том, как мы измеряем время, откуда взялись эпохи и почему, ну и закончим изучением букв.

Будто опять перед глазами встает наш первый урок, задорная улыбка учительницы, рассказывающей так, что интересно не только нашим новеньким, но и нам, уже однажды это слышавшим. Тинь Веденеевна показывает себя настоящей наставницей, говоря о Разуме, и Вере с Радой становится понятно — неважно, как ты выглядишь. По-моему, они перестают бояться травли, которой у нас просто не может быть.

— Издревле Человечество стремилось к звездам, — продолжает Тинь Веденеевна урок. — И, когда достигло их, возник вопрос — планет много, на каждой свои сутки, климат, смена времен года. Именно поэтому мы не разделяем месяцы по временам года, а как мы это делаем, пусть расскажет... Лана?

— Да, Тинь Веденеевна! — радостно улыбаюсь я. — Месяцев у нас десять. Новозар — месяц новых начинаний, отражающий старт нового года и нового цикла в школе. За ним наступает лучезар — названный в честь света звезд, издревле звавших Человечество. Потом приходит пора метеона. В древности падающие с небес объекты люди называли метеорами, поэтому в их честь и назван месяц.

— Умница, — кивает мне учительница. — Кто-то хочет продолжить? Ви?

— Конечно, — с готовностью отвечает моя подруга. — За метеоном следует орбитал, в котором начинается следующий цикл, он так назван в честь орбит планет, ведь первый шаг Человечества к звездам был именно на орбиту Праматери.

Передавая слово друг другу, мы рассказываем о месяцах, о том, как они устроены, и почему именно так. Можно было бы сказать, что это проверка наших знаний, но при этом нам самим интересно, а Вера с Радой и Борей просто сидят с открытым ртом. Очень им любопытно слушать, как именно устроена наша цивилизация разумных существ.

— А теперь давайте поговорим о буквах, — меняет тему учительница, и мы забываем обо всем.

Буквы, иероглифы, они такие интересные, что мы все сами не замечаем, как пролетает время, и только веселая мелодия заставляет нас отвлечься. Тинь Веденеевна напоминает о необходимости своевременного питания, поэтому мы гурьбой топаем в столовую, а я расспрашиваю Борю о впечатлениях.

— Сказка, сестренка, просто сказка, — вздыхает он. — И Вере совсем не страшно.

— Жутко интересно, — сообщает нам Рада. — Просто очень! И я чувствую — никто ударить не хочет.

Вот тут я вспоминаю мамины о слова о том, что Рада, Кира и Су неодаренные, но ведь она же чувствует... Может ли быть, что дар вовремя не заметили и он только спустя некоторое время раскрылся? Нужно обязательно маме сказать об этом, потому что тогда получится совсем интересно. Ведь разница между старшими и младшими была только в активном даре, насколько я поняла. Но это дома, а пока у нас вкусный обед, а потом опять уроки.

День пролетает совершенно незаметно, а Вера с

Радой просто оглушены. Боря-то принимает все происходящее как факт и совсем не беспокоится, по-моему. Вера удивлена, но учится спокойно, только страхует Раду, а вот та как будто значительно младше становится. Не выдержав, я описываю все свои наблюдения текстом маме.

— И так будет теперь всегда? — тихо спрашивает меня Вера.

— Так будет теперь всегда, — киваю я, отлично поняв ее вопрос.

Она очень радуется, я вижу это. Один только день, а Вера уже уверена в том, что ничего плохого случиться не может. По-моему, это победа — и школы, и наша. Очень важная победа, и от осознания этого хочется прыгать и визжать. Потому что у нее как-то мгновенно страх выключается, а не то, что у меня было.

После школы нас встречает папа на электролете. Сначала не поняв, почему так, мы позволяем Вере и Раде рассказать о том, как в школе было, но затем я замечаю, что летим мы совсем не домой.

— Куда это мы? — интересуюсь я.

— В больницу, — отвечает мне папа. — Веру и Раду еще раз на дары проверить. Если ты права, то ситуация может стать намного интереснее.

— Ничего не поняла, — честно признаюсь я. — Но тебе виднее.

Притяжение

Папе действительно виднее, а я задумываюсь. Пока летим, я думаю о том, что кхрааги дикие, но если у всех детей, которых мучили, дары в той или иной форме были, тогда выходит, что они не разные, а объединены дарами. Правда, что это значит, я не очень хорошо понимаю, но, думаю, взрослые разберутся, а у нас пока небольшое приключение. Кстати, а как так вышло, что мы с Борей творцы? Ведь химаны тоже дикие, судя по тому, что я о них знаю, а у диких даров почти не встречается.

Переглянувшись с Сашкой, я вижу понимание в его глазах, и кажется мне, что думает он ровно о том же самом. Возможно ли, что всех одаренных девочек собрали в одном месте с какой-то целью? Но у Рады же не было… Или я чего-то не знаю?

Двадцатое новозара.
Размышления

Мария Сергеевна

Сегодня у нас столпотворение на Гармонии. Биологи слетелись, специалисты от наших друзей еще, а все потому, что у Рады обнаружилось нечто, на дар похожее, по мнению Ланы. Очень наблюдательная девочка, молодец, все хорошо подметила. Одновременно с этим и к свадьбе Лени и Алены готовимся, потому что бывший разум звездолета хочет, чтобы было красиво, значит, будет.

Двигаясь от посадочного створа к палатам вдоль цветастых стен, я раздумываю о том, что вопросов с кхраагами как-то слишком много, и часть из них мы на месте решить просто не можем, для этого необходимо серьезное расследование, возможно даже, с погружением в прошлое закрытой вселенной. Правда, как это обеспечить физически, мне пока непонятно.

К границе темпорального разлома отправлен автономный разведчик с жестким приказом в аномалию не входить. При этом, несмотря на угадывающиеся внутри звездные системы и планеты, никакой активности не фиксируется, что не очень нормально для аномалий такого типа. Там не менее, экспедицию мы посылать пока не спешим — как обеспечить канал виртуального присутствия в условиях аномалии, мне непонятно. Эта задача стоит перед нашими учеными, которые, как я надеюсь, смогут ее решить.

— Винокурова тут, — сообщаю я дежурному по больнице. — Какие у нас новости?

— Пройдите в зал консилиума, пожалуйста, — просит меня явно замученный квазиживой. Его можно понять — такой аншлаг тут не каждый день.

Кивнув и сориентировавшись по коммуникатору, иду куда сказано. В целом ситуация сама по себе очень интересная, потому как именно передача эмоций между девочками раньше встречалась только в двух случаях — близнецы, что для кхраагов технически сложно, и родители с детьми, но матерью младшим Вера не является. Насколько я понимаю, это проверили. Да и просто физически себе подобное представить сложно, разве что временные смещения... Но кто может играть именно в такие игры? Разве что нас дезинформировали, и закрытая вселенная — это не изгнание, а область эксперимента «над кем не жалко». Претит мне эта мысль, хотя вполне имеет право на жизнь.

Повернув за угол, вхожу в большое помещение, полное специалистов. Тут у нас и представители наших друзей, включая тех, кто был мне когда-то давно опекунами, и наши биологи, и врачи, и даже, насколько я вижу, младший брат Арха в очень специфическом скафандре. В отличие от Синицыных, раса Учителей живет в ядовитой для нас атмосфере, а наша — опасна, соответственно, им. Необычный консилиум, даже очень.

— А вот и Мария Сергеевна, — замечает меня Аерлан из наших друзей, — здравствуйте!

— Здравствуйте, разумные, — здороваюсь я со всеми. — Что произошло?

— Девочки народа кхрааг, — негромко произносит Виал, он сейчас в форме мужчины средних лет, а обычно просто облаком выглядит. — Все девочки произведены одним родителем, после чего их генетический код был изменен, по-видимому, для создания вариативности в целях размножения. При этом двое старших — Вера и Саша были, по-видимому, первыми. Именно они и вошли в резонанс единения с представителями иных рас, и это неспроста.

— То есть младшие сестры, а Вера старшая, — повторяю я за ним, пытаясь переварить информацию. — Интересно, где их мальчики, и как они вообще оказались в закрытой вселенной?

— Нужно искать и тех, кто изменил их генокод, и тех, кто создал закрытые пространства, — подтверждает он мои мысли. — Это могут быть разные расы. Но это еще не все.

— А что еще? — заинтересовываюсь я, обдумывая новый вызов для всех разумных.

— Светозара имеет признаки Древних, — сообщает мне представитель тех наших друзей, к которым Альеор относится. — Несмотря на то что это невозможно, она могла бы командовать кораблем Исчезнувших.

Мне, как главе группы Контакта, в таких вещах разбираться просто необходимо. Древними «эльфы» называют мифический народ, который по легендам указал дорогу к звездам. Как и у каждой цивилизации, у них есть свои легенды, и вот теперь у Светозары оказываются признаки легендарного народа, а младшие Синицыны похожи на Учителей только внешне, ибо тоже происходят из легенд.

— То есть поиск не откладываем, — киваю я, затем решившись озвучить некоторые опасения: —

Хорошо, что вы тут. Лучше всего с задачей, по общему мнению, справятся Синицыны, но...

— Насколько мне известно, вы решили эту проблему? — полуутвердительно произносит Виал.

— Не совсем, — качаю я головой. — А что если временная аномалия? Рассинхронизируется связь, и все.

— Можно в голову квазиживым вложить копию ваших Синицыных, — произносит он. — Немного изменив ее, потому что иначе по возвращению будет непросто, а так будут воспринимать оригиналы как старших брата и сестру.

Вот это для меня новость — именно тот факт, что подобное возможно. С одной стороны, мы не программируем квазиживых после их осознания себя, но предложенное — это не программирование, это создание практически копии со всеми знаниями, умениями, взглядом на жизнь... Этично ли это? Технически, насколько я понимаю, вполне возможно, но вот этическую сторону дела должны определить Разумные. В частности — Человечество, потому что подобный подход нас касается напрямую.

— Виал, а если не копировать, а обучить квазиживых? Создать им на основе мнемограммы Синицыных виртуальный класс... — предлагаю я, осознавая: предыдущее предложение на данном этапе вызывает возражения даже у меня.

Начинается серьезная дискуссия, так как проблема очень важная, и решить ее нужно. С одной стороны, можно отложить решение, пока дети Синицыных не подрастут, но дар говорит — это плохая идея. Так что решать вопрос надо уже сейчас, и выхода нет. Биологи и другие наши друзья мгновенно оживляются, радуясь смене темы.

С детьми все более-менее понятно, в том числе ясно, откуда прорезается дар. Тот факт, что изначально дары мы не фиксировали, не значит ничего. Не настолько хорошо мы продвинулись в ранней диагностике даров, но вот тот факт, что сестер не углядели — наводит на мысли. Получается, что работавшие над детьми существа находятся на более высокой ступени развития, при этом оставаясь дикими в нашем понимании. И что мы будем делать, если их встретим, мне неведомо, ибо дикие опасны по сути своей, а тут, похоже, к детям отношение чуть ли не как к животным, и это учесть необходимо.

И значит это, что живых в поиск направлять просто опасно...

Виктор

Меня зовут Виктор, я квазиживой. С момента полного осознания у меня лет десять уже прошло. Полное осознание — это вход разума во взрослую жизнь, хотя детство у меня тоже было, хоть и проведенное в виртуальной реальности. Несмотря на это, я свой детский период с удовольствием вспоминаю. Живые постарались сделать период нашего взросления как можно более комфортным, потому что мы разумные существа — все мы.

Работаю я в «Щите», давненько уже, поэтому много чего наблюдал своими глазами. Правда, осознать мастерство тех же Синицыных мне сложно. Логика у них другая, что помогает в работе. Наверное, именно потому, что я щитоносец, меня для консультации и вызвали. Ну в момент вызова я и не знал, что это для консультации, просто получил вызов от товарища Феоктистова и двинулся на соответствующий уровень.

Зачем меня вызвали, я вопросом, разумеется, не задаюсь. Вызвали — значит так надо, все, что нужно, мне расскажут. Буквально вчера разбирали методы Синицыных — даже с их помощью не так просто понять работу. На самом деле, работает не только логика, в которой квазиживой разум намного сильнее, но и ощущения, а вот на уровне ощущений мы проигрываем, ибо дары бывают только у живых, тут ничего не поделаешь. Однажды и мы эволюционируем достаточно, но тогда именно квазиживыми быть совершенно точно перестанем, переродившись в отдельную расу.

— Разрешите? — традиционно интересуюсь я, заходя в кабинет начальника. Весь Флот на традициях стоит, а мы, как ни крути, часть Флота.

— Заходи, Виктор, присаживайся, — предлагает мне товарищ Феоктистов, задавая тем самым тон общения и удивляя тем самым меня неимоверно. — С Марией Сергеевной ты знаком?

— Точно так, — от неожиданности отвечаю также традиционной фразой.

— Расслабься, офицер, — советует мне глава группы Контакта. — Мы тебя посоветоваться позвали.

Если посоветоваться, значит, есть что-то такое, в чем эксперт именно я. В чем я могу быть экспертом? В расследованиях у нас Синицыны, в поиске — Винокуровы, в безопасности — Ли Сы, а я в чем? Единственное, чем я отличаюсь от других — я квазиживой. Значит, дело касается квазиживых и перед принятием каких-то решений, старшие товарищи хотят оценить, насколько их идеи этичны. Почему я подумал об этике? Потому что другого объяснения нет.

— Этическая проблема? — уточняю я, доставая наладонник.

— Умный, — хмыкает Мария Сергеевна. — Это хорошо, потому что проблема действительно этическая, и до Трансляции нужно понять, есть ли вообще в этом смысл.

Вот это уже очень интересно, потому что если речь о Трансляции, то вопрос очень серьезный. Я готовлюсь слушать, но глава группы Контакта просто кладет передо мной на стол свой наладонник. Понятливо кивнув, я вчитываюсь в информацию. Поначалу воспринимается как сказка — похожие да аллигаторов Праматери кхрааги, дети, оказавшиеся связанными одними родителями, причем сходу это вообще оказалось неопределимым.

История непростая и выводы понятные — нужен поиск, причем, скорей всего очень небезопасный поиск. А... Вот оно в чем дело. Указываются мнения экспертов о том, что поиск будет успешен только если полетят Синицыны. Они-то не откажутся, но у них прибавление в семье, да и Ульяна беременна, насколько я знаю. А ситуация, если я все правильно понимаю, вполне может стать тремя нулями... Так, а что от меня хотят?

— Есть технология виртуализации, — объясняет мне Мария Сергеевна, как-то определив, что справку я дочитал. — То есть Синицыны остаются тут, но виртуально присутствуют там, но вот в случае темпоральной аномалии синхронизации не добиться. Виал говорит, можно сделать копию разума, но мне это как-то...

Очень хорошо ее понимаю. Копию разума можно теоретически сделать, будет как восстановление из резервной копии, но это фактически убьет квазиживого — сотрет личность. А для того, чтобы такая копия прижилась, осознание должно быть больше восьмидесяти. Иначе резервная копия почти бесполезна — осознание с нуля начнется. Пошел бы я на такое, учитывая вероятность трех нулей? Пошел бы, но вот их потом будет очень жалко, поэтому этот вариант так себе. Хорошо, а если просто пройти их путь?

— Это очень плохая мысль, потому что фактически убийство квазиживого, — я объясняю свой ход мыслей, на что товарищ Феоктистов кивает. Ну он начальник, ему положено все на свете знать.

— То есть, вариантов нет, — вздыхает глава группы Контакта. — Только надеяться, что ситуация не обострится.

— У меня есть другое предложение, — улыбаюсь я, радостный от того, что в живых не ошибся.

— Ну-ка, ну-ка? — заинтересовывается мой начальник.

— Синицыны летят в режиме синхронизации, — объясняю я, подумав. — Осуществляют руководство, а работать могу я, скажем, с Варварой. Они нам рассказывают, как пришли к методу, и мы повторяем их путь. Можем экзамены сдать еще. Учитывая опасность, у нас будет квазиживой экипаж, ну и там как получится.

Командиры задумываются, а я очень сильно надеюсь на то, что они пойдут на такой вариант. Ну и на Варю, конечно, потому что пока она меня не замечает. Не знаю, бывает ли любовь у квазиживых, но, может, хоть совместная работа даст шанс? Очень я надеюсь на это, потому что такими темпами она мне сниться скоро начнет, но это пока тайна.

— Что же, я думаю, идея очень хорошая, — негромко произносит товарищ Феоктистов. — И опыт передадут, и поработают все вместе...

— Значит, тогда утверждаем пару Варвары и Виктора? — интересуется Мария Сергеевна. — Или для начала спросим Варю?

— Варю мы всяко спросим, — с задумчивыми интонациями отвечает ей он. — Но мысль очень богатая, на мой взгляд.

— Спасибо, Виктор, — благодарят меня, демонстрируя, что разговор закончен.

Я же иду отнюдь не к себе, а на обзорную галерею, посмотреть на Гармонию, и подумать заодно. Вспоминая очень давнюю историю, можно сказать, что квазиживым чувство любви знакомо. Вика Винокурова квазиживая же, а детей воспитала так, что просто прекрасные у нее живые получились. А ведь были травмированными просто очень... Так что любовь вполне может существовать, если рассуждать логически. Вот только как ее определить?

Биологического влечения к Варе у меня быть не может — нет у квазиживых этой функции, но как тогда объяснить происходящее со мной? На этот вопрос у меня ответа нет, да и, боюсь, ни у кого нет ответа. Думаю, время покажет, а пока можно просто постоять, ни о чем не думая...

Двадцать первое новозара.
Академия

Вера (Хстура)

Оказавшись в этом месте, я не пугаюсь. Рядом со мной и Боря, рука которого дарит мне уверенность. Чуть поодаль я вижу Сашу со Светозарой, отчего мне совсем спокойно становится. А вокруг нас улыбающиеся разумные — и люди, и иллиане, и аилины, которые тут иначе называются. А еще есть совсем необычные, с мягкими треугольными ушками на голове, их «котятами» называют. Ой, а вот и Лана!

— Сашка, привет! Светозара, рады вас видеть! — улыбаются окружающие.
— Вик, привет! Маруся, здравствуй, — кивает

кому-то Сашка, радостно улыбаясь. — Познакомьтесь, это Вера и Боря, наши брат и сестра.

— Привет, Вера, — мурлыкающим голосом здоровается со мной Маруся.

— Ага, новенькие тоже явились, — слышу я спокойный голос.

Обернувшись, вижу взрослого иллианина, поднявшего кверху щупальца. Что это значит, я не знаю, но чувствую, что он улыбается. Прислушавшись к своим ощущениям, понимаю — это самка. Есть в ней что-то такое, мягкое, теплое, что дарит мне понимание — это самочка, только взрослая.

— Здравствуй, Краха! — радостно приветствует ее Лана. — Наши тоже дошли до Академии.

Что мы тут делаем, мне сначала непонятно, но сестренка объясняет, что это Академия, которая во сне. Академия творения, а мы тут появились, потому что у нас дар полностью активировался и нас надо научить технике безопасности, пока мы с окружающим миром ничего не сделали. О дарах я уже знаю, вот тот факт, что у нас с Борей дар творца, для меня сюрприз.

— Рассаживайтесь, — произносит иллианка, и тут я вижу прямоугольный класс, столами уставленный. — Мы сегодня о новеньких поговорим.

— О том, что у них получалось в закрытой

вселенной? — переспрашивает Лана. — Ой, здорово! — восклицает она.

А я никак не могу понять, о чем она говорит, но учитывая, что все улыбаются, значит, всё в порядке и бояться не надо. Лана, увидев мою настороженность, объясняет мне, что Краха покажет нам, что происходило, когда нам Д'Бол помогал. И мне, и Борису, и это меня, конечно, удивляет.

— Я не бог, Вера, — мягко произносит брат. — Поэтому услышать тебя вряд ли мог, а изменить мир и подавно, понимаешь?

— Нет, — честно отвечаю я, а он просто гладит меня по голове, от чего мне приятно очень.

— Начнем с начала, — говорит нам Краха, показывая на большой шар.

В нем я вижу то, чего не хотела бы больше видеть никогда: моя комната, меняющая очертания на фоне космического и планетарного боя. Я помню, она стала спасательной капсулой, а потом оказалось, что это модуль. И вот сейчас иллианка демонстрирует нам и объясняет, что именно происходило.

— Вот у нас Вера обращается к Д'Болу, используя молитву, как активатор своего дара, — произносит Краха, а в шаре мир чуточку меняется. — Понимаешь, что произошло?

— Я очень захотела, чтобы так было, — осознаю

сказанное. — И так как я верила в то, что Д'Бол поможет...

— Да, — кивает мой брат, с именем которого я спаслась. — Ты меняла пространство вокруг себя. Совсем немного, какие-то детали. Но вот как должен выглядеть такой модуль, тебе знать неоткуда.

— Но я же знаю, — возражает Боря и осекается, он удивляется, я вижу это.

— Да, детали указывал именно ты, — кивает ему Светозара. — А мы сидели тут и жутко за вас волновались.

— Спасибо... — шепчу я.

Они понимают, за что я благодарю. Ведь они не скрыли от нас произошедшее, разбирая в деталях. Я понимаю, почему нас нужно учить, ведь менять мир, где мы живем, я совсем не хочу, а это возможно. Только теоретически, но возможно. Краха приводит в пример Д'Бола, который очень хотел быть настоящим сыном папе Варамли и стал им, изменив себя. Да, теперь я понимаю...

— Наставница, — обращается к ней Лана. — А если Сашка с Верой попробуют узнать, откуда они появились, ведь может же сработать?

— Интересная идея, — делает волнообразное движение щупальцами Краха, а мое внутреннее ощущение говорит о том, что она удивлена такой резкой сменой темы. — Ну, давайте попробуем.

Оказывается, можно попробовать узнать, откуда мы с Д'Болом появились на свет. Точнее, откуда взялись наши яйца. Краха объясняет нам, как это можно сделать, и я честно пытаюсь, но шар показывает только марево какое-то. Саша тоже пробует, но затем пожимает плечами, потому что результата нет.

— Ла-а-адно, — тянет он. — А если так?

Он что-то делает, и в шаре проступает изображение. Оно размытое, но я уже вижу очень похожий на иллианский звездолет, у него очень характерные антенны есть. Как выглядят именно иллианские корабли, я уже знаю, мне Сашка объяснил. Но затем этот звездолет исчезает и на его месте появляется кхраагский.

— И что это значит? — озадачено интересуется мой брат.

— Это значит, что мы столкнулись с чем-то неведомым, — отвечает ему Краха. — И теперь нам нужно подумать, что именно ты хотел увидеть.

— Я хотел посмотреть на любого представителя создавшей нас расы, — объясняет он ей. — Но получается что-то странное, потому что оба звездолета мертвые.

— Возможно, эта загадка в скором времени

разрешится, — качает щупальцами наставница. — Нужно только потерпеть. А пока мы с вами займемся контролем дара.

Это основной предмет в «ночной» Академии — контроль своего дара. До того уровня, когда мы можем создавать и уничтожать миры, мы, конечно, не дошли, да и фантастика это, по-моему, но вот небольшое изменение пространства вокруг себя тоже может быть опасным. Ведь я же могла менять в закрытой вселенной, а вдруг я случайно в реальности что-то поменяю?

— Нет, — отвечает на мой вопрос наставница. — Основной мир очень устойчив, и таких сил у тебя нет, но ты можешь случайно сделать плохо себе, именно поэтому мы занимаемся контролем.

Но вот во время этого сна у меня возникает какое-то странное ощущение, которое я никак не могу осмыслить. Проснувшись, я понимаю, на что оно похоже — как будто откуда-то издалека кто-то зовет меня. Я почти слышу этот голос, но не понимаю, откуда он зовет... Открыв глаза, вижу понимающий взгляд самого моего близкого на свете человека. Потому что расы уже не важны — мы все часть Человечества.

— Надо родителям рассказать, — предлагает Боря, фактически констатируя факт.

— Вот сейчас поднимемся и расскажем, —

киваю я, отбрасывая в сторону одеяло. Надо еще младших погладить, они в последние дни ласковее стали, как будто чем-то встревожены.

— Младшие растут, — негромко произносит мой самый близкий. — Растут и все больше понимают, что ты для них не просто сестра, понимаешь?

— Ой... — реагирую я, вспомнив, о чем перед сном думала. — Мы про дни рождения забыли! — доходит до меня.

Мы действительно забыли, что день рождения должен быть у каждого. Я бы и не узнала об этом, но в школе было празднование у одноклассника, вот тогда мне и объяснили, что это такое. Значит, надо младшим обязательно сделать!

Лана

А что я знаю! Мама и папа отправятся расследовать странности с кхраагами, но при этом дома останутся, потому что нас у них много, и заставлять нас плакать никто не хочет. Я услышала, как папа с тетей Машей об этом разговаривали, но никому не сказала, потому что сюрприз же должен быть!

Вера к своему новому имени привыкла, и Рада тоже, а младшие так сразу вообще. Им хорошо в детском саду, а нам в школе. Хотя у нас дома, получается, все расы собрались, которые были там, но разницы родители не делают. У мамы скоро еще малыши родятся, но почему-то никто из нас не думает, что кого-то любить меньше будут, потому что любят нас так, как будто мы самые-самые родные на свете. Наверное, именно о такой семье я когда-то мечтала.

— Лана! Лана! — обращается ко мне Вера, выдергивая из размышлений. — Я знаешь, что вспомнила?

— Что? — интересуюсь я, разворачиваясь к ней.

Мы только что вернулись из школы, скоро и младшие из детского сада прибудут, будем вместе время проводить — играть и веселиться. Вера, несмотря на то, что стала будто младше немного, все равно очень ответственной остается, ну и Кира, Су и Рада в первую очередь со своими проблемами к ней идут, а потом уже к взрослым. Что я начала замечать — Вася с Ладой и самыми младшими тоже это поведение копировать начали, так что Вера у нас старшей получается. Не по возрасту, а по ответственности.

— Дни рождения младших, — коротко отвечает она, и до меня доходит: дату рождения формальную поставили при регистрации, а когда она?

— Пошли к маме, — решаю я, потому что это очень важно. У Васи с Ладой уже есть знания о том, что это такое, да и у младших иллианок тоже, а вот у кхраагов нет совсем. Они, по-моему, вообще не знают, что это такое.

И мы, конечно же, идем к маме, чтобы прояснить этот вопрос. Тут нужно подождать, потому что родители читают виртуальные лекции квазиживым. Вот как только лекция закончится, мама и папа спустятся от Винокуровых, тогда и спросим. Учительские капсулы наверху стоят, потому что нет смысла ставить два набора, как-то так я дедушку Наставника поняла. Его так все называют, кажется, даже все Человечество, потому что он очень мудрый и очень долго наставником работает, даже сейчас, когда отдыхать положено. По возрасту ему положено уже отдыхать, но это же Наставник, он многим нужен...

Боря, брат мой, конечно же, с нами, потому что он с Верой неразделим. Завидую ли я? Нет, наверное... Ну, может быть, только чуть-чуть. Я за них очень рада на самом деле, но я пока еще ребенок и хочу им остаться подольше. Поэтому вопрос любви оставим на потом, когда-нибудь, а сейчас надо выяснить, когда у младших праздник. Подготовиться же надо!

— Ой, я глупая, — сообщаю Вере, поднося руку с коммуникатором почти под нос.

— Почему это? — не понимает она.

— Мы все зарегистрированы, — объясняю я ей, раздосадованная на себя за то, что не додумалась сразу. — В информатории дни рождения запросить можно!

— Серьезно? — удивляется Вера, потянувшись уже и к своему прибору.

— Ага, — киваю, рассматривая полученные сведения. — Та-а-ак!

— Что там? — заглядывает сестра мне через плечо.

— Тридцать пятое новозара у Киры и Су, и сороковое — у Рады, — читаю я с экрана. — А у нас сегодня двадцать первое, это значит — времени мало!

Действительно времени мало — надо же еще подарки придумать, и устроить все так, чтобы действительно праздник был. А как это получше сделать, я и не знаю. Подняв голову вверх, замечаю начавший двигаться подъемник, поэтому уже готовлюсь хватать родителей, чтобы не убежали. У нас же еще одна задача — Вера. Так вот у нее день рождения уже послезавтра, поэтому очень мало времени у нас, очень-очень!

Родители всяко нужны, потому что правильно праздновать — не так просто. А еще с Радой надо поговорить и Кирой с Су, потому что для них это не просто праздник, а день рождения мамы. Вера все равно для них мама, и тут ничего не сделаешь, хоть и нашу маму они мамой принимают. Просто Вера для них мамой стала еще тогда, когда не было никого, и это не отменить, да и не нужно никому отменять такое...

— Так, — кивает, видя нас, папа. — Это вы вовремя. Вера, возьми Борю и с Ланой вместе сейчас кое-куда слетаете.

— Что случилось? — интересуюсь я, видя серьезность папы.

— В Пространстве, за Форпостом, автоматический корабль обнаружил спасательную капсулу с ребенком внутри, — объясняет он нам, обняв маму. — Сейчас ребенка доставят на Минсяо.

— А почему мы? — сразу же интересуюсь я, внимательно глядя в папины глаза. — Не просто же так?

— Генокод, доченька, — не очень понятно объясняет мне он. — Как бы мне...

— Нет, папа, — Вера качает головой. — Мама без тебя плакать будет, мы лучше сами.

— Ну сами вы, положим, не полетите, — резонно замечает обнаружившийся в подъемнике дядя Леня. Это тот, который в разум корабля своего влюбился. Рядом с ним и девушка стоит, это, видимо, тот самый разум и есть. — Вера заодно и малышей заберет домой.

Ой, точно, у нас же самые маленькие есть еще! Ой, весело-то будет...

Сестренка зовет брата, а я их жду у подъемника, интересуясь у папы, как мы будем отмечать наш первый семейный праздник, потому что Вера же... Папа загадочно улыбается и не признается. Думаю, сделаю подарок сестре своими руками. А тяжелее всего брату будет, который Борис, а не который Вася, потому что Вера же с ним почти не расстается. Думаю, что мы это еще увидим.

— Значит так, — сообщает мне дядя Леня, пока мы двигаемся в подъемнике. — Сообщили нам немного, но ребенок очень похож на тебя, Лана, и на Бориса, просто по генокоду.

— Не может быть! — восклицает брат. — Брата на наших глазах разорвали! Я видел...

— Значит, тут у нас еще одна загадка, — усмехается дядя Леня, погладив тетю Алену. — Мы ее, конечно, решим...

Почему нас позвали, я очень хорошо понимаю — нужно еще раз сравнить генокод и выдать нам братика или сестричку. Ну, если подтвердится, а еще Вере с малышами помочь. Папа готов лететь с нами, но мама тогда плакать будет, и младшие тоже, очень-очень, а зачем это надо? Вот мы лучше сами с дядей Леней слетаем, тем более, тут недалеко. Слетаем и узнаем, о ком речь, хотя есть у меня подозрения... Если неизвестный ребенок окажется девочкой, а не убитым Туаром, тогда это может быть дочка мамы... До папы, наверное, потому что разведчики же проверяли, могут ли родить, а это самый простой способ... По крайней мере, мне так кажется, а права я или нет, мы попозже узнаем.

Двадцать первое новозара.
Сюрпризы

Леонид Винокуров

Всё в этой ситуации у нас необычно. Во-первых, так не делается. Обнаруженную капсулу не волокут в госпиталь автоматическим кораблем, детей не тащат по первому подозрению, да и откуда в корабле-разведчике сканер генетического кода? Вот и мне кажется странным, при этом ощущение такое... Как в виртуальности. Именно поэтому я делаю то, что заповедовал нам Наставник — проверяю достоверность. Сделать это можно двумя способами, воспользуюсь я вторым, так как мы на Гармонии.

— Илья, — пропуская детей вперед, я все-таки

проверяю свои мысли, обращаясь к их родителю. — Ты уверен?

— Вере нужно малышей забрать, — отвечает он. — Это если в принципе, а если в частности, то полсотни третий кабинет.

— Спасибо, — киваю я ему, выдыхая — это не мир с ума сошел, это у нас странности появились. — От кого пришел вызов?

— По идее, от госпиталя, — с задумчивыми интонациями отвечает он. — Стоп!

— Вера, Лана! — зову я, останавливая девочек. — Вам ничего странным не показалось?

— Ну-у-у-у... — тянет Лана. — Вам же виднее...

Понятно все — доверие к родителям, даже если указание странное. Это они еще не привыкли к тому, что у нас просто так ничего не делается и детей одних никуда не пошлют. Вот только сейчас мы в доме Винокуровых, то есть в нашем, и здесь есть некоторые хитрости от Великого Предка, который Наставник. Я подзываю детей к себе поближе, возвращаясь обратно к подъемнику.

— Сейчас мы пойдем собираться, — громко произношу я, показывая щитоносцам жест подъема. — Там нас и электролет ждет.

Кажется мне, внешнее воздействие было не на нас, а на госпиталь или же где-то рядом. Кому-то нужно вытащить детей из дома, причем именно этих, а если совсем конкретно — то Веру. Только она без Бори не встречается, потому на нее напрямую не указали. То есть или это проверка нашего начальства, что, кстати, возможно, или у нас опасность для конкретных детей, то есть и детский сад под угрозой.

Аленка моя, что характерно, молчит. Может и подозревать чего, она у меня умница. Илья, судя по всему, начинает осознавать, что так у нас не делается. Будь Вера дома одна, что предполагается, на самом деле, она бы рванула. Значит, опасность где-то промеж двух систем. По-моему, логично.

Я подхожу к стене, думая о том, что если вдруг ошибаюсь, то позора не оберусь, но вот если нет — дети в опасности. Откинув крышку специального средства связи, быстро отстукиваю код изоляции канала связи, а затем нажимаю единственную кнопку. Это Наставник придумал на случай какой-либо экстренности, когда нельзя пользоваться коммуникатором. Ну, надеюсь, мы не во сне...

— И что теперь? — интересуется Ульяна, еще не понявшая подоплеки произошедшего.

— А теперь планета блокируется силами Флота, — объясняю я ей. — Потому что так не делается. Некому вызвать именно конкретных детей, понимаешь?

— Ой, — вот теперь доходит и до нее. — Тогда я сейчас...

Она достает из кармана узкую полоску специального программатора, подключая ее к коммуникатору. Вот теперь начинается нормальная работа, а то вдруг взяли и побежали по первому звонку. Соединяют Ульяну с начальством моментально, что я слышу по быстрой скороговорке доклада. Девушка при этом себя не жалеет, сообщая, что возможно имело место неизвестное воздействие, а я размышляю.

Пока силы «Щита» блокируют планету, мне есть о чем подумать: почему именно этих троих пытались выдернуть и где конкретно опасность. По идее, и Гармония, и Минсяо — внутренние системы Человечества, врагов тут быть не может, разве что какие-то очень сильные, но и они не смогли бы незамеченными пройти периферию. А это значит...

— Минсяо и Гармония системы защищенные, — задумчиво произносит Илья. — Хорошо защищенные, значит, надо идти от начала и по всей цепочке.

— Ну мы можем это сделать прямо отсюда, — хмыкает Ульяна. — Вера, Лана, Боря, топайте в комнату отдыха, вниз не идите.

— Хорошо, мамочка, — кивает Лана, уводя остальных. — А Сашка?

— А Сашка сейчас к вам присоединится, —

вздыхает Илья, двинувшись в сторону причального сегмента. — Сейчас, значит, полетят...

Это он правильно решил, кстати... На живца ловит, хотя кажется мне сейчас, что это проверка. Вот есть у меня странное ощущение, что проверяют, при том я не могу понять, кого именно. Тем временем электролет стартует в сторону орбиты, у него приказ — к порту лететь, если нет никого на борту. Это стандартная программа, так что пусть летит, а мы тут подумаем.

— Смотри, вот сигнал нам, — показывает мужу что-то на наладоннике Ульяна. — Вот тут вышли на связь, и так обосновали, видишь?

— То есть, туфта, как древние говорили, — вздыхает Илья, явственно расслабляясь.

— Да, именно это слово, — хихикает она, затем опять вызывая кого-то на связь. Хотя понятно кого... Тут двух вариантов быть не может. — Игорь Валерьевич, каков мотив учений?

— Догадались, — констатирует начальник щита. — Поздравляю.

И после этого просто отключается. Мне, конечно, очень любопытно, но тут включается циркулярная связь по всему «Щиту». Спокойный голос квазиживого благодарит всех за оперативную работу, а затем начинает оглашать результаты. И вот теперь Илья сначала явственно удивляется, а затем начинает улыбаться.

— Это курсанты, — объясняет он. — Те, кого мы с Улей учим.

— И как? — спрашиваю я, замечая, что любимая моя утомилась. Она довольно быстро утомляется, что, как мне объяснили доктора — вполне норма, так что я не нервничаю, а укладываю ее на диван, стоящий тут же.

— Работать и работать, — хмыкает Илья. — А пока дети у нас разошлись, милая моя, надо подумать, как будем отмечать день Веры.

— О... — я едва удерживаюсь, чтобы не рассмеяться от выражения лица Синицыной.

Такое учение вполне имеет смысл, причем, насколько я понимаю, его хотели провести на натуре — вытащить детей из дома, «исчезнуть» их и построить квазиживых на поиск. Это эффективность обучения показало бы, а вот Вере стоило вспомнить, что до малышей ей еще четыре дня. Да и нам всем тоже, потому что расслабились, а в условиях, когда превосходящая нас по умениям цивилизация может оказаться дикой, расслабляться не следует.

Илья с Ульяной отправляются в «учительскую», разбор полетов устраивать, я беру на руки Аленушку, унося в сторону наших комнат. Надо будет еще детям объяснить, что с ходу подобным вызовам верить не следует, ибо обмануть могут и маму с папой. Вины детей в происходящем, конечно, нет, но некоторое критическое мышление быть должно, а не то история тети Маши повторится.

Слетаю-ка я за младшими нашими и Синицыновскими на всякий случай, а то учения учениями...

Виктор

Стыдно, конечно...

С момента объявления тревоги мы, конечно, принялись сразу же строить версии, планы разворачивать. Задача получилась непростая — детей вызывают в госпиталь. Казалось бы, чего тут такого? У Веры там малыши, вот только мы с Варей забыли о самом главном. О том, что Синицыны нам с первого занятия говорили: сначала надо думать. А мы начали действовать...

— Виктор, — обращается ко мне товарищ Синицын. — Как была поставлена задача?

— Троих детей вызывают на Минсяо, — отвечаю я, на что он качает головой.

— Подумайте, как изначально была поставлена задача? — спрашивает он, заставляя меня задуматься.

Я знаю уже, что на первоначальную постановку задачи и он поймался, правда, детей отпускать на Минсяо при этом не собирался, а только до штаба Флота, но тем не менее... Все же, как изначально звучала задача? Я припоминаю...

— Автоматическим кораблем обнаружена капсула, в которой находится ребенок, — докладывает Варенька... Пока еще не моя, но я работаю над этим. — Геноанализатор установил подобие с искомыми детьми.

— Отлично, — кивает ей Ульяна. — А теперь подумайте, Варвара, что не так в этом сообщении?

— Ну... не указан пол ребенка, возраст, — Варя морщит лоб, изображая вполне человеческую мимику, хоть это и не обязательно, а я достаю наладонник, запрашивая данные по автомату-патрульному. И вот тут до меня доходит.

— Погоди! — прерываю я Варю, чем она явно недовольна. — А откуда на патрульном этот прибор? И как он до ребенка добрался для сканирования? На автоматах Вэйгу отсутствует!

— Вот! — задирает палец вверх Илья. — Именно это и не так. Какой вывод мы из этого делаем?

— Сообщение не соответствует действительности, — отвечаю я. — А так как госпиталь исходил из сообщения, то перекрывать системы просто бессмысленно.

— И как нужно было поступить? — подсказывает мне его жена.

— Источник проверить, — опускаю я голову. Стыдно, конечно.

Эту проверку провел товарищ Феоктистов, при этом даже Синицыны с ходу не сообразили, но они-то понятно, а мы чего? И квазиживым нужно учиться думать правильно, а не только в рамках линейной логики. Всего знать нельзя, но взять наладонник и проверить достоверность сигнала можно было. Значит, учту на будущее.

После «разбора» полетов коллеги занимаются кто чем, а я раздумываю о том, что все выучить нельзя, поэтому нужно почитать книги из рекомендованного списка, причем именно прочитать, анализируя прочитанное. Вот как раз и повод с Варей побыть, если она согласится. От квазиживых первых моделей мы отличаемся очень сильно. Мы практически живые, просто организм по другому принципу функционирует.

— Давай почитаем? — предлагаю я Варе, на что она сначала реагирует с удивлением, но затем, видимо, делает какие-то выводы.

— А давай! — соглашается квазиживая.

Предложив ей выбрать книгу, погружаюсь в текст, будто оживающий перед моими глазами. Все-таки умели писать что в Темных Веках, что в

Древности, так сейчас уже, по-моему, не умеют. Вот сейчас я очень четко вижу ход расследования, подмечая важные, по-моему, элементы — сомнению подвергается даже то, что следователь видел своими глазами, например, затем «образ преступника»...

— А ведь, если следовать логике из книги, товарищ Феоктистов вычисляется очень быстро, — задумчиво произносит Варя. — Потому что никто другой устроить подобное не может.

— А если группа Контакта? — интересуюсь я, и вот тут начинается горячая дискуссия.

— Получается, что или читающие мысли невидимки, или товарищ Феоктистов, — резюмирует она. — При этом невидимки должны быть энергетическими, а им это делать незачем, потому что похитить ребенка они могут и так.

— Энергеты не стали бы этого делать, — улыбаюсь я, потому что отказ от физического тела только на определенном этапе развития возможен.

— Да, не стали бы, — кивает она. — Пойдем, погуляем?

Я аж дыхание задерживаю от неожиданности, но, конечно же, соглашаюсь. Мы движемся к обзорной галерее, откуда хорошо видна и планета, и готовящийся для нас линкор. Громадный корабль, защищенный, как эвакуатор, и вооруженный, как весь Флот, со своим подразделением десанта, малыми кораблями, ретрансляторами... Для этой экспедиции готовится все самое лучшее, учитывая, что живых мы с собой не берем. «Не заслужили», как шутит Варенька. На самом деле, это для них очень опасно, особенно для Синицыных, поэтому мы и готовимся занять их место.

Мы с Варей единственные прошедшие отбор на следователей. Всего была полусотня квазиживых, но повезло только нам. При этом есть у меня подозрение, что не просто так. Зато теперь нас гоняют каждый день по восемь-десять часов — и теоретические занятия, и симуляции, и даже учения, как недавно. Справедливости ради стоит заметить, что об учениях первыми догадались Синицыны, и ушло у них на это меньше получаса, а вот я с ходу не додумался, да и Варя тоже.

Скоро, совсем скоро огромный звездолет отправится на поиски «хороших» кхраагов, или же тех, кто у нас любит такие опыты ставить. Наш полет будет очень опасным и, возможно, назад мы не вернемся, но больше некому. И это несмотря на то, что с нами просились многие живые, но общее голосование оказалось неумолимо. Человечество решило, что полностью нам доверяет, потому и летим мы.

Варя разглядывает планету, а я — ее. Она этого

пока не замечает, я же размышляю о том, что это со мной? У квазиживых, насколько я знаю, именно такие проявления любви не фиксировались. Неужели со мной происходит что-то, чего раньше не встречалось? Это может означать следующий этап развития.

У живых перестали рождаться неодаренные, и это означает очередной шаг на пути развития, кто мешает и нам эволюционировать? Никто не мешает, а это значит... Рано пока об этом думать, вот что.

Где-то там, в далекой дали, в окружении полей темпоральной аномалии, скрыта цивилизация, возможно ответственная за множество смертей. Возможно... Сейчас это даже предположить сложно, ведь даже творцы не пробились, что явилось большим для них сюрпризом. Значит, у нас будет очень интересное приключение, ведь количество вопросов просто огромное.

Ну на то мы и щитоносцы, чтобы на вопросы отвечать. Не даром же нас учат, не зря же нам верят сами Синицыны? Я уверен — мы справимся. Ведь рядом со мной Варенька и все Разумные, потому не справиться мы не можем.

Оглавление

Первое р'ксаташка. Хстура	1
Шестьдесят девятое космона. Лана	13
Третье р'ксаташка. Хстура	25
Первое новозара. Лана	37
Четвертое р'ксаташка. Хстура	49
Второе новозара. Лана	61
Пятое р'ксаташка. Хстура	73
Третье новозара. Лана	85
Шестое р'ксаташка. Хстура	97
Четвертое новозара. Лана	109
Седьмое р'ксаташка. Беглецы	121
Пятое новозара. Человечество	133
Восьмое р'ксаташка. Путь в неведомое	147
Пятое новозара. Неведомое	159
Восьмое р'ксаташка. Испытание	173
Шестое новозара. Доверие	185
Восьмое р'ксаташка. Встреча	199
Шестое новозара. Дети	211
Седьмое новозара. Жизнь ребенка	223
Восьмое новозара. Загадки	237
Пятнадцатое новозара. Минсяо	251
Пятнадцатое новозара. Мама и папа	263
Шестнадцатое новозара. Разум	277
Семнадцатое новозара. Семья	289
Восемнадцатое новозара. Планы	301
Девятнадцатое новозара. Обучение	313
Двадцатое новозара. Размышления	325
Двадцать первое новозара. Академия	337
Двадцать первое новозара. Сюрпризы	351

www.ingramcontent.com/pod-product-compliance
Lightning Source LLC
LaVergne TN
LVHW021330080526
838202LV00003B/125